ハヤカワ文庫FT
〈FT618〉

アトラス6
〔下〕

オリヴィー・ブレイク
佐田千織訳

早川書房
8920

THE ATLAS SIX

by

Olivie Blake

Translated by

Chiori Sada

First published 2023 in Japan by

HAYAKAWA PUBLISHING, INC.

This book is published in Japan by

arrangement with

TOM DOHERTY ASSOCIATES

through TUTTLE-MORI AGENCY, INC., TOKYO.

挿絵／鈴木康士

目　次

上巻目次

アトラス6〔下〕

登　場　人　物

エリザベス
（リビー）・ローズ
LIBBY
RHODES
物理術師

レイナ・モリ
REINA
MORI
ナチュラリスト

ニコラス（ニコ）・
フェレール・
デ・ヴァローナ
NICO DE VARONA
物理術師

トリスタン・ケイン
TRISTAN CAINE
幻術師

パリサ・カマリ
PARISA KAMALI
テレパス

カルム・ノヴァ
CALLUM NOVA
エンパス

アトラス・ブレイクリー……………〈管理人〉
ダルトン・エラリー………メディアン。案内役
エズラ・ファウラー……………リビーの恋人
マックス
ギデオン
……………ニコのルームメイト
エイリフ……………………ギデオンの母

VI

思考

リビー

アパートの扉をバタンと閉めて振り向くと、エズラが居間で待ち受けているのが見えた。マンハッタンのアパートの残念な点は、ひとりきりになれる空間が圧倒的に欠けていることだった。そう、それに壁が薄いことも。

「聞いてたんだ」リビーがぶっきらぼうにいうと、エズラは時間稼ぎにズボンの前ポケットに片手を入れてから答えた。

「ああ」エズラは咳払いをした。「なあ、リブ――」

次になにがくるかはわかっていた。というのもリビーは、セックスやチョコレートみたいなものを約束されて帰ってきたわけではなかったからだ。彼女が玄関を入った瞬間にけんかがはじまり、二日たってもまだ解決していなかった。エズラが相変わらず死んだ馬を鞭打つように、彼女がどこでなにをしていたかというもう済んだはずの話を蒸し返さずにはいられないという事実を、リビーはおたがいにとって（そして馬にとっても）あまりにむごいことだと感じはじめていた。

「もういったでしょう」彼女はため息をついた。「わたしはなにも話すつもりはないの、エズラ。話せないのよ」

「ああ、それはいやっていうほどはっきり聞かされてきたさ」声を荒らげて応じたエズラは、それから自分が少しけんか腰になっているのに気づいて顔をしかめ、慎重に口調をやわらげた。「なあ、ぼくはもうそのことでけんかはしたくない——」

「だったらやめて」

リビーは突然じっとしていられなくなり、大股に扉から離れた。エズラはあとからついてきて、彼女が窒息するのではないかと思うまでまわりをぐるぐるまわった。

「きみのことが心配なだけなんだ、リビー」

「もういいから」もっと柔らかい口調でいったほうが効果的だっただろう、たぶん。

そうはいっても、彼女にその余裕はなかったが。

「だったらぼくはなにをすればいいんだ？」ぼさぼさの頭に裸足という格好で悲しげに訴えるエズラは、絵に描いたような家庭的親密さを容赦なく見せつけていた。「六カ月たってなんの前触れもなく戻ってくるって？　いいさ。留守にしていたあいだどこにいたかは、話せないんだな。まあ、いい。だけどいまきみは、誰かに扉をノックされて動揺してる。きみは……なにをしようとしてるんだ？　彼らをぼくから隠そうっていうのか？」

「そうよ。だってあなたには関係ないことなんだから」リビーは苛立ちから、相変わらずぶっきらぼうにいった。「あなたが信頼してくれてないのはずっとわかってたわ、エズラ、完全にはね。でも、ここまでくると手に負えない――」

「これは信頼の問題じゃないよ、リビー。きみの安全の問題だ」またこれだ。「どういうわけかきみが完全にお手上げ状態になってるんなら、それともなにかに巻きこまれてるんなら――」

　リビーは拳を握りしめた。「するとあなたは、わたしが面倒なことに巻きこまれるようなばかで、そこから抜け出すのにあなたの助けを必要としてると思ってる。そういうこと？」

「リビー、よしてくれ」エズラはため息をついた。「きみはぼくの恋人だ。ぼくにとって大事な人だ。良くも悪くも、きみのことはぼくの責任だし――」

「エズラ、よく聞いて、もう二度といわないから」

　リビーはふたりのあいだの距離を三歩縮め、今日はこれで最後にするつもりの口げんかのために、本をバタンと閉じた。

「わたしは」リビーはきっぱりといった。「あなたのものじゃない」

彼女はエズラが反論するかどうかわかるまで待たなかった。彼の顔に浮かんだ表情を見れば、次になにがこようと、それを楽しめそうにないことは察しがついた。リビーは自分の持ち物を呼び出して、荷造りをすることを考えた。金切り声を上げるか、叫ぶか、要求を突きつけることを考えた。一般的にいって、めちゃくちゃにすることを。

しかし最後には、どれもあまりに疲れるのであっさり背を向け、とにかく確実にそこを通り抜けることだけを考えて、アパートの扉を開けた。

リビーは自分が出ていくところをエズラに見せた。

たちまち、コートを着てこなかったのを後悔した。彼女は建物の下にあるピザ屋の外の暗闇で身震いし、酔っ払った学生をよけながら、ニコのアパートがあるブロックのほうをちらりと見やった。ある考えがはっきりと頭に浮かんだが、もし誰か同情的でないもの——あるいは同情的であっても、まるっきり役に立たないもの——がいるとすれば、それはニコだろう。彼はひと目見たときからずっとエズラを嫌っていた。

もしニコのところにいけば、ついさっき訪ねてきた人物のことを話さなくてはならないのは、いうまでもない。

「エリザベス・ローズさん?」その女性はブロンクス訛りで尋ねた。高価そうなスカーフを地毛にしっかり巻いていなければ、道行く人たちを呼び止めては環境問題や完全菜食主義、ことによると彼らの不滅の魂を脅かす危機について語る活動家のひとりに見えたかもしれない。「ちょっとお時間をいただけませんか——」

リビーは身を震わせ、瞬きをしてその記憶を追い払うと、鉄道の駅に向かった。

どうして自分たちは、ほかの組織から勧誘があるかもしれないと警告されていなかったのだろう。まあたしかに、アトラスは〈フォーラム〉の存在に触れてはいたが、研修期間のうち二日間は彼らが横取りされやすい状況に置かれることは省かれていた。

着任式がそうだったように、あれもある種の試験だったのか？　彼女の忠誠心が試されていたのだろうか？

「ミス・ローズ、きっとあなたは〈協会〉の存在自体が生来のエリート主義であることについて、考えたことがおありでしょう」ウィリアムズと名乗った女は、そういっていた。「あなたのご家族は、ほかにどなたも魔法的訓練を受けておられませんね？　ですがどうでしょう」ウィリアムズは穏やかにつぶやいた。「もし〈協会〉が自分たちの知っていることを分かちあっていれば、彼らはあなたのお姉様を救うことができたでしょうか？」

それは、リビーがこれまで何百回も自分自身に問いかけてきたことだった。実際、特にNYUMAから誘いを受けた当初は、そのことを考えるとしばらく眠れなかった。頭に浮かぶ拷問のような破壊的考えは、常に同じだった。もし彼女がもっと多くを知ってさえいれば、あるいは、もし彼女がせめてもっと早く訓練をはじめていれば、それとも、もし誰かがもっと早く彼女に教えてくれていたら……。

だがリビーはすでに、答えを知っていた。何年もかけて詳細に研究していたのだ。「変性疾患の治療法は存在しない」その事実について気が滅入るような詳しい知識を持つものの確信を持って、リビーは答えた。

ウィリアムズは片方の眉を上げた。「そうでしょうか?」

「リクエストは却下されました」という言葉が、心ならずもリビーの頭に浮かんだ。あれは間違いなくなんらかの罠だった。試験であろうとなかろうと、罠だったのはたしかだ。誰かが彼女の個人的な歴史をもてあそび、それを使って操ろうとしていたが、リビーは気にしなかった。カルムと一緒に仕事をして学んだことがひとつあるとすれば、あまりに多くを、あるいはあまりに余さず感じすぎるのは、たんに自分の頭で考えていないにすぎない、ということだった。

資本主義が障害となって常人がメディアンの医療を利用できないのは〈協会〉のせいではない、とリビーは反論した。もしメディアンの治療法の価格が共感度によって決まるなら、そう、たしかに、もしかしたら研究が密かに行われてきたことは非難できるかもしれない——しかしそれはまず、常人とメディアン、双方の企業に承認されることになっていただろう。たとえ治療法があったとしても莫大な費用がかかっていただろうし、それを試してみるために彼女の家族は破産していたはずだ。

「それでは、あなたのお姉様は亡くなって当然だったと？」ウィリアムズは無表情に尋ねた。

リビーが扉をバタンと閉めたのは、そのときだった。

キャサリンのことは、もう何年も誰にも話していなかった。エズラにさえも。もちろん、姉のことはときどき考えていたが、少し離れたところから眺めるようにぼんやりと思い出すだけだった。正気を保つため、なにかできたのではないかという思いはほとんど頭から閉め出すようにしていた。見ず知らずの相手が突然すべてを表面化させたのかもしれないと考えると、少し不吉な感じがしたし、はっきりいって嬉しくなかった。特にリビーが見つけ出そうとして見つけられなかったもののことを考えれば。

これは〈協会〉の仕業なのだろうか？　彼らなら、キャサリン・ローズのことを、リビーが子どもの頃にキティと呼んでいて、当然両親にとても可愛がられていた人物のことを知っているはずだ。リビーが十三歳のときに十六歳で亡くなったキャサリンは、魔法を持たない肉体の気まぐれのせいで病院のベッドで衰弱し、じわじわと命を奪われていった。

そのことについてリビーが尋ねると、NYUMAの理事たちは、姉を亡くしたストレスが薄れるまでは彼女の能力が実を結ぶことはないだろうといった。キャサリンは何年も患っており、そんな彼女に両親はほとんどかかりきりだったから、たとえ能力があることに気づいていたとしても、リビーがそれに集中することはなかっただろう。そう彼らはいっていた。そして、その遅れを取り戻すのは大変だろう、とも。

「わたしに姉を救うことはできたんでしょうか？」リビーがそう尋ねたのは、生き残ったものの罪悪感が最も強くなるのは過去を振り返ったときだからだ。

「いいえ」彼らはいった。「お姉さんの病気を治す魔法はないし、それどころか、進行を遅らせる魔法さえ存在しません」

　彼らの言葉の正しさを証明するために、リビーは二年かけてひたすら夢中になって研究し、ようやく姉のことで頭を悩まされなくなるには、それからさらに二年かかった。ニコがいなければ、とても乗り切れなかったかもしれない。「おい、元気を出せよ、ローズ、誰だって問題を抱えてるんだ。だからって、姉さんがけっして手にできなかった時間を、きみがむだにするってほうはないだろう」それが、学年末試験で極度に神経を高ぶらせた彼女が告白したあとのニコの見解で――明らかに告白したのは大きな間違いだった――そのときリビーは彼をひっぱたき、最終的にはエズラが割って入って彼女を落ち着かせたのだった。ニコは保護観察扱いになり、リビーはなにがなんでも全教科で彼に勝ってやる、とかたく心に誓った。

彼女が初めてエズラにキスしたのは、同じ日の夜だった。〈協会〉なら、そういったことをすべて、私生活の取るに足りない細かいことは別として、知っていただろう。キャサリンのことも知っていたはずだから、もしかしたらこれは試験だったのかもしれない――だがそうはいっても、彼女の生い立ちにまつわる話は、探そうと思えば誰でも簡単に見つけられるような情報だった。姉を亡くした遅咲きのメディアン？　断片をつなぎ合わせるのはそれほど難しいことではなかったし、〈協会〉に匹敵するリソースを持つ組織にとってはなおさらだ。〈協会〉が彼女の忠誠心を試すためになにを使って挑発すればいいかを正確に知っていたか、それとも〈フォーラム〉が彼女に〈協会〉を疑う説得力のある理由を与えたかったか、そのどちらかだ。

どちらにしても、リビーがいまいたい場所はひとつだけだった。

うっすらと煙の尾を引いてマンハッタンの通りをさまよった末に、彼女はグランド・セントラル駅に続く扉を抜けて階段を下り、自分をロンドンに連れて帰ってくれるメディアン用の交通機関を見つけた。厳密にいえば、まだ帰るには早すぎた――彼らはみな、明日までは戻らないようにいわれていたのだ。しかしリビーは、なんといってもその防御策の構築に協力していた。それも二度にわたって。その結界のなかに、彼女の侵入を防ぐだけのものは存在しなかった。それに事実上それは、公的な立場での命令というより、丁寧なお願いだった。

リビーは結界を通り抜けて屋敷の敷地内に入り、正面玄関を避けて西棟の来客用入口を選んだ。それから急いで大広間を通り抜け、閲覧室に向かうために右に折れるつもりでいたが、遠くから聞こえる声の響きに立ち止まった。押し殺した口調を意味する、低音の波動だ。彼女は顔をしかめて細かいところまで聞き取ろうと耳を澄まし、素早く逆方向へ向きを変えて天井画の間に向かった。

なるほど、すると急いで帰ってきたのはリビーひとりではなかったわけだ。

パリサとトリスタンが天井画の間の床で、パチパチ燃える火を背にしてボトルに入ったなにかを飲んでいた。部屋の残りの部分は暗いままにしてあり、テーブルと本は影に包まれ、円形の後陣の周囲にかかったカーテンは、月のない夜に誘うように開かれていた。

ふだんはこの部屋に入ったときにリビーが目にするのは、自分の指先の下で時間を止めたあの日のような光景だった。絵が描かれたドーム型の天井を暖める光、マントルピースの上のぼやけて見える時計、彼女の胸に置かれた羽根のように軽いトリスタンの掌。しかしこれは、違う感じがした。別の世界、遠い宇宙に侵入したような。

いつもながら不公平なほど美しいパリサは、トリスタンの膝に頭をのせていて、こぼれた黒髪が彼の太腿の上に広がっていた。流行のスリップドレスのスリットはずいぶん高くまで引き上げられて脚全体があらわになり、腰まで見えそうだった。同様にトリスタンのシャツも前がはだけて脱げかけ、鎖骨の影の下の胸の曲線があらわになっていた。彼の唇には気怠い笑みが浮かんでいたが、その一部がゆがんでいるのは、彼が口元に引き寄せているボトルのせいだった。トリスタンが笑い声をあげてごくりと飲むと、パリサが探るように手を上にのばし、その指先が彼の口元をかすめた。

　ふたりのその様子に、ふたたびリビーの時間が止まった。魔法をかけられたかのように。

　パリサとトリスタンが寝ていることを、リビーがまだ知らなかったわけではない。まあ――正確には知らなかったが、いまその証拠を見つけても驚きはしなかった。屋敷のなかに多くの選択肢があるわけではなかったし、ニコがすでに自分の第一候補はパリサだと明言していたのなら、トリスタンも同じ考えだったとしてもなんの不思議もないだろう。

　リビーはふたたび、自分の脈を取ったトリスタンの手を思い出し、ごくりと喉を鳴らしてそれを脇に押しやった。

　別にふたりがなにをしていようとどうでもいいことだ。なんといっても、彼女には恋人がいた。

けんかをしたばかりの恋人。

むしろ会いたくない恋人。

でも……。

でも。

それでも恋人だ。

「ちょっと、なんてつらそうな顔をしてるの」パリサがいった。戸口にリビーの姿を見つけると、彼女はトリスタンの手からボトルを奪い取りながら体を引き起こした。「もしかしたら、あなたも参加したほうがいいかもしれないわね」

不意をつかれてリビーは瞬きした。彼らに見られていることに気づいていなかったのだ。

「わたし」リビーはいいかけ、たじろいだ。「これは……これはどう見ても個人的なことだから――」

「ひと口やれよ、ローズ」そういったトリスタンの声は低く響き、目はどことなく面白がっているようだった。「間違いなくきみには必要だ」

「わたしたち、噛みつかないから」パリサがつけ加えた。「もちろんあなたがその手のことにはまってなければだけど」

リビーはまだ、この場を離れて閲覧室にいきたくてたまらず、肩ごしにちらりと後ろを見た。

「わたしはちょうど――」

「なんだか知らないが、そいつは朝まで逃げないだろう、ローズ。座れよ」トリスタンがあごで彼女を招き、自分の隣の床を指した。

リビーは仲間に入るのが理想的な選択肢かどうか自信がなくて躊躇したが、ひとりぼっちでないというのは……魅力的だった。それに本人は知ってか知らずか、トリスタンのいうとおりだった。また一から逆上するのは、明日またあらためて簡単にやってみられることだ。

リビーが前に踏み出すと、パリサは満足げに笑みを浮かべ、手を上にのばして彼女にボトルを渡した。リビーはトリスタンの反対側に倒れるように座りこみ、ひと口飲んだ。

「うっ」喉を焼かれ、リビーはたじろいだ。「これなに？」

「ブランデー」パリサがいった。「それに発酵させたスパイスが少々」

「それって……？」

「つまりアブサン」トリスタンがいった。「そいつはアブサンだ」

「ああ」ひと口飲んだだけで、すでにそれが少しききすぎていたリビーは、ごくりと喉を鳴らした。

「当ててみましょうか」パリサがため息をついて、トリスタンの向こうから手をのばしてくると、リビーからボトルを取り上げた。「あなた、あまり飲まないのね？」

「それほどは」リビーはいった。

パリサは赤黒く染まった唇に、またボトルを引き寄せた。彼女のドレスは黒に近い濃紺で、リビーはすぐに、自分がそれを着こなせる《プル・イット・オフ》くらい洗練されていればいいのに、と思った。

「いつでも好きなときに脱い《プル・イット・オフ》でいいわよ」パリサがボトルを口にあてたまま、くすくす笑った。

リビーは頬が赤くなるのを感じた。いくら精いっぱいテレパシーを防ごうとしても、パリサは一貫してリビーが意図した以上のことを聞き取ってしまうのだ。「わたしはただ、自分にはそういうのは絶対に着こなせないっていう意味で……」彼女は咳きこんだ。「ちょっと流行には疎いから」

パリサが身を乗り出して、リビーにボトルを返した。ドレスのストラップが無造作に肩から滑り落ちて腕にかかり、それが宙に浮いたいま、リビーは否応なしに彼女がブラをつけていないことに気づかされた。

「わたしは文字どおりの意味でいったのよ」パリサがそういったのと同時にリビーはボト

ルを口元に運び、彼女がむせているあいだ、トリスタンは笑っていた。

「きっときみも〈フォーラム〉の訪問を受けたんだろうな」アブサンに染まった咳の発作から回復したばかりのリビーに、トリスタンはいった。「それで、連中はきみに関するどんなきわめて個人的事実を暴露したんだ？」

「あなたが教えてよ」リビーはそういって、もうひと口ぐいと飲んだ。素面でこの会話をするのは、彼女が最も避けたいことだった。すでに彼女は、ただでさえ自分は子どもっぽくて不器用だと感じていたのだ。

「まあ、残念ながら、ぼくらにとってはひどく退屈なことばかりさ。ぼくの親父が犯罪組織のボスだっていう、お決まりの話だ」戸惑った様子のリビーを見て、トリスタンはつけ加えた。「最低なやつさ。魔法使いとしてはまあまあだが」

「そうなの？」

「エイドリアン・ケインのことを聞いたことがないのか？」トリスタンが尋ねた。リビーがうなずくと、トリスタンのつくり笑いにわずかにひびが入った。「冗談だよ。きみがロンドンのいかがわしい界隈に立ち寄ったことがあるとは思ってなかったさ」

「ゴッドファーザーみたいな人？」リビーは尋ねた。

「少しね。ただし父性には乏しいが」トリスタンは彼女が手を離すのを待たずにボトルを奪い取り、長々とひと息で飲んだ。「あいつはきみが気に入るだろうな」彼は飲みこんだあとで、焼けるような感覚に犬のように身震いした。

リビーは横目でちらりと彼を見て、いまのは侮辱と受け取るべきかはっきりするまで待った。トリスタンは彼女と目が合うと、期待するように片方の眉を上げた。

どうやら侮辱ではなかったらしい。

「そしてわたしは、もちろん娼婦」パリサがいうと、リビーはまたしても飲みこむ途中でむせた「きっともっとましな言葉があるんだろうけど、いまはわざわざ考える気になれないわ」

「同伴者《エスコート》とか？」トリスタンが尋ねた。

「いいえ、そんな職業的なものじゃない。それよりも、ものすごく腕利きの男たらし、みたいな感じかしら」パリサはいった。「はじまりはパリの学校を卒業したすぐあとだった。いいえ」彼女は頭のなかで数えなおして訂正した。「厳密にいえば在学中にはじまったんだと思う。その頃はただの趣味だったんだけど。ほら、オリンピックがアマチュアの業績だけを称えるみたいなものよ」

リビーは、追加の質問はトリスタンにまかせた。「最初の相手は教授だったとか？」彼は尋ねた。

「そう、当然ね。学者は悲惨なくらいもてないか、そう思いこんでるから。実のところ彼らは、みんな同じようにいやらしいの。ただ、狭い現実の断片のなかで生きていて、ほかに誰がファックしてるか見るためにオフィスを出てくることはないっていうだけ」

「きみをファックしてるところっていう意味か、それとも一般にファックしてるところってことか？」

「一般によ」パリサは請けあった。「わたしも入るけど」

トリスタンはくすくす笑った。「それでそのあとは？」

「フランスの上院議員」

「かなり飛躍してないか？」

「それほどでも。政治家っていうのは誰よりも見識がなくて、まっ先に賞味期限切れになる。だけど一度は経験してすっきりすることは、いつだって重要だから」

「少なくとも楽しかったのか？」

「全然。いちばん短くて、いちばん楽しくなかった関係のうちのひとつね」

「へえ。それで上院議員のあとは？」

「ある相続人。それから彼の父親。それに彼の妹。でも家族の休暇はあまり好きじゃなかった」

「それはわかる。彼らのなかにお気に入りはいたのか？」

「もちろん。彼らが飼ってた小さな犬にだけは夢中だったわ」

リビーは唖然として、ふたりを交互にちらちら見た。どうして彼らがここまで開けっぴろげに、そして……冗談めかしてパリサの性的武勇伝について話せるのか、彼女にはよくわからなかった。

「ああ、それはほんとうに彼にとって慰めになるのよ。本人はけっして認めないでしょうけど。わたしの下劣な本性を知ることだけが、彼の人間に対する特に根深い疑惑を裏づけてくれるの」パリサは横目で見ているリビーの視線をとらえ、彼女の頭のなかの疑問に答えた。「トリスタンは間違いなく、絶頂の最中に刺されてもまだ、死のうつろな抱擁に屈する前に力を振り絞って、『ぼくは正しかった』ってうめくと思うわ」

「間違ってはいないが、これからはナイフを持ってないか確認しないとな」トリスタンがどうとでも取れる口調でいった。それは彼とパリサの親密な関係を裏づけるものになるはずだったが、リビーはいっそう困惑しただけだった。

彼らはそういう関係なのだろうか、それとも違うのだろうか？

「違うわ」パリサがいった。「それにいずれにしても、彼はあなたのことが好きよ、ローズ。そうよね、トリスタン？」彼のほうを向きながら、パリサは尋ねた。

トリスタンが一瞬、パリサの視線をとらえたとき、リビーは無言の居心地悪さにお腹のあたりがよじれるような感覚をおぼえ、残りの部分はどう反応すればいいかわからずにいた。もちろん、それは冗談だった。たしかにパリサは心を読むことができるが、これはそういうことじゃない。明らかにからかっているだけだ。

そうでしょう？

「ローズのことはふつうに好きだよ、たぶん」というのがトリスタンのつまらない答えで、リビーはここぞとばかりにさっさと話題を変えることにした。

「それじゃあ、〈フォーラム〉はあなたたちを……脅迫しようとしたの？」リビーは咳払いをして彼らに尋ねた。「ゆするとかなにか？」

「そんなところね」パリサは一度目を丸くしてみせてから認めた。「わたしもそう思った《コンシダード》けど、連中のやり方はほんとうにとても不愉快なだけだった。とても恥知らずで露骨だったわ」彼女は非難するように身震いした。「わたしだって、それほどみだらじゃない激しい情事を経験したことはあるんだから」

「あなたは実際に検討《コンシダード》したの？」リビーはアブサンのせいで胃が焼けているのか、その考えにむかむかしているのか区別がつかず、つばを飲みこみながら早口でいった。「本気で？」ひどくしゃくにさわることに、彼女の声は不信の念にうわずっていた。「だけど、もしそれが——」

「罠？　それはどうかしら」パリサはいった。「〈協会〉のやり方らしくないと思う」

「でも着任式は——」

「彼らはぼくたちを格好の標的になる状況に置いてはいたが」トリスタンが話を引き取った。「厳密には罠ではなかった」

リビーは彼のいうとおりだと思ったが、パリサのそもそもの言い分を思い出して顔をしかめた。

「それにしたって。あなたは〈フォーラム〉の申し出を受け入れることを検討したっていうの？」

「ああ、もちろんよ」パリサは認めてリビーの手からボトルを取ると、トリスタンの前で動きを止めた。ふたりは視線を交わし、トリスタンが眉を上げた。それから彼が頭を後ろに傾け、パリサがアブサンを少し喉に注げるようにした。それがあごにこぼれると、トリスタンは笑いでむせながら唇から余分な水分を舐め取った。「失礼」パリサは親指の腹でそれを拭ってから、ボトルを自分の唇に引き戻した。「とにかく」彼女はそういってひと口飲むと、リビーに返した。「わたしにはまだ〈協会〉に忠誠を誓う理由がなにかあるわけじゃない。わたしは入会してない、そうでしょう？」

「まあ、そうね」リビーは顔をしかめてしぶしぶ認めながら、ボトルを受け取った。「だけどそれにしたって、ちょっと——」

「不誠実？」パリサは見透かしたようにいった。「そうかもね。わたしは貞節なことで知られてるわけじゃないけど」彼女は横目でトリスタンを見た。「あなたはどうなの？」

「ぼくかい？　ぼくは一途な男なんだよ、ミス・カマリ」トリスタンは半笑いを浮かべていった。「たいていの場合は」

「たいていの場合はね」パリサは同意するように繰り返した。「でも間違いなく、いつもじゃないでしょう？」

リビーは突然、なにかはわからないがそれに含まれている毒がもっとたくさん必要になりそうな気がして、ボトルからひと息に長々と飲んだ。

「どうして、その」リビーがいいかけると、パリサが彼女のほうを向いた。「ちょっと訊いていい——？」

「どうしてセックスなのか？」パリサが挑発するようにいうと、まったく悔しいことにリビーの頬はふたたび火照った。「楽しいからよ、エリザベス。それに、ほとんどの人はそれにお金を払うようなまぬけだし、この社会で生きていくにはお金がかかる」

「そうね、だけどそれって……」リビーはいいよどんだ。「ほら——」

「わたしがお金のためにセックスすることを卑しいと感じてるかどうか知りたい」パリサが素っ気なく推測を口にした。「そうでしょう?」

たちまちリビーは、なにもいわなければよかったと思った。「わたしはただ……あなたは明らかにとても才能があるし――」

「そしてわたしは、自分の才能をうまく利用してる」パリサが同意すると、リビーは手持ちぶさたをごまかすために、不器用にボトルを唇に引き戻した。「それにあなたみたいな人たちがいるおかげで、わたしはけっして拒否されることはない。そもそもわたしたちがみんな、いつでも好きなときに好きなだけ充実したセックスができるなら、わざわざ一夫一婦制にこだわる理由はないでしょう? あなたみたいな人たちはずっと、恥の意識に支配されてるというわけ」パリサはそういいながらリビーが手にしたボトルをさらに傾け、確実により長く飲ませるようにした。

リビーが口の両端から液体がこぼれるのを感じて涙でうるんだ目を閉じたとき、パリサは笑い声をあげてボトルを引き離した。アニスの風味がリビーの厚ぼったい舌を異国のほろ苦さでマリネした。

「あなたはどうしても思い入れが必要だっていう考え方を、ひどく疎ましく思ったことはない?」パリサはつぶやき、指先でリビーの喉を軽くなでてから、ぼんやりと毛先をもてあそんだ。「特に男たちは渇いていて、わたしたちを骨の髄までしゃぶるわ。彼らは自分たちの重荷を一緒に背負い、病気を治せと要求する。男は絶えずいい女を探してるけど、その見返りにわたしたちになにをくれるの？」

　エズラに対する苛立ちがリビーの心をよぎり、徐々に染み渡った。「今日じゃなかったら、もっといい答えを持ってるところなんだけど」彼女はつぶやき、その見返りにトリスタンの最高に尊大な笑い声を肘に感じた。彼女は床の上で位置を変えてトリスタンの胸にもたれかかり、その笑いの振動が心地よく骨に響くにまかせた。「それにしたって、あなたはテレパスでしょう、パリサ。テレパスはとても珍しいし、あなたが並外れて優秀なのはわかってる。わたしはただ……」リビーは肩をすくめた。「あなたがそれからなにを得ているのかがわからないの」

「あなたは物事が自分にとって楽になるためにいろんなことをする、そうよね？」パリサが尋ねた。「階段を上るのに魔法は使わないけど、それでも重力には逆らうでしょう？」

「だから？」リビーは尋ねた。トリスタンがボトルを取ろうと身を乗り出し、彼の指が彼女の指をかすめると、リビーは彼の胸に逃げこむようにさらに深く身を委ねた。「それがなんの関係があるのかわからない」

「そうね、それはあなたにとってセックスが純粋に肉体的なものだからよ。でも実際には、ほかのすべてと一緒に心も開くの」パリサはいった。「誰かの心を征服して、自分の心に服従させようとするのは時間のむだよ。相手が自分のなかにいるとき、わたしはほとんど指一本上げることなく、彼が何者で、なにを望んでいるかを正確に知ることができる。こちらが尋ねなくても、向こうが自分から教えてくれるわ。それなのにどうしてエネルギーや労力をむだにして、わたしの要求を必要以上に印象づけるの？　単純に人々がなによりもほしがっているものを提供することで、わたしは彼らに忠誠心を植えつけられるし、それにはなんのコストもかからない」

その説明はリビーにとって、いくらか腑に落ちるものだった。トリスタンが彼女の背中に腕をまわして座りなおした拍子に、彼女のジーンズとセーターの隙間からのぞいた肌を手がかすめた。リビーは思わず彼の胸をちらりと見下ろした。

そこには細い傷痕があった。

「だからあなたは彼らを利用する」リビーはそういって咳払いをすると、パリサに注意を戻した。「あなたの……愛人たちを？」

「わたしは彼らを楽しむの。そして彼らはわたしを楽しむ」

「それは男性だけ？」

パリサは唇を湿らせるために間をおき、薄く笑みを浮かべた。

「ほとんどの女性は自分が選んだ相手を愛しているというより、単純にどうしても相手に認められたくて、彼らの献身に飢えているの」彼女はいった。「ほとんどの場合、女たちの望みはほかの誰にも触れられないように触れてもらうことで、彼女たちのほとんどは、そのためにはロマンスが必要だと誤って思いこんでる」彼女は手をのばし、リビーの手からボトルを取った。「でも、もうひとりの重荷を背負うことなしに満足感を得られること――誰かの片割れにならなくても、そしてその結果、彼らの弱さ、彼らの過ちや欠点、たくさんの耐えがたいひびに目をつぶらなくても歓喜を味わえること――に気づいた瞬間、わたしたちは自由になれるの、そうでしょう？」

パリサがボトルを脇に置いたまま忘れていることにリビーが気づくには、少し時間がかかった。そのかわり彼女は、トリスタンの腕が腰にあたっているのを感じ、手の届くところにカーテンのようにゆったりと垂れているパリサの長い髪から漂うバラの香りを嗅いでいた。パリサの唇にはアルコールのつやが少しあり、まだ整えられていなかった絹のドレスのストラップは、いっそう肩からずり落ちている。リビーはパリサの声から、彼女が暗にほのめかしている、アブサンのようにスパイスがきき、騒がしくパチパチとはぜる火のように暖かいものを聞き取ることができた。

「あなたは自分の力を過小評価してるわ、リビー・ローズ」パリサがいった。

トリスタンの膝になかばまたがるようにして近づいてきた彼女に顔をとらえられ、頬にかかった髪を後ろになでつけられて、リビーははっと息を呑んだ。麻痺したようになってぴくりとも動かずに座っていると、パリサの唇が温かく、そして柔らかく彼女の唇をかすめた。繊細に、そして誘うように。リビーは暑かったにもかかわらず少し身震いし、その一方でトリスタンの手が彼女の背骨にそっとのびてきて、慎重に少しずつ上へ移動していった。リビーはためらいがちに、軽くパリサにキスを返した。

「わたしをばかにしてるんでしょう」苦悩に少したじろぎながら、リビーはパリサの口元でささやいた。

パリサは軽く身を引いて動きを止め、トリスタンをちらりと見た。

「彼女にキスして」パリサが提案した。「彼女は納得する必要があるわ」

「そしてその説得はぼくにまかせるっていうのか？」トリスタンが素っ気なくいうと、リビーの心臓が胸のなかで激しく鼓動した。「むしろそれはきみの専門だと思ってたんだけどな」

パリサは歌うような笑い声を立てながら、リビーをちらりと見た。

「ああ、でも彼女はわたしを信用してないから」パリサはそうつぶやき、ふたたび手をのばしてリビーの髪をいじった。「たしかに、わたしに興味はある。でも、もしわたしがやれば起き上がって逃げ出すだけよ」

パリサは手を下ろし、リビーの肋骨のあたりに掌を滑らせた。

「わたしはあなたをばかにしてない」パリサは優しくリビーにいった。「あなたを味見できれば嬉しいわ、ミス・ローズ」彼女がつぶやくと、リビーはふたたび身震いした。「でもね、たんにそれだけじゃないの。あなたは役に立つわ、リビー。あなたは力強い。あなたは」パリサはもう一度軽くキスをして締めくくった。「よく知る価値のある人よ。充分に、そして――」彼女は言葉を切り、指先でリビーの内腿をなで上げた。「ひょっとすると深く」

リビーは自分の唇から漏れた音にはっとした。

パリサは意味ありげに片方の眉を上げ、トリスタンのほうを向いた。

「彼女にキスして」パリサはふたたびいった。「うまくやってよ」

「それで、もし彼女がいやがったら？」トリスタンがちらりとリビーに目をやりながら尋ねた。

ふたりの目が合った瞬間、リビーはエズラを思い起こそうとした。彼のぼさぼさの髪を、あるいは彼の愛情表現を。どちらも彼女が一時は愛したものだった。リビーは彼を家に置いてきてしまったこと、彼をあとに残してきたことを思い出すために、なにかを、どんなことでもいいから考えようとしたが、彼女自身の不満、怒り、苛立ちが目の前をちらつくばかりだった。彼女はエズラを見ようと虚しくあがいた。

だが、トリスタンしか見えなかった。

リビーはなすすべもなく、前に一度トリスタンに触れられたときのように心臓が激しく鼓動し、部族の太鼓のように胸のなかに響きわたるのを感じた。彼女は一度、トリスタンと一緒に時間を止めたことがあった。問題はそこなのだ。この屋敷のなかでは、リビーはエズラのものでも、彼の飾りや持ち物、ペットでもなく、完全に自分自身だった。彼女は時間を止めたのだ！　宇宙の神秘を再現したのだ！　ここではリビーは自分の好きなように行動していたし、しかもうまくやっていた。

彼女はひとりでも力強かった。エズラの監視は必要ない。彼女はそれを望んでいなかった。

「きみがどうしてほしいかいってくれないとな、ローズ」トリスタンはそういって待っていた。もし彼の声がなにかでしわがれているとすれば、それはアブサンのせいかもしれなかった。それとも、すでにリビーの服を脱がせ、キスし、下着をくわえて尻からずり下ろしたような目で彼女を見ている、という事実のせいかもしれなかった。彼はすでにリビーのベッドの足元から彼女を見上げ、その幅の広い肩を彼女の太腿にがっちり挟まれているようだった。

「わたしがいってあげましょうか、それとも自分でいう？」パリサが静かに笑い、意味ありげな視線をリビーに送りながら尋ねた。そして一本の指の関節でトリスタンの頬をなで、からかうように頬骨をなぞっていき、やがて唇の横に軽く触れた。

リビーは、自分がトリスタンについて考えていることか、それともパリサにその考えを見られていて、それでも自分のほしいものを取ることはできないと思われていることか、どちらがより厄介なのか決めかねていた。

自分のほしいものって？

リビーはトリスタンにちらりと目をやり、ふたたびそれを感じた。あの小さな揺らぎ、時間の律動の停止。それはあまりにもいつもの彼女とはかけ離れた、これまでにやってきたなによりもはるかに感覚的で本能的なものだった。姉を亡くした影響か、リビー自身の精神的なものか、リビーは絶えず、絶え間なく考えていた。彼女の心はいつも、心配や不安、あるいはほとんどの場合、恐れのあいだで揺れ動いていた。能力不足に対する恐れ、失敗に対する恐れ。しくじるのではないか、ひどい結果になるのではないか、という恐れ。自分は亡くなった優秀な娘のかわりに生きている期待外れの娘なのではないか、という恐れ。彼女はいつもびくびくしていた。ニコに自分の能力を証明してみせようとしているとき、あるいはパリサに触れられているとき以外は。それともトリスタンの導きに盲目的に身をまかせ、自分には見えないなにかを無理に信じこんでいるとき以外は。

彼女は片手でトリスタンの顔をとらえて引き寄せ、その唇を自分の唇に近づけた。彼がリビーの口のなかで立てた声には驚きと安堵、両方の響きがあった。

リビーは彼にキスした。

彼がキスを返した。

トリスタンの舌が口のなかにあり、彼の腕が脇腹にきつくまわされているだけで充分ぞくぞくしたが、やがてリビーはさらに手をのばし、パリサのスリップドレスの絹地を探り当てた。パリサの手がリビーの腰の上を滑り、トリスタンが身を引いて息を整えているあいだに、パリサがリビーの首にキスし、舌先でリビーの喉の線をなぞった。リビーは優美さに欠ける手つきでパリサの腿の上に向かって手を滑らせ、トリスタンがリビーの口のなかでうめいた。パリサのもう片方の手が、同じようにしかるべき場所を見つけたにちがいない証だ。

ほんとうにこんなことが起こっているんだろうか？　どうやらそのようだった。アブサンの名残が胸を焼き、とりとめのない考えが頭をよぎった。トリスタンが彼女を引き寄せて膝にまたがらせると、パリサは彼女のセーターを引っ張って脱がせ、ほとんど空になったボトルの脇に放り投げた。

一瞬、正気に戻りかけたかと思うと、次の瞬間にはなにもかもが、手、舌、唇、歯という基本的感覚に戻った。なぜかトリスタンの胸はむき出しで、リビーは彼の筋肉の繊維に爪を立て、彼女が触れた肌から火花が散った。

物事は急速に、大胆に、多幸感にあふれて進んでいった。リビーはボトルの中身をすするようにふたりを味わい、彼らもそれぞれ、最後に笑うのは自分だといわんばかりに彼女を味わった。彼女がこのことを後悔するかどうかは、明日決めればいいことだ。

「ひとりで目を覚ますのはいや」彼女はトリスタンの耳元でささやいた。そのささやきは静かでもろく、透明で、不安定な土台から髪の毛のようなかすかなひび割れが這い上がったガラスの破片のようだった。いつもの傷つきやすさはたくさんの罪のなかに置き忘れられていたが、リビーは気にしなかった。彼女はパリサの髪の毛を自分の拳に巻きつけたかったし、詳しく話せば間違いなく身震いが出るが、彼女自身も望んだような体位をトリスタンに取らせてほしかった。たとえ一時的にでも、せめて最初の朝のまぶしい光が射しこんでくるまでは、誰かと間違いなくつながっていたかった。

ほんの一瞬、リビーは心の奥で、これで彼らの関係はこの先ずっと、後戻りできないほど変わってしまうのだと思い、いくらか正気の部分では、パリサは最初からこうなることを狙っていたのだろうかと考えていた。彼女はすでに事実上はっきりと、セックスとは支配を確立する手段――以前はなにもなかったところに操り糸を、恩義という鎖をつくり出す手段――だと説明していたが、リビーは利用されていようが、操られていようが、むさぼられていようが、そんなことは、もういっさい、どうでもよかった。考えるかわりに味わい、感じ、触れるだけで充分だった。そんなふうに自由に感じるだけで充分だった。一度くらいは、ほかのことはなにもせず、ただ感じるだけで充分だった。

カルム

トリスタンになにかが起こっていた。

ミコノス島で義務的に二日間を過ごしたあと（ケープタウンに戻るつもりはなかった。残念ながら、そこで働くことを期待される可能性が高すぎた）、午後遅くに〈協会〉のロンドンの屋敷に戻ったとたん、それは明らかになった。結界を通り抜けた瞬間、カルムはトリスタンが朝にいちばんいきそうなふたつの場所――お茶を飲むなら図書室、研究をするなら閲覧室――からはじめ、屋敷のなかを捜しまわりにかかっていた。カルムはここを留守にしていたあいだにひじょうに興味深い人物の訪問を受けており、いくつかの重要な知らせ――すなわち、誰かが、あるいはこの場合は誰もが、〈協会〉のいわゆる排除の過程に関して、きわめて重要な警告を与えられていないということ――をトリスタンと分かちあいたくて、うずうずしていたのだ。

だが、彼が見つけたとき、トリスタンは天井画の間の戸口に立ってぼんやりと床を見つめていた。

「きみは〈フォーラム〉から訪問を受けたんだろう」カルムはそういいかけ、言葉を切った。トリスタンはまるで徹夜明けのようにふだんよりもやつれた様子で、その体からは深い後悔と吐き気の臭気が波のように放たれていた。「おいおい」もっとよく見てみようと近寄ったカルムは、あっけにとられていった。「ぼくたちみんなが留守にしてたあいだに、いったいなにをやらかしたんだ？」

「なにも。ちょっとへとへとに疲れてるだけだ」つぶやくように返ってきた言葉は、あまり呂律がまわっていなかった。トリスタンの声はかすれて低く、その表情はとことん惨めそうで、カルムまで間接的な片頭痛がするほどだった。

「その様子だと、酒も入ってるな」ふだんのトリスタンは酒に飲まれるようなことはなく、それはカルムが彼を気に入っているおもな理由のひとつだった。習慣的にしゃきっとしている男には、いいところがたくさんあるものだ。

「間違いなくべろんべろんに酔ってるよ」トリスタンはそう認めながら、その場でゆっくりとカルムのほうを向き、自分の頭に手をあてた。「どうにかしたいところなんだが、なんとかしようと考えるだけで、ほんとうにへとへとになるんだ」

無理もない。ほとんどの人たちは二日酔いに苦労しているし、メディアンならなおさらだ。結局のところアルコールというのは毒であり、魔法は簡単に汚染されるものだ。

「ほら」カルムはいってトリスタンを手招きし、彼の眉間のしわに親指を押しつけた。「ましになったかい？」

頭痛をやわらげるのはたいして難しいことではなかった。ましてや、それがやわらいだように感じさせることは。

「かなり」トリスタンは一瞬、カルムに感謝の目を向けた。「ギリシャの海岸で豪華な休暇を楽しまれましたか、殿下？」

「ああ、そして明らかにぼくはいくべきだった」

「覚えていると思うが、きみは招待されていたんだぞ」

「まあ、次の機会にはな。とにかく、とても興味深いことがあって、きみに知らせなくてはと思ったんだ」

「もし〈フォーラム〉のことをいってるなら、ぼくのところにも訪ねてきたよ。ぼくがいうのもなんだが、かなり不愉快なやつだったな」

「実は違うんだ。というか、完全にはそうじゃない」カルムは外を身振りで示した。「散歩しないか？　新鮮な空気を吸えば少し気分がましになるかもしれないぞ」

あらゆる種類のバラが植えられた庭園は、雪が降っているにもかかわらず、常に我慢できる程度の温度に保たれていた。屋敷のなかから聞こえる騒がしいおしゃべりは、ニコがレイナと、それにおそらくリビーと一緒に戻ってきたことを示していた。

「これでぼくらは、ローズの最愛の恋人の話を延々と聞かされなくちゃならないんだろうな」カルムはため息をついた。

驚いたことにトリスタンはすぐに気まずそうな顔をして、頭を空にした。「だろうね」彼がつぶやくと、カルムは顔をしかめた。トリスタンが彼の言葉を受け流したのは不快感からではなく、明らかに話をそらそうとしてのことだった――彼は魔法を使ってカルムを頭から締め出し、考えを読まれないようにしていた。ほかのものたちはしばしばそうやっていて、カルムが近づくといつも無形のシールドを張っていたが、トリスタンはそれをむだな努力とみなしてけっしてやらなかったのに。

妙だな。

「とにかく」カルムはいった。「この〈協会〉には興味深いちょっとした仕組みがあるんだ。彼らがいうところの、『排除』だったかな？　もしかするとそれは、そのものずばりの表現かもしれない」

〈フォーラム〉の勧誘員が意図していたことの核心にある真実を見つけるのは、それほど難しいことではなかった。〈協会〉のコレクションの中身は秘密になっていても、その真の性質はそうではなかったようだ。

「候補者のひとりは」カルムは身を寄せていった。「死ななくてはならない」

彼はトリスタンが身を強ばらせるか、いつものように暗い目を細めるだろうと予想していた。だいたいいつもそうなのだが、自分もそんなことではないかと思っていた、と認めさえするかもしれないと。トリスタンという男は己の人間不信にあまりにも愛されているから、真実が暴かれても驚きはしないだろうし、それを知った恐怖はなおさら小さいはずだ。

「正気の沙汰じゃないな」トリスタンは特になんの感情も表さなかった。

カルムは苛立ち、あごを強ばらせた。

すると、トリスタンはすでに知っていたのだ。

「きみは教えてくれなかったな」カルムが気づいたことを声に出すと、トリスタンは顔をしかめてちらりと目を上げた。

「知ったばかりだったし、ちょっと忘れてたんだよ」

「忘れてたって？」

「まあ、その――」トリスタンは口ごもり、感情を表に出さないようにしていた壁がほんの一瞬消えた。「さっきもいったが……妙な夜だったんだ。まだ完全に処理できてないんだよ」

もしこの状態のトリスタンを言い表すとしたら、「不完全」というのは、たしかに的を射た表現だった。

「声に出して考えてみようか？」カルムは挑発するようにいった。「要するに、どうやらきみはぼくらのうちのひとりが殺されなくてはならないことに気づいていたらしい」その些細な情報の断片を明らかにしたのが自分ではなかったことに苛立ち、カルムは不機嫌だった。「誰から聞いたんだ？　いや、答えなくていい」彼はあとから思いついて、不平がましくいった。「パリサだろう？　きみはゆうべパリサと一緒だった」

トリスタンはほっとしたようだった。「ぼくは……そう、一緒だった、でも――」

「彼女はどうやって知ったんだ？」

「いわなかった」

「尋ねなかったのか？」理解できない。どんな状況下でも、トリスタンなら問い詰めていただろうに。

「ぼくは――」トリスタンはふたたび動揺し、言葉を切った。「気が散ってたんだ」

カルムは身を強ばらせた。当然パリサは、トリスタンとの同盟関係をたしかなものにするための好機を、彼女が知っているひとつのやり方でものにしていたのだ。カルムは何カ月ものあいだトリスタンにとっていちばんの親友だったが、そろそろ彼を失ったことに悩んだパリサが、関係を修復するためになにかを試みてもいい頃だった。

「いいかい」カルムはいった。「裏切りほど決定的な運命はない。一度死んだ信頼は、生き返らせることはできないんだ」

　トリスタンがいきなり目を上げた。「なんだって？」

「〈協会〉のことさ」カルムはすました顔で、その意図を明確にした。「彼らはぼくたちに嘘をついているか、少なくとも誤解を与えている。ぼくらはそれにどう対応する？」

「ぼくの想像ではきっと理由が――」

「きみの」カルムは繰り返すと、ばかにしたようにいった。「**きみ**の想像ではきっと**理由**がある、ほんとか？」

「まあ、別に不思議なことじゃないだろう？」トリスタンは言い訳がましくいった。「それにどのみち、また別の罠かもしれない。試験さ」

「おいおい、ぼくらに誰かを殺さなくてはならないと思いこませてるだけだっていうのか？　明らかにきみは、この手の行為がもたらす悪影響を理解してないな」カルムはぶっきらぼうにいった。「思考ほど有害なものはないんだぞ。特に、けっして取り消せないものはな。ある集団が自分たちには誰かを永久に排除できると判断した瞬間、次になにが起こると思う？」

「きみはやる気はないといってるのか？」

「もちろんそうはいってない。だが、入会したければまず人身御供を差し出せという〈協会〉の要求に屈するのか？　まさかきみは、疑問も持たずにあっさり受け入れるとはいわないだろう」カルムはそれだけは確信していた。「たとえパリサでも、そこに自分にとって重要ななにかがないかぎり、検討はしないだろうな。ほかのものたちはどうかといえば、レイナは気にしないだろうし、ひょっとするとヴァローナは丸めこまれるかもしれないが、ローズは間違いなく――」

カルムはじっくり考えるのをやめた。「まあ、そうなると、必然的に排除されるのはローズということになるだろうな」

「なに？」トリスタンが弾かれたように顔を上げた。

「ほかに誰がいるっていうんだ？」カルムはじれたように問いかけた。「唯一、ローズより友だちが少ないのはパリサだが、彼女は少なくとも役に立つ」

「きみはローズが役に立つとは思わないのか？」

「彼女はふたり組の片割れだ。ヴァローナは、不愉快さがましな包みに入っているだけで、まさにローズと同じ才能を持ってる」

「ヴァローナはローズじゃない」トリスタンのシールドの縁が、かすかにちらついた。

「彼らは取り替えの利く存在じゃないぞ」

「おい、よせよ。きみがローズを殺すことを想像できないのは、子猫を溺れさせるようなものだからだ。彼女はそのあいだずっと大騒ぎするだろうな」

「ぼくは――」トリスタンは嫌悪感に駆られて背を向けた。「きみが実際にこんなことを論じてるなんて、信じられないな」

「ぼくらが殺人を犯すよう求められるという考えに、まったく動じていないように見えたのはきみだぞ」カルムは指摘した。「ぼくは単純に、きみがどんな形でそれが行われることを予想してるのかを、整理しようとしてるんだ」

「ヴァローナはけっしてローズを殺すことに同意しないだろう」トリスタンはいった。

「パリサもだ」

「彼らは誰かを選ばなくてはならないんだろう？」

「もしかしたらぼくを選ぶかもしれない」トリスタンは素早く瞬きした。「ひょっとしたらそうするべきなのかもな」

「おい、頼むよ、トリスタン」カルムの癇癪の小さなヒューズが火花を散らした。「どうしてきみはいつも、そう自虐的なんだ？」

トリスタンは彼を鋭くにらみつけた。「だったら、もっときみみたいになれっていうのか？」

これはどう見てもらちがあかなかった。

「ひと眠りしろよ」カルムは不機嫌にくるりと背を向けた。「疲れてるときのきみは恐ろしく退屈だ」

カルムはある種の戦略会議を開いて、ほかのメンバーのうち彼らが失ってもいちばん耐えられるのは誰かを決めたいと思っていたのだが、いまのトリスタンはどうしようもないほどなにひとつまともにできそうになかった。廊下を大股に歩いて自分の部屋に戻ろうとしていたとき、カルムはもう少しでリビーとぶつかりそうになった。

「ローズ」彼が無愛想にいうと、ちらりと目を上げた彼女の顔から血の気が引き、ひと言もいわずに急いで通り過ぎていった。

もしカルムが自分のことでひどく嫌いなところがあるとすれば、それは自身の推理力という牢獄だった。さて、リビーとトリスタンはともに、羞恥心とアルコール中毒という耐えがたい人類の病を患っていた。すばらしい。明らかにふたりのあいだにはなにかが起こっていて、トリスタンはそのことを彼に黙っていた。

またしてもトリスタンは、彼に黙っていた。

カルムは個室が並んだ廊下に着くと、パリサの寝室の扉を押し開け、なかに入って閉めた。

「だめよ」パリサが気《け》怠《だる》そうにいった。「それに、レイナにもちょっかいを出さないで。そうね――いいえ、考えてみたら、大いに見てみたいわ」彼女はそうつぶやきながら、頭を持ち上げて片手で支えた。「やろうとしただけでも、彼女はあなたのアレに噛みつくんじゃないかしら。賭けをしてたしかめてみる？」

パリサからは、ほかのふたりと違ってなにもにおわなかった。パリサはどこも緩んでいなかった。特に脱水症状を起こしているようにさえ見えない。彼女は……。

悦に入っていた。

「なにをした？」カルムは単刀直入に尋ねた。

「わたしのいちばん得意なことよ」

「それがローズとどう関係してるんだ？」

「ほら、ローズのことはわりと好きなの」パリサは考えこむようにつぶやいた。「彼女はとても……可愛らしいわ」

彼女が口角を上げて挑発するようにうっすらと笑みを浮かべるのを見て、カルムは自分がもてあそばれているのを理解した。

彼はほっとして、少しくつろいだ。ようやく遊べる相手が見つかった。

「あいつらは大ばかだ」カルムはそういいながらぶらぶらと歩いていき、ベッドの彼女の隣に横になった。「ひとり残らず」

「誰も彼も大ばかよ」パリサはそう応じながら、掛け布団に意味のない模様を描いた。

「あなたなら誰にも劣らずわかっているはずでしょう」

たしかに。「きみはなにをしたんだ？」

「彼らを変えたの」パリサは肩をすくめていった。「あの手のことは元には戻せない」

それが思考の危うさだった。一度取り上げてもてあそんだ思考は、めったに忘れられることはなく、心がうまく元どおりになることは、たとえあったとしてもごくまれだった。もっとまずいのは感情だ。たとえその出所は忘れても、感情を忘れることはけっしてない。

「そう、無理だな」カルムはゆっくりと同意した。「だが、なぜそれがきみにとって重要なんだ？」

「どうして重要かって？」パリサは肩をすくめた。「これはゲームよ。ゲームだとわかってるでしょう」

「賭け金に関係なく？」

彼女は驚いて瞬きし、それから無表情になった。

「今度は殺したの？」パリサは厳しい口調で尋ねた。

「殺すって誰を？」

「誰だか知らないけど。〈フォーラム〉からの使者を」

「いいや、特には」

パリサは彼を見つめた。「特には？」

「まあ、もしあの男があとで死んでも、それはほんとうにぼくのせいじゃない。彼の感情のなせるわざだ」カルムは肩をすくめた。「彼がそれをどう処理することにするかは、ぼくのあずかり知らぬことさ」

「まったく、あなたは正真正銘のサイコパスね」パリサが完全に体を起こしながらいった。「あなたは共感というものをまったく感じないんでしょう？」

「共感《エンパシー》を持たないエンパス」カルムは繰り返した。「きっときみは、自分がどれだけばかなことをいってるかわかってるんだろうな？」

「あなたはただ簡単に――」

「それにきみのやったことはどうなんだ、ええ？」カルムは迫った。「パリサ、きみは彼らの思考を聞くことができる。たったいま自分から告白したように、彼らを変えることができる。もともと同じように干渉してるのに、きみの動機が少しでもぼくのより立派だったことになるのか？」

「わたしは人を壊しはしない――」

「そうなのか？」カルムは尋ねた。「さっき見たところでは、トリスタンとローズはひどく劣化してたぞ。彼らは以前の彼らじゃない」

「『劣化』という言葉は、わたしならまず使わないでしょうね。それに間違いなく『壊される』のとは違う」

カルムがベッドの上でほんの少し近づくと、彼女は嫌悪感に身をそらした。

「きみがぼくを嫌うのは、ぼくらが同じだからだ」カルムは静かにいった。「きみはまだその結論に達してないのか？」

恐怖に毛を逆立てたパリサは、気が散るほど美しかった。「わたしたちは同じじゃない」

「どう違うんだ？」

「あなたはなにも感じない」

「それに対してきみは、同情はするが、それでも自分のやりたいようにやる。そうだろう？」

　パリサはいったん口を開き、それから閉じた。

「わたしたちは同じじゃない。その上あなたは自分を過大評価してる」

「ぼくが？」

「あなたはわたしより自分のほうが強いと思ってるんでしょう？」

「同じ結果を出すのに、きみはぼくよりずっとがんばらなくちゃならない。ぼくのほうが強くないとしても、力を引き出せるより大きな金庫を持ってるのはたしかだな」

「ほかの人たちはもっと分別がある」

「彼らが？　それはないんじゃないか」

　カルムは彼女の頭のなかでピースが組み合わさり、滑らかに溶けて収まるのを感じることができた。無理のない結合。彼女の思考の過程はとても優雅でとても心地よかった。ほかの人たちの場合と違って、彼女が決断を下すのを見ているのはとても愉快だった。ふつうの人たちの思考はとても雑で、乱れていた。パリサからは思考が蜂蜜のようにあふれ出し、カルムには彼女がやるようにそれを読むことはできなかったが、ほかのことをはるかにはっきりと直感でとらえることができた。

　たとえば、彼女はかなり愚かなことに、自分が勝てると考えていた。

「それを証明してみない？」パリサが彼に持ちかけた。「もしかしたらあなたのいうとおりかもしれない。なんといってもあなたは、明らかにわたしたちは同じだと思っているんだし、どう考えても彼らも同じにちがいない。思考も感情も、彼らにとってはまったく同じことなんだから」ふたたびふたりは合意の上で共謀関係になっていた。たとえカルムの手が届かない安全な距離を取っていても、パリサは自分たちが同様の事情によって結びつけられているのを感じることができた。「彼らはわたしたちそれぞれになにができるのか、ほんとうのことを知る機会を与えられるべきよ」

「知恵くらべか？」カルムは応じた。

「もちろん違うわ。単純に……ゲームをすることができるのに、なぜ闘うの？」

その夜カルムは穏やかに、ぐっすり眠った。

朝になり、彼らは審判員を説得するため、いつものように天井画の間に集まった。

「今日は指定された授業がある」ダルトンが例の、堅苦しく学者らしい口調でいった。いつもどおり車座になったほかのものたちは、おたがいに目を見交わした。アトラスは管理の仕事に出かけていて、理想的な状況だった。「さらにいえば、わたしはこれが必要だとは思わない」

「現在の研究課題は思考よ」パリサがいった。「その課題を実地に観察することに価値はないの？」

ダルトンは落ち着かない様子で一同を見渡した。「それが適切かどうか、わたしにはわからない」

「なあ、続けようよ」いつものことだが課題に飽き飽きしていたニコがいった。「ぼくらは最終的に誰かを排除しなくちゃならないんだろう？　ほかの魔法でなにができるのかを知る価値はありそうだ」

「そうだよ、ダルトン、ぼくらはじきに誰かを排除することになるんだ」カルムはもっともらしく同意した。「いま、どちらがより能力があるかを確認させてくれてもいいんじゃないか？」

ダルトンなら、このなかの誰よりもカルムとパリサの能力の違いがわかるだろう。なんといっても彼は、ふたりのどちらにも気分を操られないように、頭のなかから彼女を追い出し、同様にカルムを寄せつけないようにするのに忙しかった——それはつまり、彼らと同じ部屋にいるとダルトンはしばしば働き過ぎになり、物事を見落としてしまうということだ。

ダルトンがこの何カ月かパリサと寝ていることは、ほかのものたちのあいだではまだ秘密だったとしても、あまりうまく隠されているとはいえず、カルムにとっては明白なことだった。カルムは一度ならず、ダルトンが彼女に触れることなく、以前それを楽しんだときの感覚の輪郭、恋人たちの筋肉の記憶だけを頼りに、自分という存在の隅々でパリサを味わっているところを目撃していた。そんな日は一日じゅう、カルムは自分の好きなときに彼女を新たに味わい、感じ、嗅ぐことができた。ほかの誰かが感じているうずきの亡霊のように。

　このことをパリサに対抗するのに利用できるだろうか、とカルムは思った。ほかのふたりとなにをしたかをひとりの色事師に知られることを、彼女は気にするだろうか……？　残念ながらそれはなさそうだった。彼女は自らの責任においてしか愛さない種類の人間だったし、彼女が約束を交わした（あるいは守った）ことがあるのか、怪しいものだった。

「いいだろう」ダルトンは落ち着かない様子でいった。「長くはかからないだろうしな」

「一時間」パリサがいった。「でも、口出しはなし」

　これはなかなか興味深い要求だな、とカルムは思った。

　もしかしたら愚かな要求とさえいえるかもしれない。

「口出しができないなら、審判はなんのためにいるんだ？」トリスタンがぶっきらぼうにいった。彼はあとで問題になりそうだな、とカルムは思った。すでに彼は二度、リビーをこっそり見ていた。味方のうまい選び方を思い出させてやる必要がありそうだ。

「時間になったらわたしたちを止める役、というだけよ」パリサがあてつけがましくダルトンに目をやりながらいった。「それ以上でも、それ以下でもないわ」

「アストラル界もなしだ」カルムはいった。「観客にとっては退屈だからな」

「いいわ。物質界に限定ね」

ふたりはその条件で合意し、部屋の端と端に陣取った。パリサはドームの近くに、カルムは扉のそばに立ち、ほかのものたちは用心深く暖炉のほうへ移動した。

「ローズ」カルムはいった。「きみの不安を抑えてくれよ」

部屋の向こうでパリサが口をゆがめた。

「心配しないで、ローズ。彼なら大丈夫だから」

慎重にではあったが、リビーの絶え間ない動揺がもたらす振動がいくらか弱まった。

彼らはマントルピースの上の時計が開始時間を指すまで、無言で待った。

「はじめ」ダルトンが告げた。

「なぜあなたはここにいるの？」パリサがさっそく尋ね、カルムはくっくっと笑った。

「きみはこれを討論のようなものにしたいのか？　それとも審問みたいに？」

「ヴァローナ」パリサがカルムと目を合わせたままで、ニコに呼びかけた。「あなたが闘いの最初にやらないことはなに？」

「たいていのことは」ニコは曖昧に応じた。

「それはどうして？」

「どんな罠が仕掛けられてるかわからないからな」彼は肩をすくめて答えた。「重いパンチをお見舞いする前に、まず相手のリズムをつかむ必要がある」

「ほらね」パリサがいった。「わかる？　ヴァローナでもわかることよ」

カルムはあざ笑った。「ぼくらがやっているのはそんなことか？　スパーリング？　これの目的は物理の専門家たちとぼくら自身を差別化することであって、彼らに合わせることではないと思ってたんだがな」

笑みを浮かべたパリサの口角が上がった。

「質問に答えて」

「いいだろう。ぼくが参加したのは、ほかに急を要する予定がなかったからだ」カルムはいった。「さてと、今度はきっとぼくがきみに質問する番だな。合ってるかい？」

「よろしければどうぞ」パリサは愛想よく応じた。

「すばらしい。きみはいつから自分は美しいと思うようになったんだ？」

彼女の眉間が疑わしげにぴくりと動いた。

「これはきみの謙虚さを試す罠じゃない」カルムは請けあった。「どのみち、間違いなくぼくたちみんなが事実だと確認できることなんだから、たいした罠じゃないさ」

「わたしの謙虚さはどうでもいい」パリサは応じた。「単純に、どういう関連があるかわからないの」

「肩慣らしさ。それとも、こういったほうがよければ、調整かな」

「これはポリグラフかなにかなの？」

「ぼくがここにいる理由を尋ねたのは、ぼくからある種の事実を読み取るためなんだろう？　きみ自身のパラメーターを考えれば、ぼくも同じことができるはずだ」

「いいわ」パリサの口元が強ばった。「わたしが自分は美しいと知ったのはいつか、という質問ね？　ずっと知ってたわ」

「まあ、たしかにそれはある意味で真実だろうな」カルムはいった。「だがきみは、ふつうに美しいだけじゃないだろう？　きみの美しさは男たちを闘いに駆り立てる種類のものだ。狂気に」

「あなたがそういうのなら」

「それで、いつ初めて理解したんだ？　他人を支配する自分の力を。おもに男たちを」彼はそういいながら、パリサに一歩近づいた。「それとも最初は女だったのか？　いや」それに対する彼女の苛立たしげな動きをとらえて、カルムは判断した。「もちろんそれは男だった」

「もちろんそれは男だったわ」パリサは笑みを浮かべて繰り返した。「いつだってそう」

「きみには寂しげなところがあるだろう。だが、それはちょっと……つくられたものなんじゃないか？　きみはひとりっ子ではないから、そういう種類の寂しさとは違う。ローズのような」カルムはそういいながら、肩ごしに身振りで示した。「彼女は孤独だし、ひとりぼっちだが、きみは違う。きみが孤独なのは、自分でそうなることを選んでいるからだ」

「もしかしたら単純に他人が嫌いなのかもしれないわね」

「きみの女きょうだいの名前は？」カルムが尋ねると、パリサは瞬きした。「もちろんきみたちは、ある時期までは仲がよかった。きみの男きょうだいは、なにか力強い名前なんじゃないか。彼は男性的で、めったなことでは壊れない。跡継ぎだろう？　彼がいちばん年上で、それから姉さん、そしてきみだ。兄さんはきみがお気に入りで、姉さんはきみを遠ざけた……そして彼女はきみのいうことを信じなかったんじゃないか？　きみが彼の心のなかに見たことを話しても」

　幼い頃の暗い出来事をふたたび体験させられて、パリサがたじろぐのが見て取れた。

「さあ、見てみようか」カルムはそういうと、パチンと指を鳴らしてパリサの過去から引き出した印象や雰囲気を天井画の間の壁に並べていった。「金《かね》、これは簡単だ」パリサが彼の頭からまるで写真のような思考を引き出すのとは異なり、カルムが呼び出す彼女の感情は絵のようなものだった。エンパスというのは厳密には科学ではないが、重要なのは、魂ともいうべきものの基礎となる土台を、正しく見極めることだった。たとえば、子ども時代や特権を表す金色の光を。「明らかにきみは充分な教育を受けていた。家庭教師か？」

パリサのあごが強ばった。「ええ」

「それはしばらくして終わった。もちろんきみは、その家庭教師が大好きだった。学ぶのが好きなんだ。しかし兄さんは、きみが自分以外の誰かにそれだけの注意を向けるのが気に入らなかった。なんて悲しい話だ！　可哀想な小さなパリサ、一家のお姫様は、可愛らしい籠の鳥のように富という金庫に閉じこめられてしまった。それで、どうやって逃げ出したんだ？」カルムはかつての彼女の姿を壁に飛び散らせながら、じっと考えた。「そうか、当然だな。男だ」

少女時代のパリサのぼんやりしたイラストは押し流され、風にさらわれていった。

「一緒に歩こう」カルムがそういうと、たちまちパリサの膝はがくがくし、彼に抗う力を失った。きっとほかのものたちも、同じようにうっとりしてついてくるはずだ。「こっちのほうが広い。なんの話をしていたんだったかな？　ああ、そうだ、誰かがきみを救って――いや、きみは自分で自分を救ったんだ」彼はパリサの先に立って控えの間を抜け、大広間に向かいながらいいなおした。「だがきみは彼に、自分の意思でやっていると信じこませた。それは……兄さんの友だちか？　そう、彼の親友だ。裏切りが感じられる。彼は自分の骨折りに対してきみからなにかを得られると期待した……永遠の献身？　いや」カルムは笑い声をあげた。「もちろん違う。彼はなにかずっと……手に入りやすいものを求めた」

玄関ホールに着くと、カルムは足を止め、ちらりとパリサに目をやった。これまでずっと壁沿いについてきていた彼女の像が、上の階の手すりが落とす影に引きこまれ、そのまわりの光が突然消えた。

「いくつだったんだ？」

カルムは、口がからからになったパリサがつばを飲みこむのを眺めた。

「十八」

「嘘だ」

嚙みしめた彼女の唇が薄くなった。

「十五」

「正直に答えてくれてありがとう」そう応じると、カルムは階段のほうを向いて彼女を上の階へと導いていった。「それで、それを知ったとき、きみは十一だったんだな？」

「十二よ」

「そう、そうだ、もちろん。そして兄さんは十七、十八……？」

「十九」

「当然だ。そして姉さんは、十四？」

「そう」

「それは厄介なことだな。とてもとても厄介なことだ」カルムが手をのばして頬をなでると、彼女は嫌悪感に後ずさった。彼は声をあげて笑いながらパリサを手招きし、上の階の大広間の扉をくぐった。「すると、きみがひどく嫌っているのはぼくなのか？」

「わたしは嫌ってない」

「きみはぼくを嫌いたくないんだ」カルムは応じた。「ぼくが憎しみなどというくだらないもののせいで、恐ろしい犯罪を犯していると疑っているから」

彼は格式高い客間に足を踏み入れ、手を差し出した。「どうだい？」

パリサは彼をにらんだ。「踊りたいの？」

「きみがついてこられるか見たいんだ」カルムは言い放った。

パリサは目を丸くしてみせたが、彼の手を取った。

「もう勝ったようなものだと思ってるんでしょうね」パリサはそういって、カルムがその腰に両手を添えると並外れた完璧なワルツを踊りはじめたが、その程度のことは想定の範囲内だった。どこかで音楽が流れていた。当然彼女の仕業だろう。

「きみが教えてくれよ」カルムはいった。「ぼくの考えを読めることになってるんだろう」

「あなたは自分が勝利を収めつつあるというただひとつの確信に、その存在のほとんどを注ぎこんでる。カルム、正直いって、読みたくなるほど興味深いことはなにもないわ」

「そうか？」

「そこではたいしたことは起きてない」そういいきってワルツのステップを踏む彼女の首は、ほっそりして美しかった。「特に野心はなし。無力感もなし」

「無力感をおぼえるべきだっていうのか？」

「ほとんどの人はそうよ」

「たぶんぼくは、ほとんどの人には入らないのかもしれない。そこが重要なんじゃないか？」

「まったくだわ」パリサはつぶやいて彼を見上げた。

「きみはぼくに対してほんとうに用心深いな」カルムは非難がましくいった。「おかげでぼくの心はほんとうに傷つきだしてるよ」

「傷つくような心があなたにあるとは、気づかなかったわ」

カルムは彼女を自分の腕の下でくるりと回転させながら小さな閃光を呼び出し、壁に色をつけた。まだほかのものたちがついてきていたとしても、彼はとうの昔に見失っていた。見上げたことに、彼女のほうがはるかに興味深かったのだ。

「こんな感じだったのか？」カルムは深紅に染まった壁を身振りで示しながら尋ねた。「正確な色合いはわからないが」

「なんのこと？」

しかしカルムは、自分の腕のなかで彼女が身を強ばらせるのを感じた。

「きみのウエディングドレスだよ」彼が礼儀正しく微笑みを浮かべて答えると、一瞬、パリサは凍りついた。「ところで、きみのご主人はどうしてるのかな？ 当然、生きているんだろう。想像するに、きみが名前を変えてパリの学校に入ったのは、それが理由だろう。きみはキャリアに関心があるタイプには思えないから、当然なにかから逃げていたことになる。そして魔法の結界が張られた大学のなかほど隠れるのに適した場所は、ほかにないんじゃないかな？」

カルムは彼女の感情の底に流れる激しい怒りを感じ、強烈な痛いほどの至福を味わった。

「ああ、別に最悪なことじゃないさ。暴君のような夫から逃げたティーンエイジャーは大勢いる。きみの兄さんは止めようとしなかったのか？　いや、もちろんそれはないな」彼はひとり、ため息をついた。「彼はきみが自分に背を向けたことをけっして許さなかったし、これはきみへの罰だったんだ」

パリサが呆然と後ずさると、カルムは彼女に手を差しのべた。

「きみは長いあいだ逃げてきたんだな」カルムはそうささやきながら、彼女の頬にかかったほつれた巻き毛を軽く払った。「可哀想に」彼はパリサを引き寄せて抱擁し、低くうねる彼女の惨めな気持ちが波のように自分を歓迎するのを、胸の内に感じた。「きみは生まれた瞬間からずっと、必死で逃げてきた」

カルムは弱りきった彼女がぐったりともたれかかってくるのを感じ、その肩を抱いて屋敷の南棟へと導いた。

「きみのせいじゃなかった、そうだろう」カルムはそういいながら彼女の腰に腕をまわし、さらに階段を上って礼拝堂（ひどく仰々しい）から離れ、最上階のバルコニーに出た。パリサは次第に悄然とし、まるで彼に血管を切られたかのように感傷が流れ出しはじめた。

「人はみな、美をとても貴重なものだと考えるが、きみは違う。きみのそれは。きみの美しさは呪いだ」

「カルム」パリサの唇は痺れ、発した彼の名前は不明瞭だった。カルムは親指で彼女の下唇を軽くなで、薄く笑みを浮かべた。

「きみは彼らを憎んでいるのか？」カルムはささやき、彼女の頬に軽くキスした。「いいや、ぼくはそうは思わない。たぶん密かに、自分はこんな目に遭っても当然なのではないかと疑っているんだろう？ きみは人々を狂わせるし、そうなるのを見てきた。彼らがきみに目を留めるのを見ると、わかるんだろう？ その見え方、その感じ方が。もしかしたらそのせいで、きみは自分を化け物だと思っているのかもしれない。きみがぼくを恐れる理由はそれで説明がつく」カルムは優しくそういって、彼女の顔を両手で包みこんだ。

「密かにきみは、自分のほうがぼくよりもはるかに悪いと信じている。なぜなら、きみの飢えは癒やしようがないからだ。きみの望みは飽くことを知らない。きみは自分のために人々を弱らせることに、けっして飽きることがないんだろう？ きみは自分の欲望の倒錯具合に怯えているが、ぼくのほうがひどいかもしれないと考えるほうが楽だ」

カルムは自分たちが通れるように、バルコニーのガラス戸を押し開けた。ロンドンらしい雨が降っていて、パリサの足が濡れた大理石に接して滑りそうになった。雨の飛沫が滑稽なまでに古代ギリシャ・ローマ風の〈協会〉の装飾にかかり、その滴が大理石のキューピッドや、白い漆喰塗りのニンフから、涙のように滑り落ちていた。

カルムはパリサの片方の手を自分の肘にしっかり掛けさせ、庭園や、にわか雨に打たれたハナミズキの木々、ストローブマツの並木が見渡せるように、屋上の外周をぐるっとまわった。

「きっと、ときには存在しないほうが楽なんじゃないかと思うこともあるんだろうな」彼はいった。

パリサは答えず、自分の足を見つめていた。いつもながらお洒落な彼女の靴はスエードで、数分もたたないうちに雨が染みて台なしになってしまった。濡れた髪は長くのびて肩にかかっているが、もちろん彼女の美しさは損なわれていない。女の目がこれほど鈍く、それでいてきらきらと輝くのを、カルムは初めて見た。その取りつかれたような表情が、彼の心のなかでパリサをますます美しく見せていた。彼女がこれほど美しく、これほど打ちのめされていたことは一度もなかった。パリサにかかると破壊は富のように、宝石のように見えた。

「彼らがきみを傷つけたのか？」カルムは尋ねた。「誰が？」

パリサは気分が悪そうに、のろのろと視線を上げた。

「みんなさ」

彼女は一瞬目を閉じ、よろめいた。唇が開き、ひとつの言葉をつぶやいた。

「ええ」

カルムは彼女の頬から、彼女の唇から、そっと滴を拭った。それから眉間のしわにキスした。慰めるように、優しく。甘いキスを。

「彼らはもうきみを傷つける必要はない」カルムはそういうと、屋根の縁に彼女をひとりで立たせたまま、その場を離れた。

パリサの炎はいま、下火になっていた。いまにもちらつきはじめそうな揺らめき、消え入りそうなかすかな光。実際、雨というのはおかしなもので、いつも物事をひどく陰気に見せてしまう。ロンドンは自然に、自ら進んでそうなっていた。霧に包まれた灰色の景色は見事なほど孤独にそっくりで、パリサはそこにどっぷり浸かっていた。そのなかでずぶ濡れになり、自分だけが輝いていた。

ふたりは友だちになれたかもしれなかった。カルムはそうなりたかった。かわりに彼は、パリサが首を巡らせて庭園のほうを眺め、自分たちが立っている場所から地面を視界に収める様子を見守った。手すりに手をのばしてつかみ、ぶるっと震えて微風に身をゆだねたときも、彼女はまだ瞬きもせずに見つめていた。いまのパリサはあまりに空っぽだったから、火をつけるのはまず無理ではないか、と彼は思った。火花くらいは散るかもしれないが、それだけだ。

孤独は強力な武器になる。強いられた孤独ならなおのことだ。

カルムは少なくとも、彼女が手すりによじ登ったとき、敬意を表してそれを見守ってやった。感心なことに、パリサは心を決めるのにほとんど時間をかけなかった。彼女はああだこうだと考えるタイプではなかった。そのあまりの力強さ、自分で物事を運ぶところに、カルムはもう少しで彼女を誇らしく思うところだった。彼はパリサと視線を合わせたまま、元気づけていた。彼女の選択に反発するつもりはなかった。

彼女が落ちたとき、リビーがはっと息を呑んだ。

残念なことだ、とカルムは心のなかで思った。圧倒的なパリサの感情に集中するあまり、ほかのものたちの存在を忘れていた。彼女はとても美しく、その悲しみはとても純粋だった。彼女の苦悩は、これまでに味わってきたなかで最もすばらしいものだった。

振り返ってほかのものたちと向きあったカルムは、彼らの表情を心にとどめるにつれ、不自然な警戒感が胸に迫るのを感じた。

「まさか」取り乱したリビーが早口でいった。「まさか、嘘でしょう――そんな――」

「どうして止めなかった?」絶句してかぶりを振っているダルトンに、ニコが食ってかかった。

「一時間たっていなかった」彼は見るからに呆然としていた。

「気はたしかか？」うまく言葉が出てこない様子のトリスタンが、吐き捨てるようにいった。カルムが観察したところでは、彼の目が最も大きく見開かれていたが、どの感情が彼独自のものかを見分けるのは困難だった。カルムはトリスタンから様々なものを感じることができた。悲しみ、驚愕、それから最後に不信。

ああ、カルムは顔をしかめて思うと、目を上げ、ほかのものたちの後ろで微笑んでいるパリサの視線をとらえた。

「目を覚ます時間よ」彼女はそういって、指をパチンと鳴らした。

一瞬で全員が天井画の間に戻り、彼らはまだ立っていて、その服は乾いていた。

まるでそこから動いてなどいなかったかのように。

「アストラル界はなしだといっただろう」カルムは腹立たしげにいったが、彼女のことは称賛しなくてはならなかった。彼はなにも気づいていなかった。屋敷の細部にいたるまでおかしなところはなにひとつなかったし、雨もいい感じだった。

「だったら、わたしは死んだほうがいいっていうの？」パリサはばかにしたようにいった。

「それにどちらにせよ、わたしたちがいたのはアストラル界じゃないわ。ほかの誰かの頭のなかよ」

「誰の？」

「ニコの」パリサがそう答えると、ニコはぎょっとして瞬きした。「ごめんなさい」彼女はニコのほうを向きながら、心のこもらない言葉をつけ加えた。

いまになってカルムは、彼女があのような単純な質問でふたりのちょっとしたチェスの試合をはじめた理由に気づいた。あれは答えではなく、誤った方向へ注意を向けさせることが狙いだったのだ。彼女は積極的なやり取りを期待するカルムの心を利用して、たちまちグループの意識をニコに集中させていた。それこそが積極的なやり方だった。自分が優位な立場にあるとカルムに思わせることで、彼を攻撃したのだ。

頭の切れる女だ、と彼はむっつり考えた。

「あなたは格好の標的なのよ、ヴァローナ。まっすぐで」パリサがニコに説明した。「通り抜けられない壁がほとんどないの」

「礼をいうところかな？」ニコはそういったものの、まだ彼女が本物かどうか確信が持てず、見つめていた。

「一時間だ」ダルトンがちらりと腕時計に目をやって、安堵の息を吐いた。「どうやって勝者を宣言すればいいのかわからないが」

「当然カルムでしょう」パリサがいった。「彼がいちばん魔法を使ったじゃない。わたしはろくに反撃することもできなかった」彼女はそういって、カルムのほうを向いた。

「ぼくが？」彼は繰り返し、パリサの口がぴくりと動くのを見た。

「ええ。わたしはあなたに実際に傷つけられることのないどこかに自分たちを連れていったかもしれないけれど、それでもあなたはわたしに打ち勝った。あなたはわたしを打ちのめしたわ、そうでしょう？ だからあなたの勝ちよ」

しかしカルムには、パリサから発散されている勝ち誇った空気が感じられた。それは不快で鼻持ちならず、すえたにおいを放って腐っていた。彼女は熟れすぎて悪臭を放ち、腐敗に身をまかせていた。彼女は肥沃な土壌に根を張り、カルムの敗北という豊かさのなかで蘇った死だった。

カルムは完膚なきまでに彼女を叩きのめしていた。それだけは間違いない。パリサの死は非物質的な形においてさえ、本物だった。だがそれでも、こうなることがわかった上で、パリサが破壊のための駒を彼に見つけさせたことに、疑問の余地はない。彼女が反撃しなかったのも、不思議はなかった。彼女がカルムに見せたことにひとつも嘘はなかったが、彼女の弱みを利用するなかで、カルムのほうがはるかに己を見せてしまっていた。結局のところ、彼女は思考というものを理解していたのだ。特に、いったん植えつけられたものはけっして忘れられないということを。

いまや、カルムの失敗は明らかだった。彼は自分が強いことを証明しようと考えていたが、誰も強さは求めていなかった。彼のような強さは。強さは機械や怪物のためのものであって、ほかのものたちは欠点のなさにも完璧さにも、共感することができなかった。人間は人間らしさを求めていた。つまりカルムは、弱いところがある証拠を見せなくてはならないということだ。トリスタンが彼と目を合わせられずにいるのを見て、パリサにしてやられたことがわかったが、これはひとつのラウンドにすぎなかった。次の仕掛けのためには、今日の彼という煙幕が消えるにまかせなくてはならないだろう。

「それでは、カルムだ」ダルトンがそういって、ほかのものたちのほうを向いた。「誰かわれわれが見たことを吟味したいものはいるか？」

「いいえ」レイナがきっぱりといった。今回ばかりは、ほかの全員を代表して。彼女は同情のようなものを込めてパリサのほうを向き、カルムはそれを渋い顔で見守った。

カルムは彼らに、自分は弱いかもしれないと思わせなくてはならないだろう。もしかしたら五人のうちひとりだけは、そう信じてもかまわないと思ってくれるかもしれないが、パリサはすでに充分注目に値するということを証明してみせていた。

ひとりの人間が信じられることは、止めようがなかった。

トリスタン

それはある問いからはじまっていた。

「ぼくらはどうするべきだと思う?」トリスタンがパリサにそう尋ねたのは、リビーが加わる前に、天井画の間の床にふたりで寝そべっていたときだった。パリサがロンドンの彼のアパートに現れて、週末の休みを早く切り上げて戻ろうと説得したのだ。表向きはそれぞれが〈フォーラム〉から受けた訪問について話しあうためだったが、まだどんな形の会話もなされていなかった。

　道徳的な戸惑いと煩わしい思考が否応なく襲いかかってくるのを遅らせるため、トリスタンは屋敷の酒蔵を漁り、一本のアブサンをつくり出していた。彼はそれを床から呼び寄せて、口元まで持ち上げた。パリサが答えを持っていることはわかっていた。どんな問いに対してもそうだが、特にその問いに対して。彼女が手ぶらでトリスタンのところにくるはずはない。

「そうねえ」鮮やかな手つきでトリスタンのシャツのボタンをひとつ外しながら、彼女は応じた。「わたしたちなりのルールを決めるべきでしょうね」

振り返ってみると、あの夜のことはぼんやりしていたが、あのとき自分がそういえばよかったのにと思ったことは覚えていた。あいにくリビーの口に舌を滑りこませたとき、トリスタンの目は完璧に澄み、意識もはっきりしていて、彼女が誰であるかも、自分がどうあるべきかもわかっていた――理想をいえば、そのおかげで彼自身がふらふらと堕落に、そしておそらく破滅に陥るのを防ぐことができたのだ。

すべてのきっかけはパリサだったかもしれないが――賢くて、トリスタンが何世紀にもわたる原初的な女性の狡猾さだと思いこんでいるものを備えた――彼は自分を止めようとしなかったし、いまなら自分が渇望していたのだとわかるものから立ち直ることはできなかった。

その対象は実に残念なことに、エリザベス・クソ・ローズだった。

そしてまさしくそれは渇望だった――期待のような意図的なものではない。その原因は、なんらかの化学反応、あるいは悪魔憑き、それともそれをいかにして克服したかという本が書かれるような、なにか別の悲劇的な先天性の異常にあった。たしかにアブサンが彼をそそのかし、その影響は温もりのように四肢に広がっていたが、トリスタンを圧倒しつつあるものがなんであったにせよ、彼は自分がすでにそれに蝕まれていたことに、かすかに気づいていた。症状が先行してあらわれていたのか、それとももしかすると、トリスタンがずっと彼女を渇望していたという状態は（目に見えず、耳に聞こえず、無言のうちに）存在していたのかもしれない。

　リビー・ローズがなによりもまず物理術師であることは、けっして割り引いて考えるべきではなかった。いまもなお、彼女に触れられた感触は大地そのものの震動のようにトリスタンの骨に響いていた。

とはいえ、リビーには彼らのあいだに起こったことにそれほど執着している様子はなかった。

「電子」リビーがいきなりそういってトリスタンを驚かせたのは、おたがいの無分別な行動にいっさい触れることなく、一カ月が過ぎた頃のことだった。最近トリスタンは五感のひとつを無効にしたり気をそらしたりしながら魔法の調整つまみをいじるという試みをはじめていて、周囲の雑音で耳の穴を満たしながら、彼女の口はどんな味がしただろうと考えていた。

「ごめん、なんだって？」自分の心を読めるものはパリサしかいないことに、トリスタンはほっとした（幸い、彼女は部屋にいなかった）。

「あなたはどのくらい小さなものが見えるの？」リビーが尋ねた。

　まだよく意味がわからなかった。「なんのことだい？」

「ほら、あなたは物の構成要素に焦点を合わせられるみたいだから」彼女は相変わらず、自分たちが最近どんなふうに一緒に寝たかといった、もっとわかりやすいことには触れなかった。

　ベッドで彼女と――パリサではなく、彼女と――一緒に目覚めたトリスタンは、もっとふだんのリビー・ローズらしいものを見ることになるだろうと思っていた。不安、後悔、罪悪感、そのうちのどれかを。ところが目が覚めると、リビーは手稿を読んでいて、起き上がるのに苦労している彼をちらりと見た。

「その話はやめましょう」というのが、最初に彼女の口から出た言葉だった。「実際、わたしは話さずにすめばそのほうがいい」

　トリスタンは目を細めて彼女を見ながら、やや奇跡的になんとかまっすぐ体を起こした。あり得ないほど口が渇き、頭ががんがんして、自分が最近行い、感じ、味わったことが、容赦なく脳裏をよぎっていた。

「わかった」彼はどうにかそういったが、リビーのほうはなにかが心に引っかかったようで、動きを止めた。

「それはそうと、ゆうべはここでパリサとなにをしてたの？」

脱水症状はこの会話を少しも楽にしてくれそうになかった。「彼女にきてくれといわれたんだ。話し合いたいことがあるといってた」トリスタンは自分の声に冷たさを聞き取り、このめったにない厄介な状況で、パリサが〈協会〉について明かした話をはじめる価値があるのかわからず、言葉を切った。

「ああ」リビーは目をそらした。「まあ、もし話したくなければ――」

いいかげんにしろよ。もう話すしかないだろう？

「ローズ」トリスタンはいいかけ、途中でやめた。

彼女が取り乱さずに受け止めるわけがない。

だが前の晩、ふたりがどんなふうに過ごしたかを考えると、彼女に黙っているのは道徳的にかなりまずいことだった。トリスタンにとって他人のベッドで裸で目を覚ますことには、そのベッドの主を秘密の集団殺人の対象にはしたくないと思わせるなにかがあった。

　たとえ話せるとしても、どこからはじめればいい？　パリサは彼に、五人が入会するためにはひとりが死ななければならないといっていた。彼らはけっして排除の対象になるものを選んでいたわけではなかったが、それを選ぶのは彼らの責任だった。彼らはずっと、これは文明的で公平なことだと信じこまされてきたが、実際は原始的で不道徳なことであり、もしパリサのいうことが正しければ、彼らは何千年も前から殺しを続けてきた組織のいいなりになっている可能性があった。

しかしトリスタンはリビーがある種のパニックを起こすことを予想していたので、おそらく嘘を半分交ぜるのがいちばんだろうと判断した（どんな状況であっても、自分の口からリビーに真実を伝えたくはなかった。なんといっても彼女のベッドは、彼自身と同じくらい、かなり燃えやすいのだ）。

「トロッコ問題は知ってるかい？」かわりにトリスタンは尋ねた。「気がついたら暴走するトロッコの制御レバーのところにいて――」

「ひとりを救うために五人を殺すか、五人を救うためにひとりを殺すか。ええ」リビーは認めた。「知ってるわ」

思考の研究をしているときに彼女のベッドでこんな話をすることになるとは、なんと奇跡的な偶然の一致だろう。もちろん魔法に関していえば、思考は哲学というより、その強制力についての、そしてそれをどう読み、どういじり、あるいはどう解釈するかという問題だったが。

この場合は、倫理学が扱わねばならない問題だろう。

「きみならどうする？」彼はそう尋ね、リビーが顔をしかめると、質問の意図をはっきりさせた。「五人を救うためにひとりを殺すかい？」

「パリサは思考実験のためにあなたをここに呼び出したわけ？」

「なんだって？」

リビーは返事を待っていて、彼は目を瞬いた。

「ああ。いや、彼女は――そう、〈フォーラム〉の話だった。どうやら――」さらにためらう。トリスタンはこれまでの人生でこれほどためらったことは一度もなく、いまはこの話をするのに自分が服を着ていればよかったのに、と切実に思っていた。あるいは、そもそも服を着ていない状態で彼女と一緒にいる感覚を知らなければよかったのに、と。

パリサは正しかった。いったん植えつけられた思考は、けっして忘れることができない。トリスタンは、リビーの鎖骨を指でなぞった感触を、彼女の喉をかき切るか、それを引き立たせるか、それともその両方が可能だとでもいうように、親指をその上でさまよわせた感覚を思わずにはいられなかった。

「どうやら」トリスタンはふたたび試みた。「〈フォーラム〉の使者の訪問を受けたことで、パリサはかなり……考えるようになったらしい」

「〈協会〉について、ってこと？」

「ああ。そんなところだ」

「それがトロッコ問題とどう関係してるの？」

「ほら、誰かが排除されるんだろう？　この場合は、自分が助かるためにひとりを殺すわけだ。もちろん、文字どおりの意味じゃない」トリスタンは急いでつけ加えた。「だが……概念上は」

「わたしはけっして思考実験にそれほど興味があったほうじゃない」リビーは用心深くいった。「それにその実験は、場合によっては、対象者が誰なのかによって少し変わってくると思う」

「だったら、そのひとりはぼくだとしよう。それで事情は違ってくるかな？」

トリスタンは軽い調子で提案しようとしたが、もちろん彼がこのようなことを知っているという現実は、おそらくリビーには想像できないほど事態を不穏なものにしていた。そうはいっても、彼女はパリサとは少し違った。まだ一緒にベッドに入っているあいだに、リビーが彼を取り除くことを選ぶといってくるとは思えなかったし、その考えは正しかった。

「本気でわたしがあなたを排除すると思ってるんじゃないでしょう？」リビーは顔をしかめて尋ねると、彼がまったく予想していなかった言葉を続けた。「あなたの潜在能力は完全には発揮されてない。〈協会〉を必要とするものがいるとすれば、トリスタン、それはあなたよ。アトラスでさえ、それはわかると思う」

トリスタンはその言葉を大いに有益だと思う一方で、まったく助けにならないとも思った。

これほどひどく困惑させられる相手は初めてだった。ことあるごとにつまらないことで大騒ぎするくせに、どうしてこれほど深刻な道徳上の罪に対する自分の立場をあっさり明言できるのだろうか？　リビーは彼の心をかき乱し、狂わせ、不安定にした。たしかに詳しいことをよく知らないという事情はあったにせよ（彼のせいで）、リビーの言葉には道理にかなった論理のしるしがあった。トリスタンの力に最も潜在能力があるから、彼を排除するつもりはない。彼が誰であるか、もっといえば彼が何者であるかは関係なく、彼がなにになり得るかが問題だから。それはトリスタンにとって最大の関心事とはとてもいえなかったし、彼の知るかぎりでは、パリサの関心事にも入っていなかった。パリサが自分を求めたのは、たんにある程度信頼してくれているからではないか、とトリスタンは思っていた。もしかしたらそれは、トリスタンが彼女にとって役に立つことが彼の有用性を証明する、という堂々巡りのようなものなのかもしれなかった。

一方で、リビー・ローズがどこにたしかな知的基盤を見出すかは、予測がつかなかった。

当然ながらトリスタンはひどく不安定な気分で、ありとあらゆる岐路でつまずいた。自分はこれを、殺人を犯すほど強く望んでいるのだろうか？　ときには、その答えはどう考えてもイエスだった。人間という存在から物事に対する不合理な渇望をのぞけば、なにが残るだろう？　パリサは人の心のなかに世界をつくり上げることができた。カルムは良くも悪くも、指一本上げずに人の魂を破壊することができた。リビーとニコも強力だった――レイナは漏れ出す生の魔法を無責任なほどあふれさせていた――が、トリスタンはまだ自分自身のことがなにもわかっておらず、彼らのなかでの立ち位置もはっきりしなかった。たしかに、まだいちばん役に立つわけではないが、彼への投資の配当が全員のなかでいちばん大きい可能性はあった。

そもそもトリスタンは、自分の指先になにがあるのかを理解していただろうか？　それは彼ら全員にいえることだった。

なけなしの倫理観が、様々な考え方のあいだでトリスタンを揺さぶった。「おれは必要なことをやる」というのが、己の罪のほとんどに対するエイドリアン・ケインの考え方であり、それは（学問的な言い方をすれば）れっきとした哲学的な立場ではあったが、「慈悲」や「同情」、あるいは「罪悪感」のようなものにさえ縛られていない場合には、それはかなり忌まわしい考え方だった。さらに悪いことに、もしトリスタンが常に目指していたことがひとつあるとすれば、なんであれ父親よりもずっと急進的な存在になることだった。

もちろん彼には人を殺すことはできなかった。何冊かの書物を手に入れるために殺人を犯すなど、とんでもない。（希少な書物。彼が知るなかで最も強力なメディアンの管理下にあるもの。何世紀にもわたって存在してきた慣習の一部として、そういうことであれば……？）

（気にするな。）

いずれにせよ、もしこんなことをすれば――自分にできると認めるだけでも――果たして自分を許すことができるだろうか？　残った良心の欠片を抱えて生きていけるだろうか？　人間が物事に順応する早さというのは、おかしなものだ。かつてトリスタンは、イーデン・ウェセックスと結婚して、彼女の父親に従順に仕えることができると信じ、自分がそれ以上を望むかどうか――場合によっては、それを渇望するかどうか――など、まったく考えたこともなかった。トリスタンは、かつての自分と連帯していた時間はいまよりもはるかに安定していて、もしかしたらずっと健康的だったかもしれないと考えはじめていた。それは好き放題に暴飲暴食をした結果すっかり乱れてしまった、定期的な運動、生産的な食習慣のようなものだった。いまの彼はほしいものをすべて手に入れていた。力、自由。セックス。クソっ、セックスだ。そしてそれにはひとりの人間を殺しさえすればよかったが、いったい誰を殺すというのか？　全員の考えが誰かひとりで一致するわけでもあるまいし。

　ただし。

「もしそれがカルムだったら？」彼は注意深くリビーに尋ねた。

（純粋に議論のためだ。なんといっても、もしリビーが殺すかもしれない人物がひとりいるとすれば、それが誰なのかはみんな知っていた。そしてそれは、たとえ彼女がなんと言い張ろうと、ヴァローナではなかった。）

　リビーは顔をしかめた。「それって、あなたはカルムを殺すつもりだってこと……わたしを救うために？　わたしたち残りのみんなを救うために？」

「そうだ」そうほのめかすことを考えただけでもトリスタンは不安になったが、幸いカルムは屋敷にいなかった。カルムの存在はレイナの場合と同様、過剰な魔法の痕跡によって難なく確認することができた。だが、カルムの場合は幻を使っているにもかかわらず、それが能動的に使われているかそうでないかを見分けるのは難しかった。

「カルムが一方の線路にいて、残りのぼくらはもう一方にいるとしよう」トリスタンは条件をはっきりさせた。

「ああ」リビーは瞬きし、目を見開いた。「そうね、わたしは――」

トリスタンは気を引き締めて待った。彼女になんと答えてほしいのか、自分でもよくわからなかった。それはリビーにとっては架空の質問だったから、真に彼女の立場を見極めるには充分とはいえないだろう。

それでも彼女が答えたとき、トリスタンはかなり意表を突かれた。「わたしはそんなことはしない」

「えっ？」というのが彼の本能的な反応で、それはあまり急激に表にあらわれたため、動揺した数多くの思考の深みから浮かび上がる過程で痛む脳全体をガタガタと揺さぶった。

「そんなことはしないって、どういう意味だ？」

「わたしは誰も殺さない」リビーは肩をすくめた。「そんなことはしないわ」

「だったら、選択の余地はないとしたらどうだ」

「思考実験として、っていう意味ね？」

トリスタンはためらい、それからいった。「そうだ、思考実験として」

「誰にでもひとつは選択肢がある」リビーは頬の内側を噛み、おそらく彼には聞き取れないなにかの波動に合わせて膝に置いた手稿を軽く叩いた。「あなたなら？」

「ぼくがなんだって？」

「カルムを殺すか」

「ぼくは――」トリスタンは瞬きした。「そうだな、ぼくは――」

「それともわたしを」リビーはちらりと横目で彼を見た。「あなたならわたしを殺す？」

「いいや」いいや、彼女はだめだ。彼女の力、彼女の能力を世界からなくしてしまうなど、誰にとっても大変な損失だろう。人類に対する純然たる犯罪行為だ。たとえその方程式にセックスは含まれていなくても、簡単な結論だった。「いいや、もちろんそんなことはしない、でも――」

「パリサはなんていってたの？」

ふと彼は、パリサがまったく同じようなことをいっていたのを思い出した。ただし言い方はずいぶん違っていたが。**わたしはそんなことはしない。**

「ぼくが思うに」トリスタンはゆっくりといった。「パリサなら、ある種の反乱を起こすだろうな。列車を乗っ取るんだ」なんとか陰気な笑い声を立てると、喉がひりひり痛んだ。「どうにかして三人を殺し、三人を救う。指示されたとおりにする必要はないから、というだけの理由でね」

「なるほど、そういう考え方もあるわね」リビーはそういって、まるで彼のいうことはどれもっともらしい選択肢だといわんばかりに肩をすくめた。トリスタンは瞬きをして考えをまとめようとしたが、リビーがしおりがわりのしるしを注意深く手稿につけて彼のほうを向いた動きに妨げられた。

「たぶんわたしは話すべきだと――」間。「話さないと。わたしの恋人は」彼女はいいかけ、それから語尾を飲みこんだ。「たぶん彼に話すべきだと思う」

「まさかそんなことはしないだろう……」クソっ。「彼になんて話すつもりなんだ？」

リビーは唇を噛んだ。「まだ決めてない」

「そんなことをしなくたって――」待て。

「どうかな。わたしはそうは思わない」間。「いいえ」

「それじゃあ……」

洗いざらい話すことも、完全に黙っていることもできないという事実は、トリスタンにとってかなり心を乱されるものだった。いつもこういうことをやっている人間のように、黙ってこの場からぶらりと出ていくだけの心の余裕があればどんなにいいだろうと思ったが、いまのところ脱水症状のちくちくする感覚と、完全に野放しになった愚かさに苦しんでいるだけだった。

「それじゃあ、ただ彼に話すつもりなのか？　正直に？」

「わからない。考えてみないと」

明らかにそれは、ひとりでという意味だったし、もっともなことだった。この思考実験はさっきのものとは違って、査読されることは想定されていなかった。**なにを考えるんだ、**と尋ねたい衝動が一時的にトリスタンの意識を支配したが、体に染みついた感覚があまり長居することを許さなかった。もう充分まずいことになっていた。突然彼は、ぐずぐずと長居をするような人間にはなりたくないと思った。トリスタンの手足は冷静な距離を取ることに慣れていて、リビー・ローズとのあいだに易々と距離を置けたことに、彼はほっとした。

数週間たっても、リビーからはまだなにもいってこなかった。最初の数回のやり取りはどことなくぎこちなく、ときどき視線をそらしたり、一度は、閲覧室のテーブルのあいだですれ違ったときに、彼の掌がうっかり彼女の腰をかすめるという実に危うい衝突もあったが、それ以上の言葉のやりとりはなかった。意図的な接触はいっさいなく、朝夕の軽い挨拶や、パンをまわしてほしいと頼む以上のやりとりもなかった。

もちろん、そのときまでは。「電子」

トリスタンは閲覧室のテーブルにひとりで座り、集中していた。あるいは、そうしようとしていた。リビーは勢いよく入ってきて彼を驚かせると、別のテーブルから椅子を引っ張ってきて、卓上ランプの薄暗い明かりのなかで彼の横に座った。まるで自分たちは、たとえば一度もセックスをしたことがない、ときどき顔を合わせる程度の友人どうしであるかのように。

「電子って、どういう意味だい？」トリスタンは朦朧とした、ばかみたいな気分で尋ねた。皮肉なことに二ヵ月近く費やした思考の研究からは、まったくなんの成果も上がっていなかった。いま彼らが取り組んでいる予知能力という主題（そして、カサンドラやノストラダムスのような史上最も有名な予言者の研究）は、このような悪夢のように思いがけないとしかいいようがない交流に対しては、まったくなんの心の準備もさせてくれなかった。

「物事を電子の大きさまで分解できれば、それを化学的に変化させることができるでしょう」リビーは彼のほうに身を乗り出していった。「たぶん、だけど」

「ああ」トリスタンは咳払いをした。「そうだな、それは少しばかり……先の主題じゃないかな？」

「なにが、化学のこと？」

「ぼくらはまだ念動力《サイコキネシス》をやってるところだろう」

「まあ、それは一般的にいって、思考と無関係じゃないでしょう」リビーはいった。「実際、わたしがそれを思いついたのは、未来の力学について議論してたときだった。ところであなたは時間について、もっと深く考えたことはある？」

途切れることなくしゃべりつづける彼女の様子に、いったいなんの話をしているんだろう、とトリスタンは思った。

「……時間について？」

「それを利用できるかどうかについて」トリスタンとは違い、リビーはこの上なく幸せそうで、トリスタンが彼女のベッドで目を覚まして以来個人的に話をするのはこれが初めてだということに、気づいていないようだった。「予知能力は思考を通じて未来にアクセスできるという証拠なんだから、物理的にも同じく可能なんじゃないかな？　いうまでもなく、時間はわたしたちの誰もその形を想像することさえできないし、ましてや見ることなどできないひとつの次元よ」リビーはどきりとするような目つきで、まっすぐ彼を見据えた。「あなたは別だけど」

「なんだって、ぼくにできると思うのか——？」誤って幻術師と判断されて受けた訓練は、トリスタンの役に立っていなかった。魔法的にいって、リビーがほのめかしていることを説明するのにどんな種類の言葉が使えるのか、まったく見当もつかなかった。「時間を越えることが？」

「わたしには見当もつかないわ、トリスタン。だから尋ねてるの。あなたにはそれを利用する手立てがなにかあるように思えるっていうだけなんだけど、違う？」

「利用するってなにを？」

「あなたの専門技能を」

「なにについての？」

「さあ、それはあなたの専門でしょう？　だから、おそらくそれを使っているべきなのは、わたしじゃなくてあなたでしょうね」

　トリスタンは朦朧とした頭で、どこかから借りてきたような論法を生み出した。「魔法の専門技能の多くは、一緒に使われることが意図されている。ほとんどのナチュラリストは――」

「わたしがいってるのはそういうことじゃないの」リビーが首を傾げると、前髪が一方に流れた。ずっとのばしてきたその前髪は、いまでは充分耳にかけられそうな長さになっている。困ったことにトリスタンには、たしかにそうだという確信があった。「使われるべき技能があなたのものじゃなくても、まったく問題ない。わたしは単純に、それは違うんじゃないかと疑ってるだけ」

「どうして？」

「どうしてって、なにが？」

「どうして違うんじゃないかと思うんだ？」

「正直いって、実をいうとそれは、疑いというよりも推測なんだけど。パリサはどう思うかな？」

「ぼくは——」彼はまたしても驚いて言葉を切った。「なんだって？」

「ところで、パリサといえば」トリスタンがなんとか会話を把握したと思ったとたん、またいきなり話が変わった。「彼女は気が変わったと思う？」

もうオウム返しに質問をするのはやめて、トリスタンは腕組みをして待った。

「その……排除について」彼女の話がどこへ向かっているのか、トリスタンにはまったくわかっていないのを正しく察知して、リビーは質問の意図をはっきりさせた。「カルムのことがあったあとで、彼女は気が変わったみたいに思えるの。ほら、トロッコ問題だっけ？」

「ああ」そのとおり。パリサがカルムに殺されたという、ささやかな問題だ。「そうだ」トリスタンは突然の悪寒と闘った。「公平を期すためにいうと、彼女は前からずっとカルムのことをよくわかっていたと思う」

「まあね」リビーは咳払いした。「それは全体にとって、なんらかのメリットがあるかもしれないと思うの」

トリスタンは片方の眉を上げた。「なんらかのメリットって……カルムを殺すことに？」

「彼を見たでしょう、トリスタン」リビーの口元にはこれまで見たことがないような、新しく決意を秘めた厳しい表情が浮かんでいた。「彼はあれが現実じゃないと知らなかったわけでしょう？　自分がヴァローナの頭のなかの、ある種の……拡張現実にいるとは思ってもいなかった」彼女は顔をしかめた。「ということは、カルムにとっての現実では、いつでも簡単にパリサを排除できるってことよ。だから、そのことは思考実験の際に考慮するべきかもしれない」

「なかには死ぬべきものもいる、ってことか？」

「なかには存在するべきではない専門技能もある、ってことよ」リビーはきっぱりといった。

　それはたしかに不快な認識だな、とトリスタンは考えた。

「それが道徳的難問なのには理由があるんだ、ローズ」彼の口はまたからからになっていたが、その原因はよくわからなかった。ひょっとしたらたったいま彼女が無意識に、彼らのうちの誰を殺すかを、いつか実際にそうする可能性がある相手を決めたからかもしれない。

　予知能力か。恐ろしい。彼は予言者カサンドラへの羨望を惜しまなかった。

「正解はないんだよ」トリスタンはゆっくりといった。

リビーの笑みがかすかにゆがみ、視線を上げて彼の目をとらえた。

「わたしはそうは思わない」彼女はほとんど独り言のようにそう口にすると、驚いたことに立ち上がって出ていこうとした。

突然トリスタンは、リビーの信じられない行動に少し頭にきた。ぶらりと入ってきて、彼にはまったく不可能なことができるとほのめかし、それから彼を何週間も苦しめてきたことには触れもせず、またぶらりと出ていくことができるなんて。彼に誰かを殺すことはできるのか？ 彼女にできるのか？ 自分たちはこの建物に足を踏み入れたまさにその瞬間、己の魂を譲り渡す署名をしてしまったのか？ いまでは自分たちはかつての面影がないほどゆがんでしまい、こんなことがなければそうはならなかったようなものになってしまったのか？ 自分たちはまだ、いずれはそうなるであろうゆがみきった生き物にはなっていないのか？ いったい彼は、電子を使ってなにをすればいいのか――どうすれば時間を利用することができるのか――そして、彼女は恋人と別れたのか別れていないのか？

トリスタンは、自分で止める間もなく手を突き出した。

「ローズ、聞いてくれ――」

「ああ」カルムの声が閲覧室の戸口から割りこんできた瞬間、リビーはくるりと振り向いて目を見開いた。「なかなか消えないなにかの苦悩を感じたと思ったんだ。またトリスタンにしつこくされてるのか、ローズ？」

「いいえ、もちろんそんなことない」リビーが咳払いをしてトリスタンの手にちらりと目をやり、彼はその手をリビーの腕からどけた。「ちょっと考えてみて」彼女は静かにいった。「いいでしょう？」

　それからリビーは無言でカルムの足元にちらりと目をやると、頭をひょいと引っこめて部屋を出ていった。

「実に神経質なやつだな」カルムはそういいながら彼女の背中を見送ると、トリスタンのほうに向き直った。「彼女は知らないんだろう？」

「ああ」トリスタンはまだ、自分が挙げた仮定の道徳的ジレンマは、結局それほど仮定でも（道徳的でも）ないことを、リビーに伝える気になれずにいた。「第一、それが事実じゃないとしたら？」

「そうでないとして」カルムは同意して、トリスタンの隣の椅子にどさりと腰を下ろした。

「彼らがそれを公表するのはどうしてかな？」

「計略かもしれない」トリスタンはいった。「それとも罠か。ほら――」

「着任式みたいに？　それで〈フォーラム〉は？」

トリスタンはため息をついた。「ぼくらになにができるかを見たがってるだけだとしたら？」

「もしそれがほんとうなら」今度はカルムが考えこんだ。「きみは手がかりをつかんではいないんだろうな？」

「手がかり？」

「より繊細さに欠ける言い方をすれば『標的』、もしくは『狙い』」

トリスタンが少しむっとすると、カルムのいつも変わらぬ笑みが翳った。

「いまはきみもぼくのことを冷酷だと思ってるのか、トリスタン？」

「サボテンでも冷酷だと思うだろうな」トリスタンがつぶやくと、カルムはくすくす笑った。

「それでもぼくらはここにいる」彼はそういって、グラスをひと組呼び出した。「似たものどうしさ」

彼は片方のグラスをトリスタンの前に置き、上着のポケットから取り出したフラスクから、自分で調達したブランデーを少し注いだ。

「そういえば、自分にはほかの人たちに感じられないことが感じられると初めて気づいたのはいつだったか、ぼくは覚えてないんだ」カルムはグラスのなかの液体から目を上げず、ついでのようにいった。「それはただ……常にそこにあった。もちろん、母に愛されていないことは最初からわかってた。彼女はぼくの姉妹にいうのと同じだけ、『愛してるわ』といったよ」自分のグラスに注ぐために姿勢を変えながら、彼は続けた。「でも、そういうとき、ぼくには温もりが欠けているのが感じられた」

　カルムは間をおいた。「彼女はぼくの父を憎んでいた。いまもそうだ」彼はあとから思いついてつぶやき、自分のグラスを取り上げて香りをたしかめた。「たぶんぼくが身ごもられた状況は、褒められたものではなかったんだろうな」

　カルムはちらりと目を上げ、無感覚にグラスを口に運んでいるトリスタンを見た。いつものようにカルムのまわりには魔法のにじみがあったが、識別可能なものはなかった。カルムのふつうがどんなものであれ、ふつうとは違うものは。

「とにかく」カルムは続けた。「ぼくは、自分があることをすれば——あるものの言い方をすれば、あるいはそうするあいだ目を見ていれば——母のぼくに対する態度を……やわらげられることに気づいた」ブランデーが味わいというよりつんとくるにおいで、トリスタンの喉を焼いた。この前手を出したアブサンとは対照的な独特の味で、それがもたらす影響はより苦しいほどに高められていた。「母に自分を愛させることができると気づいたのは、たぶん十歳のときだ。その後ぼくは、彼女に別のこともさせられるのに気づいた。

グラスを置かせる。ナイフを下ろさせる。スーツケースの荷ほどきをさせる。バルコニーから離れさせる」カルムは不気味な笑みを浮かべた。「いま彼女は完璧に満足してる。世界で最も成功したメディア系巨大複合企業の女家長で、自分の半分の歳の大勢いるボーイフレンドのひとりと、上機嫌で満ち足りた時間を過ごしてる。父は十年以上、彼女を煩わせていない。だが、彼女がぼくに向ける愛は相変わらずほかとは違っている。偽りだ。彼女がぼくを愛するのは、ぼくがそう仕向けたからだ。ぼくが自分自身を、彼女をこの生につなぎとめる錨にしたからで、彼女がぼくに向ける愛は、どんな種類の鎖にでも向けられる程度のものにすぎない。母はぼくを、捕虜が愛するように愛しているんだ」

カルムはひと口飲んだ。

「ぼくは感じる」彼は青い目を上げ、トリスタンの目を見ながらいった。「とても感じる。だが必要に迫られ、ほかの人たちとは異なる感じ方をせざるを得ない」

それは控えめな表現だろう、とトリスタンは思った。そしてふたたび、カルムが自分に影響を及ぼそうとしてなにかを利用しているのだろうかと思い、不本意ながら、自分にはわからないと判断した。

知りようがないと。

「ぼくは」トリスタンはいいかけ、咳払いをしてもうひと口飲んだ。「ぼくはきみに呪われるのはごめんだな」

「ぼくらはみんな、自分なりの呪いを持っている。自分なりの祝福をな」カルムの笑みが揺らいだ。「ぼくらは自分自身の宇宙の神だ、そうだろう？　破壊的な神だ」彼はその場でグラスを上げてトリスタンに乾杯し、それから椅子の上で体をずり下げた。「きみはぼくに腹を立ててる」

「腹を立ててる？」

「きみの状態を表す言葉はない」カルムは自分でいいなおした。「だが、腹を立ててるというのは充分近いと思う。いまは苦々しさが、恨みがある。以前のぼくらは少々光沢を失ったか、錆が浮いているようだ」

「きみは彼女を殺した」いまだにそれはばかばかしく、口にするのも考えられないことに思えた。トリスタンはあのとき、半信半疑で麻痺していた。いまではそれは遠い夢のようだった。ある日、彼の心がさまよっていたときにでっちあげたなにか。虚空の呼び声のようなもの。彼の思考に踊るように入りこみ、そしてまた出ていった、真実というにはあまりにはかなくぞっとするような醜いもの。

「あのときはそれが立派なことに思えたんだ」カルムがいった。

　それを聞いたトリスタンがぽかんと口を開けて彼を見ないようにするには、思い切った手段が必要だった。「どうして？」

カルムは肩をすくめた。「トリスタン、誰かの痛みを感じるとき、彼らをそこから救い出してやりたいと思わないのは難しい。肉体的な痛み、末期の苦しみに対してなら、同じことをしないか？　状況が違えば、それは慈悲と呼ばれる」彼はグラスからもうひと口飲んだ。「ときどき、ほかの誰かの苦しみを感じると、ぼくは彼らの望みを叶えてやりたくなる。すべてを終わらせるために。パリサの病は生涯、永遠に続くものだ。徐々に悪化する」

いまは空になったグラスを、カルムはテーブルに置いた。

「それは彼女を消耗させるだろう。いずれにしても。ぼくは彼女の死を望んでいるか？　いいや。だが――」

また肩をすくめる。

「なかには勇敢に苦しみに耐えるものもいる。不器用に耐えるものも」彼はちらりと目を上げ、半信半疑な様子のトリスタンの視線をとらえた。「なかにはとても静かに、詩的にそうするものもいる。パリサは頑なに耐え、無意味にただ続けるために続ける。敗北を避けるだけのため、たんなる無ではないなにかを感じるために。なににもまして、虚栄心の問題だな」カルムは乾いた笑い声を立てた。「美しいものはすべてそうであるように、彼女は存在しないという考えに耐えられない。あの美しさが色褪せたあと、彼女の痛みはより鋭くなるんだろうか、それとも鈍くなるんだろうか」

「それで、苦しんでいないぼくらのことはどうなるんだ？」トリスタンはグラスの縁を指で触れながら尋ねた。「ぼくらはきみにとってどんな価値がある？」

カルムは一瞬、探るように彼を見つめた。

「ぼくらはみんな、まさに自分にふさわしい呪いを背負ってる」彼はいった。「ぼくをつくった罪がどこか違っていたら、ぼくはどうなっていただろう？　ぼくが思うに、きみは小ささ、トリスタン、不可視性という病を患ってる」彼はきちんと座りなおし、前に身を乗り出した。「トリスタン、きみはすべてをありのままに見ざるを得ない」カルムはつぶやいた。「なぜならきみが自分のことを、目に見えない存在だと思っているからだ」

カルムはテーブル越しに身を乗り出して、トリスタンの手からグラスをそっと取った。そして片方の手でトリスタンの頬骨をなで、親指をあごのくぼみに押しあてた。その直前、トリスタンは一瞬、もしかしたら自分はそれを望んでいるのかもしれないと思っていた。触れられること。優しさを。

カルムなら彼がなにを望んでいるかはわかっただろうから、もしかしたらそうだったのかもしれない。

「ぼくは感じる」カルムがいった。「とても」

それから彼は長く引き締まった脚で立ち上がり、自分がいた場所にグラスだけを残して立ち去った。

その後何日も、トリスタンがひそかに苦しんでいたことはいうまでもない。カルムは、少なくともその親しみある振る舞いには変わりはなかった。ふたりは以前と同じように、なによりもまず友人であり、夕食後に暖炉のそばで酒を飲むのを習慣にしていた。カルムに対しては仲間意識が、気楽さがあった。カルムの指がトリスタンの肩に向かって小刻みに動いたり、トリスタンの肩甲骨という罠のあいだを安心させるように滑ったように思える瞬間もあった。しかしそれはほんの一瞬のことだった。

一方でリビーはよそよそしく距離を保ち、彼女と過ごした時間のことをとりとめもなく考えていると、トリスタンは必然的に時間そのものについて考えることになった。

春がいつになく早くはじまって冬の寒さの下から這い出すにつれ、トリスタンは気がつけば繰り返し外に出て、〈協会〉の敷地を囲む結界に近づくようになっていた。結界の縁の魔法は分厚く充実していて、ロープのように太いより糸で識別することができた。そこにはほかのクラス、ほかの研修生たちの糸も織りこまれており、面白くて眠れなくなるようなパズルになっていた。トリスタンはよくその断片をもてあそび、ほつれた糸のように端を引っ張って、不変性の脈動になにか混乱が生じないかと観察した。

　時間。それを見る――あるいはそれがなんであれ、トリスタンに識別できるものを見る――いちばん簡単な方法は、敷地の縁近くまで出ていってそこに立ち、同時にその多くの段階に存在することだった。正確には、それは通常の活動ではなかったが、それをいうならすべてがそうだった。彼らに対する監視は時がたつにつれて緩くなっているようで、偶然なのかどうか、それぞれが〈フォーラム〉からの使者と対峙して以来、誰もあまりアトラスの姿を見かけておらず、六人の候補者たちは彼のまわりを奇妙なつま先立ちで歩くようになっていた。その間に彼らは、それぞれ自分なりの奇妙な習慣を身につけていて、トリスタンのはこうだった。彼は無言で立ち、部分的にしか使い方を知らない調整つまみをひねり、充分長く見てさえいればなにかが起こると期待して――いや、むしろ思いこんでいた。

　厄介なのは彼の想像力だった。リビーは、自分のは貧弱すぎるといっていた。そして彼のは問題がありすぎた。トリスタンは、世界にはまだ自分たちが理解していない別の次元が含まれていることを客観的に知っていたが、どういう形のものを探せばいいかは子どもの頃に学んでいたから、いまは当然それらを探していた。見慣れたものをじっと見つめ、なんとなくなにか新しいものが見えることを期待するのは、もどかしく、まったく不可能に感じられた。そう、トリスタンにはほかの人たちに見えないものが見えたが、厄介なのはそれを目にしたときに、彼が自分の目を信じていないことだった。日常的に役立たずといわれて育った子どもはいま、想像力がなく、より広い視野を与えてくれる発想力に欠けた大人になっていた。皮肉なことに、彼を最も損なっているのは彼自身の気質だった。

　この活動をしていたときに一度だけ、トリスタンは誰かに出くわしたことがあった——ひんやりとして湿っぽく、花粉を大量に含んだじめじめした夜で、いまにも夜が明けようとしている頃だった。ハナミズキのあいだから顔を上げた彼は、芝生の縁に自分のほうを向いて立っている若い男の姿を突然目にしてぎょっとした。男はまるでそれがまったく見えていないかのように、あるいはひょっとするとなにかまったく別のものを見ているかのように、屋敷をじっと見つめていた。

「なにか？」トリスタンが声をかけると、男は瞬きして注意を向ける対象を調整した。彼はそれほど年を取っているわけではなく、おそらくトリスタンと同じか少し若いくらいで、その体つきはほとんど痩せすぎといってもいいほど引き締まり、黒い髪は長くのびすぎて、めったにないほどだらしない格好をしていた。いつもは襟にコーヒーをこぼすような人間ではないのだが、今日はこぼしてしまったというような。

「ぼくが見えるのかい？」男は怪訝そうに尋ねた。トリスタンは、彼が姿を隠す幻を使っているのかもしれないと思ったが、それを声に出して尋ねる前にさえぎられた。「ああ、気にしないでくれ、見ればわかる」男はほとんど独り言のようにため息をついた。彼はイギリス人ではなかった。実際、いかにもアメリカ人らしかった。それがどんなものであれ、たまたまリビーがそうであるような種類のアメリカ人とも違っていたが。

（トリスタンは、どうして彼女が頭に浮かんだのだろうと思ったが、その考えを追い払った。このところ、彼女のことはいつも頭に浮かんでいた。）

「明らかにきみにはぼくが見えている、さもなければなにもいわないはずだからね」男は友好的に考えを述べた。「ぼくがこれまで実際にほかの旅人《トラヴェラー》に出会ったことがなかっただけだ」

「ほかの……旅人？」トリスタンは尋ねた。

「いつもならぼくがそれをやるときは、なにもかもがちょっとばかり動きを止めてるんだ」男はいった。「もちろん、別の種類のものたちがいるのは知ってたよ。ただ、自分はほかの人たちには見えない平面上に存在してるって、ずっと思ってたんだ」

「平面とはなんの？」

　男は戸惑ったような、中途半端なしかめ面をした。「ああ、気にしないでくれ、どうやらぼくは……勘違いをしているらしい」彼は咳払いをした。「とにかく――」

「きみはなにを見ているんだ？」学問的に目の前の問題にこだわるたちのトリスタンは尋ねた。「つまり、きみの周囲のことだが」彼は自分たちが物理的に同じ場所に立っているのか、それとも時間的に同じというだけなのかを、はっきりさせられればと期待していた。あるいはそのどちらでもないのか、あるいは両方なのか。

「ああ」男がちらりと周囲を見まわし、あまり長く間をおいたので、話すつもりはあるのだろうか、とトリスタンは思った。「そうだな、ぼくのアパートが見える」男は結局、話すことにした。「ちょうどなかに入ろうかどうしようかと考えてるところだ」

「だったら、ぼくはきみと同じ平面にいるとは思わない」相手の男が真実を語っていればの話だが、そうしない理由があるとも思えなかった。それからトリスタンは、この不思議な出会いを終わりにしたいのかどうかわからなくて、こういった。「それでどうするんだい？」

「そうだな、ぼくは自分がやらなくちゃいけないことについて、ちょっと心を決めかねてるんだ」男はいった。「いや、そうじゃないな、もっと悪い。どうするつもりかはもう決めていて、それが正しいことであってほしいと願ってるだけなんだと思う。でも正しくはない、それとも正しいのかもしれない。だけどそんなことは問題じゃないんだろうな」彼はため息をついた。「なぜってもうはじめてしまったし、振り返ってもどうにもならないだろう」

　その気持ちはたしかにわかる、とトリスタンは思った。

「引き留めるつもりはないんだ」トリスタンはいった。「ぼくはただ……ちょっとあれこれ考えてみてる《プレイング・アラウンド》ところなんだろうな」

たとえ役には立たなくても、彼の頭のなかでは計算がはじまっていた。どうやら彼らはふたりとも、なにかの同じ平面——時間というのが唯一のもっともらしい説明だった——にいるようだったが、トリスタンはどうやってそこにたどり着いたのだろう？　自分でもどうやったのかわからないほど密かに起こったのか（だとすれば、以前にもやっていたかもしれないし、偶然ふたたびやるかもしれない）、それともその仕組みを起動するなにかをしていてそれを記録し損ねたのか。彼は食事の内容や履いている靴下の記録を取りはじめるべきだった。自分のしたなにかによって現実の別の曲がり角に引きずっていかれた場合を考え、いつもと違う足の運びすべてを。

「なるほど、そうか、責任をもって遊んで《プレイ》くれよ」男はトリスタンにゆがんだしかめ面をしてみせた。「ところで、ぼくはエズラだ」

「トリスタンだ」トリスタンは握手しようとエズラに手を差し出した。

「トリスタン」エズラはそう繰り返し、眉をぴくぴくさせながらトリスタンの手を握った。

「だけど、きみは違うんじゃ――？」

トリスタンは続きを待ったが、エズラはそこでやめて咳払いをした。

「気にしないでくれ。幸運を祈るよ、トリスタン」彼はそういうと、大股に前へ進み、屋敷の芝生を覆う分厚い霧のなかに徐々に消えていった。

ひとたびエズラの姿が消えると、自分はなにかをやったんだ、という思いがトリスタンの頭に浮かんだ。それがなんだったのかは見当もつかなかったが、彼はそれをやっていた。そこでトリスタンはきびすを返すと、足早に屋敷に入って階段を駆け上がり、個室が並ぶ廊下に着いたところで立ち止まった。

リビーに話すことはできるだろう。たぶん彼女はトリスタンに勝る熱意を示すだろうから、彼のほうはたとえ本心ではなくても、「落ち着けよ、なんでもないから」などと、冷やかすようにいう自由を手に入れられるはずだ。トリスタンはどうしようかと考えながら、彼女の部屋の扉のほうを向き、それから立ち止まった。残念ながらリビーは、いつものように物事を解き明かそうとして、いくつかの質問をしたがるだろう。彼女は細部の設計者で、絶えず建築現場にいた。彼女は物事がどうやって動き、どの部品が働いているのかを見たがるだろうし、もちろんトリスタンはそのどれに対する答えも持っていないだろう。彼女はトリスタンを見上げて目を見開き、**ほかになにかないの？**　という。そして彼は答えるのだ。いや、知っているのはこれで全部だ、こんな話を持ち出したことさえ後悔している……と。彼はちらっと腕時計に目をやった。

五時。

朝の。

トリスタンはため息をついてリビーの部屋の扉から後ろに下がり、かわりに自分の隣の部屋の前に移動して、扉を一度ノックした。

扉のところまで出てきたカルムは上半身裸で、頭はぼさぼさだった。その後ろには、ついさっきまでカルムが深い寝息を立て、しかつめらしい顔をして眠っていた、まだ温かいしわくちゃのシーツが見えた。

カルムがほかのものたちにどう見えているのかをトリスタンがまったく知らないというのは、奇妙なものだった。ときどき彼は、パリサのようにただのぞき見るためにほかの誰かの頭に入りこむことができれば、と思うことがあった。いまは好奇心から。カルムが髪と鼻になにかしているのはわかっていた。彼にはそこに魔法が使われているのが見えたが、それがどういう効果を生んでいるのかはわからなかった。かわりにトリスタンの目には、カルムはいつもと同じように見えた。髪はブロンドというほどではなく、額は目立って高く、ひどく角張ったあごは常に強ばって見えた。修正を仕事にしているものなら、手を入れられる余地があった。カルムは寄り目で、その色も、本人がやろうとすれば可能なほど青くはなかった。おそらくカルムには、それを永続させる魔法を手に入れられるだけの金銭的余裕さえあっただろう。常人の技術でも人の視力を矯正できるのだ。幻術師の代行業者の息子が手に入れられるメディアンの魔法を使えば、カルム本人でさえ手を加えていない自分の顔がどんなふうだったかを忘れていたかもしれなかった。

「きみが見える」なにをいうべきか完全に決めかねているうちにトリスタンの口から出てきた言葉は、これだった。おそらくこれがいちばんましで、「ひとりでいたくない」、あるいはもっとまずいことに「自分がなにをほしいのかわからない」といっていた可能性もあったが、どちらもカルムが見ればわかることだ。これほど悲劇的なまでにむき出しになっているというのは、なんとひどいことだろう。

カルムは扉から離れ、なかに入るよう彼に手招きした。

無言でトリスタンは部屋に足を踏み入れた。

ニコ

右のクロスをヘッドスリップでかわし、続く強烈なフックをかわし損ねたニコは、レイナの拳をまともに食らい、大声でインテリぶったスペイン語とノヴァスコシアの田舎くさいもごもごした言葉が混ざった悪態をついた。

（一度ギデオンから、マーメイド語――デンマーク語とアイスランド語、それにニコの分類ではなんとなくイヌイット語っぽさが混ざったもの――を少しばかり教わったことがあったが、正しく発音しないと半分幽霊、半分セイレーンの海の民のようなものを呼び寄せてしまうとも警告されていたから、それはほとんど使う価値がなさそうだった。マックスもバカのひとつ覚えのように「タマ」を使いすぎる傾向があり、罵倒語に関しては役に立たなかった）

「元気ないね」レイナはそういいながら額の汗を拭い、後ろによろけたニコが朦朧として、庭に咲き誇るバラの茂みに倒れこむのをじっと見ていた。

しばらくかかったが、そのうち彼の目が潤むのは治まった。

「もしかしたらきみの腕が上がってるだけかもしれない」ニコは投げやりな調子でぼそぼそといった。

「それはそうだけど、いまのはあなたのミスだった」レイナはいつものように彼の気持ちに配慮した言葉を口にした。

「ああ、わかったよ」ニコは少しむくれて芝生の上にどさりと座りこんだ。「だったらそういうことにしておこう」

レイナは軽蔑的な目で芝草を見たが（以前ある種のイギリスの芝生は過度に権利を与えられている傾向があるといっていたから、それに侮辱されたのかもしれない）、最後には居心地悪そうに彼の隣に腰を下ろした。

「どうかした？」レイナが尋ねた。

「なんでもない」

「そう」

そのやりとりはほぼあらゆる意味で、少し前に彼が経験したものとは正反対だった。

「あなたはこそこそしてる」天井画の間からパリサがニコに呼びかけてきた。彼女は読書テーブルに座って、顔も上げずに本のページをめくっていた。「こそこそするのはやめなさい」

ニコは扉の外で凍りついた。「ぼくは別に――」

「テレパス」パリサはうんざりした調子で彼に思い出させた。「あなたはこそこそしてるだけじゃない、すねてる」

「すねてなんかない」

（そうだな、もしかしたらレイナとの会話とまったく違ってたわけじゃないかもしれない。）

「いいからこっちに入ってきて、なにを悩んでるのか話してくれたら、わたしたちで進展させられるわ」そういって、パリサはようやく目を上げた。驚いたことに彼女が読んでいたのは、『X-MEN』の年代物のコミックだった。

「なに？」コミックを見ているニコの視線をたどり、彼女は厳格という表現が最も近い目つきでいらいらと問いかけた。「プロフェッサーXはテレパスよ」

「ああ、知ってる」ニコは口ごもった。

「彼がメディアンを元に描かれてるとは思わない？」

「いや、ぼくはただ……気にしないでくれ」彼は間をおき、しかめ面をして後頭部の髪を指でいじった。「ぼくはただ――きみは忙しそうだし――」

「座って」パリサが向かいの椅子を足で押しやった。

「わかったよ。ああ、いいとも」ニコは不器用にどさりと腰を下ろした。

「大丈夫よ。やきもきしないで」

「やきもきなんかしてないよ」ニコが少しむっとしていうと、彼女はちらりと目を上げた。彼女がこんなにきれいなのはほんとうにどうしようもなく不公平だな、とニコは思った。

「知ってるわ」パリサはいった。「もしあなたがちゃんと聞いてたなら、あれがわたしの原点よ」

たちまちニコは、またたじろいだ。「わかってるよ」彼はなによりも自分の足に向かっていった。リビーはいつもこんなふうなんだろうか？　ニコはこんなに愚かだったことも、自分自身の愚かさをこんなに気にしたことも、ほとんどなかった。これまできれいな女の子にはたくさん会ってきたし、たしかに魅力的で意地の悪い子も何人かいた。こうなることは覚悟しておくべきだったのに。

「わたしは意地が悪いんじゃないわ」パリサが訂正した。「無愛想なの。それに、あなたがふざけて言葉の壁のせいにする前にいっておくと」彼女はそうつけ加え、いったん口を開いたニコを黙らせた。「わたしは三カ国語で会話もできるから、それは言い訳にならない」

「それなら、きみの言語学上の優位性に乾杯だ」ニコはむっとしてうなった。

　パリサはページにちらりと目をやり、めくった。

「嫌味はね、機知が死んだ形よ」

　どんなものであれ死すべき定めに触れられたことは、ニコが怯むのに充分で、その動きにパリサはため息をつきながらちらりと目を上げた。

「ほら、いって」彼女はコミックを脇に放り出して提案した。「こんなふうにこそこそ歩きまわられたんじゃたまらないわ、ニコラス。もしあなたが気弱になるなら、わたしもそうしなくちゃいけないだろうし、そんなふりをするための時間がどれだけ少ないかは、いいだしたらきりが――」

「きみは死んだ」ニコはいった。「ぼくの頭のなかで」

　パリサが一瞬、間を置いたのは、おそらく頭のなかでいまいちど慎重に問いを検討してみるためだろう。彼女は素足で、ニコの隣の椅子に置かれた足の爪は花びらのようなピンク色だった。彼はテレパシーを防ぐのに充分なほど我慢強いとはとてもいえなかったし、いつものように気にしていなかった。彼は純粋にパリサのペディキュアを観察することに集中した。ほかのどんな防御法を使うよりもそのほうが、彼女に見つかってしまうかもしれない自分の頭のなかを駆け巡っている考えを減らせるのを願ってのことだ。

「あなたの頭のなかにいるわたしのことは気にしないで」ついにパリサがいった。「彼女は存在しないの、ニコ。いるのはわたしだけよ」

いい助言だ、理屈の上では。この場合はかろうじて当てはまる。

「ぼくはなぜだか責任を感じてる」ニコは認めた。「それは――」

「ばかげてる」パリサがかわりにいった。

「――ぼくは不公平かもしれないっていうつもりだったんだ」彼は訂正した。「でもやっぱり。なぜなんだ――？」

彼は言葉を切った。

「どうしてわたしが、別の誰かではなくあなたの頭を利用することにしたか、ということね？　いったでしょう、ニコ、あなたがいちばん悪知恵が働かないからよ」

「侮辱されてるみたいに聞こえるな」

「どうして？」

「ぼくには聞こえるんだ……なんていうか」ニコはどこか恥ずかしげにぼそぼそといった。

「お人好しだって」

「これはなんの話なの、男らしさ？」パリサはため息をついた。

ニコはふたたび彼女のつま先にちらりと目をやり、椅子の上で体をずらした。

「こんなことをいっても意味があるかわからないけど、わたしがいちばん寝たいのはあなたよ」単純に彼の視線を受け止めることで何十年も尾を引くトラウマを植えつけながら、その一方で彼女はいった。「正直いって、わたしが誰かから距離を置くほど無私無欲になることはめったにないし、どんな形でも自分を抑えることはさらに珍しいの。残念ながら、いつのまにかわたしは、どうしてもあなたを破滅させたくないという思いにとらわれてた」

ニコは隣の椅子に彼女が何気なくのせた足のほうへ手を滑らせ、片方の土踏まずを指でなぞった。「きみがぼくを破滅させるなんて、誰がいうんだ？」

「ああ、ニコ、あなたがわたしを破滅させる存在になってくれたらどんなにいいか」パリサは冗談めかしていいながら、足の位置を変えて彼の膝の上にのせた。「でもね、自分自身にとっては大損失だけど、わたしはそれを許さない。そもそもあなたは何事にも入れ込んで、あまりにもおおっぴらにやりすぎる。あなたは一心不乱にわたしとセックスするでしょう」彼女は嘆いた。「そしてわたしは、あなたをそんな危険にさらすことはできない」

「その場限りのセックスだってできるさ」どうして自分はそれを現実にしなくてはならな

いと感じるのだろうと思いながら、ニコはいった。彼は掌をくぼめてパリサのかかとを包みこみ、そっと足首の骨まで移動させ、手を彼女のふくらはぎの形に合わせながらゆっくりと愛撫した。

「あなたにとってそれは、いいものかもしれないし、その場限りのものかもしれない」彼女はいった。「そしてわたしは、その両方でなければ思い切ってやってみるわけにはいかないの」

パリサはつま先を彼の太腿に食いこませると、自分の椅子まで滑らせた。

「あなたは夢のなかでなにをやってるの？」彼女はそう尋ねると、「誰かと話してる」と自分で答え、テーブルの木製の部分に沿って爪でとんとん叩いた。「ときどき聞こえるわ」

「ああ」ニコは咳払いをした。「ぼくは……それはほんとのところ、ぼくの――」

「あなたの秘密の話じゃないことはわかってる、わたしはもう知ってるってだけでね。だから関係する話はごくわずか。彼の名前はギデオン」パリサはコミックのページから取ってきた馴染みのあるキャラクターのように、こともなげに口にした。「あなたはいつも彼のことで気をもんでる。ギデオン、ギデオン、ギデオン……あまりしょっちゅうあなたの思考に登場するものだから、わたしもときどき彼の名前を考えてしまう」彼女は小さくため息をつき、ニコはなにも考えずに彼女のほっそりしたふくらはぎの筋肉を愛撫し、その柔らかい繊維をつま弾きつづけた。「彼は旅人なんでしょう、あなたのギデオンは？　テレパスじゃない」彼女は目を閉じ、ニコの指が膝の内側をなでるとふたたび息を吐いた。

「わたしの知るかぎりでは、彼は思考ではなく夢のなかで活動してる」

「実は」ニコはいいかけてやめた。

　パリサの目が開き、彼女はふたたび自分の足を移動させると、今度は土踏まずが危険なほど、マックスが卑語の選択肢として後生大事にしているものの上にくるようにした。

「実は？」彼女は促した。

　今回ばかりは、パリサは恥ずかしそうな笑みを浮かべていなかった。彼を誘惑して答えを引き出すつもりはなかった。もし答えなければ彼を押しつぶすつもりだ。

　困ったことに、そのせいでニコは彼女がますます好きになった。

「困らないで」パリサは彼を安心させるようにいった。「あなたは正しい理由からわたしを好きな、唯一の人かもしれない」

　ニコは目を丸くしてみせ、ふたたび彼女の足を両手で包みこんだ。「きみは夢と思考は交差していると思うかい？」期待していったん黙ったパリサに、彼は説明した。「ぼくはずっとそれについて研究しようとしてるんだが、ほんとうにらちがあかない。自分がなにを探してるのかわからないんだ」

「彼は何者なの？」パリサが尋ねた。「ギデオンは」

ニコは彼女の土踏まずの上の骨をもみ、親指でなでた。それはギデオンの秘密を明かすことにあまり罪悪感をおぼえないように気を紛らす、ほんとうにもってこいの方法だったが、もし彼女に力を貸してもらえるなら打ち明ける価値はあるだろう。まったくなんの進展もないまま、すでに丸一年がたっていたし、ギデオンがいないとニコは少し神経質になり、孤独で、自暴自棄になりかけていた。

「クリーチャーだ、厳密にいうと」

「交配種の人間？」

「それは――」ニコは頬の内側を噛んだ。「いや。半分人魚、半分サテュロスだ」

「ああ」パリサの笑みがひくひくし、それから広がった。「人型なの？ 肝心なのはそこね」

ニコはちらりと目を上げ、彼女を見た。「それは冗談のつもりかい？」

「ええ。少しは」パリサが唇を舐めると、その表情はわずかに子どもっぽくなった。「食欲を抑えきれないわ」

「彼にはアレがついてるよ。もしそれがきみの質問に対する答えならね」ニコは荒っぽく彼女のもう片方の足に持ち替え、罰を与えるように小指の爪を引っ張った。「だからって別に——」さらにためらう。「ぼくは長いあいだ彼と一緒に暮らしてる、といってるだけだ。そういうこともあるさ」

「だから見たことがあるわけね？」

ニコが身構えて目を上げると、彼女は肩をすくめた。

「わたしはたくさん見てきた。あなたのことをとやかくいうつもりはないわ」

「そういうんじゃないんだ」ニコはつぶやいた。

「いいわ、また男らしさにこだわるわけね」パリサはかかとで彼の膝をつついた。「怒らないで」

「怒ってないよ、ぼくはただ——」

「すると、ギデオンは夢のなかを旅できるのね？」

「ギデオンは……できる」ニコはゆっくりといった。「ああ。ごめん、そうだ」

「あら」パリサは不意に、彼の膝の上から足を両方ともどけて、まっすぐ座った。「あなたもやったことがあるの？」

「ぼくは——」ニコは頬が赤くなるのを感じた。「それは個人的な質問だ」

「そう？」

「でもどうやるのかは訊かな――」

だめだ。

「ああ、やるよ」ニコは顔をしかめていった。

「どうやるの？」

彼は歯ぎしりした。「いっただろう、それは――」

「ギデオンのペニスがどんなふうか説明して」パリサがいいだし、それによって引き起こされたパニックのなかで、彼女は明らかにニコの頭からなにかを取り出していた。「ああ。すると、あなたは変身するのね？　これは、たしかに驚きだわ。それ以上よ」彼女は喜んで、ふたたびニコをつついた。「すばらしい。これでわたしたちはけっしてファックできないわ」彼女はその結論に満足した様子でいった。「わたしは自分より魔法的な人とはけっして寝ないことにしてるから」

「まさかそんなはずはないだろう」ニコはどことなくがっかりしたようにいった。

「わたしはね」パリサは応じた。「とても魔法的なの。きっと〈フォーラム〉は、特別熱心にあなたに近づいてきたんでしょうね」彼女はあとから思いついてそうつけ加えたが、ニコにはなんのことかわからなかった。彼が戸惑って顔をしかめると、パリサはどうやら彼がぽかんとしている理由に気づいたようで、首を傾げた。「ニューヨークにいるあいだに、〈フォーラム〉から訪ねてきたものはいなかった？」

ニコはその週末を振り返り、なにか変わったことがなかったか思い出そうとした。

（「おい」彼らが夢の領域にいたとき、ギデオンがこういったことがあった。「誰かがアパートの結界を通り抜けようとしてるぞ」いつものハヤブサの姿になっていたニコはなにもいわなかったが、結界がちゃんと追い払ってくれるだろうというように、翼を小さくバサリと羽ばたいた。「だったらいいんだ」ギデオンはいった。「おれもそう思ってた」）

「そう」パリサはため息をつき、話を本題に戻した。「だったら気にしないで。あなたは夢と思考について知りたいのよね？」彼女が尋ねた。ニコはその時点まで、ギデオンの置かれた状況について知っていることを秘密にしておくことにひどくこだわっていたが、その一方で珍しい扉が開きかけているのに気づいた。なぜか彼はパリサ・カマリの誠意への鍵を手に入れていて、それをむだにする気はなかった。

「きみはある本を読んでただろう」ニコはいった。「夢に関する。レイナから聞いたんだ」

「イブン・シリンの本のこと？」パリサが尋ねた。「それによると彼は本を忌み嫌ってたらしいけど、たぶんもっと劣ったメディアンが書いたんでしょうね」

「ああ、それだ。たぶん」ニコはそわそわした。「それで、きみがなにかつかんでないかと――」

「つかんでるわ」パリサは認めた。「おもに、ひとつの理論をね」彼女は間をおき、それからいった。「あなたがそのなかにいるとき、夢はどんなふうに見えるの？」

「それには地形があるんだ。それは、もっといい言葉がないんだけど……領域のなかにある」

「アストラル界みたいなもの？」

「わからない。ぼくがいったことがあるのは、きみがぼくの頭のなかにつくったものだけで、ぼくは自分がそのなかにいることを知らなかったんだから」

「そうね、あなたはそれの見え方や感じ方を覚えてるでしょう」彼女に指摘され、ニコはよく考えた。

「現実と区別がつかないってことかな？」

「かなりね」パリサは同意した。「わたしたちの潜在意識は空白を埋めている。もし誰かが、特にあなたが、どこか細かいところをよく見ていたら、わたしたちがいるのは現実じゃないとわかっていたでしょう。でもたいていの人は、そうする理由を与えられないかぎり注意して見ることはない」

「そうだな、そういうことならたしかに、夢の領域は同じような感じがする。現実みたいな」

「わたしはね、夢というのはそれ自体がアストラル界じゃないかと思ってるの」パリサはいった。「時間が欠けているだけで」

「時間が欠けている？」

「そう。ギデオンと一緒に旅をしてるとき、時間を意識したことはある？」彼女に尋ねられ、ニコは首を横に振った。「彼はどう？」

「特には」

「だったら、ひょっとするとあなたの理論は近いかもしれない。夢というのはおそらく、時間と思考の交差点ね」パリサは考えこむようにいった。「夢のなかでは時間の流れが異なることを示す研究はたくさんある。計測可能なレベルのものさえあるわ。おそらく宇宙での時間の流れと変わらないかもしれない」

それは興味深い理論だった。「すると夢のなかでは、時間の流れが速くなったり遅くなったりする可能性があるってことかい？」

「直感的にいって、そういうことになるわね」パリサは肩をすくめていうと、つけ加えた。「きっとギデオンは自由に出入りできるように、そうとうしっかり制御してるにちがいないわ」

ニコはそんなふうに考えたことはなかったが、彼が迷子になっていないと仮定すれば、ギデオンはいつ戻るべきかを見極める鋭い感覚を持っていた。いつも鳥の姿をしているニコは、ギデオンがある種の腕時計をしているものだとばかり思っていた。

「どうして彼のことがそんなに心配なの？」パリサがそう尋ね、考えに耽っていたニコの邪魔をした。「あなたたちの友情の問題は別にして」

ニコはためらいながら口を開き、そして閉じた。

それから徐々にふたたび開いた。「彼は……とても貴重な存在なんだ」

彼はギデオンの母親が定期的に頼んでくることの詳細には踏みこみたくなかった。エイリフの罪はさておき、ギデオン自身が逃亡犯かそうでないかは不透明だった。ギデオンは間違いなく自分のことをそう考えていたから、ニコは彼のために注意深く秘密にしていたが、それが事実だという考えはけっして好きになれなかった。母親に頼まれていることを理解した頃には、ギデオンは共犯の重荷を背負い、やめようとしていた。ほんとうに償おうとしたのだ。

しかしギデオンが、母親から（そして雇い主から）隠れるのは口でいうほどやさしくないことに気づくのに、長くはかからなかった。

「ああ、そういうこと」パリサは独り言のようにつぶやいた。「たぶん彼の能力は簡単にお金になるのね。もしそんな力が存在すると知ったら、夢のなかでなにかを所有するためにお金を払う人は大勢いるでしょう」彼女は一瞬、遠くを見つめて考えた。「それで正確には、あなたは書庫でなにを探しているの？」

　真実を告白するのは少し難しかったが、自分の胸に秘めておく価値はないように思えた。もし助けになってくれそうなもの――あるいは彼の知っていることを知っても、特によからぬことを考えないもの――がいるとすれば、それはパリサだろうと彼は思っていた。

「そうだな、彼は何者なのか」ニコは認めた。「彼の力はどういうものなのか。寿命はどのくらいか。これまでに彼のようなものが存在したことはあるのか」間。「そんなところかな」

「彼は自分の同類がほしくてしかたない、そういうことね？」

「ある意味では」

「気の毒に。集団に憧れるなんて、とても人間的なのね」

　ふたりは少しのあいだ、マントルピースの上の時計が時を刻むなかで黙って座っていた。ニコは、パリサが彼の思考よりも彼女自身の思考に浸っているのを感じ、興味深く観察した。彼女は孤独な軌道をまわっているようで、部屋のなかのエネルギーが突然、好奇心の巻きひげとなって彼女のまわりに集まってきた。ほかのものたちが考えこんだときには外に向かって放出されがちなのとは、対照的だ。

「あなたはなにか持っていたほうがいいわ」少ししてパリサがいった。「持ち歩けるお守りを」

ニコは瞬きして目を上げた。「えっ？」

「なにか身につけられるもの。なにか秘密にしておけるもの。自分がどこにいるかわかるようにするの」彼女は説明した。「そして現実の平面にいるかどうかも。あなたのお友だちのギデオンも持っているべきね」

「どうして？」

パリサが立ち上がって気怠そうにのびをするのを、ニコは困惑して見つめた。

「そうね、あなたはまだ関連づけて考えていないけれど、あなたが自分の頭のなかで見たものを手放せないのは、自分がそのなかにいることを知らなかったせいだから」パリサは薄く笑みを浮かべて彼のほうを向いた。「親切でいってるのよ、ニコ。あなたはお守りを持っているべきだわ。ひとつみつけて身につけておくの。そうすればけっして、なにが現実なのか迷う必要はないでしょう」

パリサが議論はこれまでにして部屋から出ていくつもりであることを全身で表しながら、立ち去ろうと向きを変えたが、ニコはぱっと立ち上がって彼女の腕をつかまえ引き止めた。

「カルムがほんとうにきみを傷つけるとは思ってないんだな？」ニコは自分が望むよりも

切羽詰まった調子でいった。一時間前、五分前でさえ、傷つきやすさをこれほどあからさまに表に出すことはけっしてなかっただろうが、いまは知る必要があった。「つまり、実生活で。実際に。それがなにを意味するにせよ」

彼女の目が計算高く、わずかに細められた。

「関係ないわ」パリサはそういって背を向けたが、ニコはすがるように彼女を引き戻した。

「関係ないわけがないだろう？　パリサ、きみには彼の頭のなかが見える。ぼくには見えない」ニコは彼女を放したが、ふたりのあいだの共犯者めいた感覚は維持した。「お願いだ。彼がほんとうは何者なのか教えてくれ」

パリサが彼を見た一瞬、ニコは彼女の顔に珍しく緊張のしるしが見えたと思った。じきに知られることになる秘密の痕跡、外に出たがっている真実。彼と目が合った瞬間にパリサは心を決めたが、たとえたったいま予期せぬ会話を交わしたとはいえ、ニコには彼女の答えにどれだけ揺さぶられることになるか、心構えはできていなかった。

「カルムがわたしを傷つけるつもりかどうかは関係ない」彼女はいった。「なぜってそうなる前にわたしが彼を殺すから」

それからパリサはニコのほうに身を乗り出してなにかいい、その言葉は何時間もたったあとでさえ、いまだに尾を引く一撃のように彼を揺さぶっていた。

「なんなの？」レイナがふたたび尋ね、はっとしたニコは靴下からぼんやりとバラの茂みのトゲを抜きながら、ふたりの会話に戻った。レイナはいつもはしゃべらなくても平気なのだが、たぶんあまり長いあいだ黙っていたのだろう。太陽はいま沈みかけているところで、地平線のすぐ上で輝いていた。

ニコは草の葉を一枚引きちぎった。そして、いまレイナには草の悲鳴が聞こえたのだろうかと思い、宇宙には自分に聞こえない声があることを思い出してたじろいだ。これもまた、彼が知らずにはいられない数多くの細かいことのなかのひとつだ。もう二度と戻ることができないかつての彼なら、知らずにすませられた至福の欠片。

「きみはこのすべてを手に入れるために誰かを殺すかい？」彼はレイナにつぶやいたが、その質問が口から出たとたんに尋ねたことを後悔した。彼女に理由を訊かれるだろうか、もし訊かれたら答えられるだろうか？

だが心配する必要はなかった。レイナはひと呼吸もおかなかった。

「ええ」彼女はそういうと、静かに草の温もりを感じながら目を閉じた。

VII

意図

レイナ

思考の領域には研究テーマとしてまったく興味がないわけではなかったが、それでもレイナは喜んで先へ進んだ。主題の区切りにとりわけ興味をそそられたのは、なにか目に見えない隠された基本構造のようなものが常に感じられたからだ。彼らはその素材を丸ごと飲みこみ吸収するまでは、目に見えない流れに導かれているようだった。

西洋ではなく東洋の哲学のなかで育ったことが強みになり、レイナは二元性の原則をより前向きに信じることができた。彼女はほかのメンバーには理解できない形で両極性の存在、対立の神秘主義を理解していた。生の存在を認めることは、死の存在を受け入れることである。知識は無知を必要とする。得ることは失うことである。野心がある意味で満足を示唆するのは、飢餓が飽食の存在をほのめかすからだ。

「幸運とは確率の問題だ」ダルトンがいった。アトラスの不在がいっそう目立つようになるなか、ダルトンは初歩の題材を超える講義をするための補足をはじめていた。彼は教えることがあまり好きではないようで、いつも彼らのせいでなにかもっと重要なことから引き離されてしまった、といいたげな様子をしていた。彼にはどこか別の場所にいたいと思っているような、あるいは概して彼らとはずいぶんと距離のあることを考えているようなところがあった。

それでも、その頃には彼らはそれなりにダルトンに慣れていて、彼の存在は管理者（アトラスのような）というより、めったに見かけることのない料理人や家政婦に近いものになっていた。生活を支えてくれてはいるが、日常生活にはあまり干渉してこない存在だ。

「幸運は」ダルトンは続けた。「魔法であると同時に科学でもあり、メディアンと常人の双方によって同じように詳しく研究されてきた。幸運は偶然の産物だが、細工されたさいころによるもので、好都合な出来事が起こるほうに可能性が偏っている。理由はいうまでもないが、人の運の良し悪しは貴重な取り柄だ。また、最下層の魔法使いにとってさえ、ありふれた魔法でもある。さて、不運の問題だが――」

「不運？」リビーが戸惑ったように繰り返した。

（レイナはそのように混乱することはなかった。幸運があるからには、必然的にその逆もあることになる。）

「不運だ」ダルトンは認めた。「もっといい言葉がないんだが、故意の確率の混乱。ジンクス、まじない、呪い――」

「戦闘魔法かい？」ニコが尋ねた。本人はよかれと思っているのだが、彼には容赦なく文字どおりのことを口にする傾向があった。

「不運だ」ダルトンは繰り返した。「もちろん、まじないはその最も直接的な形であり、意図的に犠牲者に不運をもたらす。あとのふたつは――」

「ジンクスは不都合、厄介な状況」リビーがいった。「呪いは故意の危害？」

彼女はいつも、たとえ確信がある場合でも、どうやら威圧的に見られたくないという思いから、物事を疑問形で表現するようだった（まるで大学の一年目で誰もが勉強しなくてはならない知識を彼女が持っているからといって、彼らのうちの誰かが脅威に感じるとでもいうように）。

「学問的にはそうだ」ダルトンは認めた。「しかし〈協会〉の目的からすると、われわれはそのような魔法の結果よりも、その構造に関心がある。どの呪いが最も効果的だと証明されているか、なぜそうなるのか、といったことだ。大部分は」そういいながら彼は、しばしばやるように、明らかにパリサのほうに視線をさまよわせた。「運を混乱させる方法は人を変えるために利用することが可能で、本来ならその人物が取っていたはずの道から

――いや、むしろなにも決まっていない状態から――外れさせる」

　パリサの黒い目が一瞬、彼の目をとらえた。ダルトンは咳払いをした。

「自然は混沌であり、魔法は秩序だが、両者はまったく無関係というわけではない。血統というのは」ダルトンは続けた。「不運のメカニズム、すなわち遺伝的連続性にとっての運送業者だ。呪いがなんらかの形で家系をたどり、あるいは子孫に引き継がれるのは、ごく一般的なことだ。この種の魔法は見た目よりもはるかに複雑で、そのような持続的結果をもたらすものの場合、魔法をかけるものにもある程度の犠牲と損失が求められる」

　レイナが発言することはめったになかったが、ときには必要なこともあった。「なぜ？」

　彼女のそばの植物が歓声を上げてするすると蔓を這わせ、もっとしゃべってくれるようせがんだ。カアサンカアサンアナタノコエデワタシタチヲアヤシテ、カアサンノコエヲキケテウレシイ！

　レイナはいらいらと脚を組んだ。

「なぜ？」彼女に口を挟まれたダルトンはそう繰り返し、またしてもひとりで考えに耽らせてほしいといいたげに目を上げた。「それは、魔法と自然は異なる形を取ってはいても、切り離すことができないからだ。魔法には自然の側面があり、自然には魔法の側面があって、どちらか一方を取り去れば、両方の形が改変されることになる。それはナチュラリズムそのものの崩壊だ。呪いをかけられたものは物事の釣り合いを崩し、周囲の宇宙をゆがめるだろう。幸運の魔法も改変だから、どんな改変を保つためにも、それをかけたものはなんらかの形で亀裂を、彼ら自身の一部が永遠に壊れることを、受け入れなくてはならない。自らが引き起こした不均衡の報いとして」

「わたしが知りたいのは、なぜそれが必要かじゃない」レイナは無遠慮にいった。「なぜそうなるのかが知りたいの」

ダルトンは目を細めてじっと彼女を見た。

「犠牲にはそれ自体の魔力がある。なにかをするという決断自体、世界の自然秩序の状態に対する変化、断裂だ。たとえ妨害があろうと、魔法をかけるものにとって有利なことが起こるか？　そう、もちろん、確率とは概念上あらゆる結果が起こり得ることを意味する」ダルトンはぼそぼそと順序立ててしゃべりつづけた。「しかし、ある特定の結果に狙いをつけるためには、永続的かつ不可逆的な、なんらかの方向性の変化が必要となる。われわれが意識の領域について学ぶのは、なにかを決めること、負担を検討して結果を受け入れることとは、世界をなんらかの疑う余地のない形で強制的に変えることだと理解しているからだ。それはほかのどの魔法とも同じように、真実であり本物であるということを」

「魔法はある種の降霊術だといいたいの？」レイナはいった。

カアサンガシンジツヲカタッテル！　カアサンハシンジツヲカタル！　カノジョハソレデデキテルンダ！

「ときどきあなたは」レイナはぶっきらぼうに続けた。「魔法を神かエネルギー、ときには心臓の鼓動のように扱ってる。そう考えるのが都合のいいときには、それは非科学的な振動だけど、わたしたちはすでにその振る舞いが予測可能であり、したがって意図的に変えられることを知ってる」

ダルトンは黙って、彼女の主張の意図がはっきりするのを待っていたので、レイナはそのまま続けた。「あなたは魔法を実体を持つもののように語るけど、それには選択の自主性はない。魔法がそれをかけるものの意図をどのような形で実現するかを故意に選んでいるという研究結果はない――単純に、かけるものの能力によって働くか働かないかでしょう」

ダルトンは間をおいてじっくり考えた。「だから魔法にはそれ自身の意思はない、といいたいのかな？」

レイナがうなずくと、彼女の隣でパリサが、どことなく瞑想をしているような表情になった。

「魔法は神ではない」ダルトンは同意した。「それは道具だ。しかしそれを利用するものの意図を区別するため、いかに微妙であっても慎重に反応する。それは一般相対性理論とよく似た問題だ。意図は科学の、あるいは魔法の基礎を丸ごと変えることはできないが、その結果が使い方によって相対的に変化することを、われわれは観察によって知っている」

「だから、矢が的に中《あた》るかどうかは、射手の技量と定義可能な運動量の法則の両方によって決まる」リビーがいった。「あなたがいってるのはそういうこと？」

「そうであるとも、そうでないともいえるな」ダルトンはいった。「そう単純な方程式ではないんだ。致死性の法則はひとつやふたつではなく、数多くの制約によって制限されている。魔法に関していえば、問いはたんに射手の問題ではなく」彼は説明した。「矢そのものの問題でもある。矢はときには石、ときには鋼、ときには紙でできている。もし矢自体が弱ければ、たとえどれだけ技量が優れていても失敗することがある」

「射手の意図は狙いをつけるだけでなく、矢を鍛えることにも働くってことかい？」ニコがしかめ面で尋ねた。

「ときにはな」ダルトンはいった。「別のときには、矢はなにか別のものによって鍛えられる」

「矢が自分で自分を鍛えるとか？」

リビーがふたたびいった。ダルトンはゆっくりと彼女のほうを向き、一瞬黙ってじっと見た。彼女はこういうことを――**魔法が矢でわたしたちが射手なら、わたしたちはその飛び方をどの程度制御してるの？**――いいたかったようだが、最終的にはまったく別のことを尋ねる結果になったようだった。

魔法は道具なの、それともわたしたちが？

「それが」ついにダルトンが口を開いた。「この研究の目的だ」

カルムとトリスタンはまだ発言していなかった。それはまったく珍しいことというわけではなく、彼らが動きを止めて視線を交わしたこともそうだった。あるときから、ほとんど安全対策――自分の左脚がまだあるか、朝食の前に着たシャツをまだ身につけているかの確認――のように視線を送りはじめたのは、トリスタンだった。いまはカルムが日常の保守作業を行っている。旅客列車の機能を監視し、自分の財産を守っているのだ。

レイナはニコに目をやった。彼女は会話の哲学的な基礎に興味を失っていた。まだパリサにいわれたことを考えているのだろうか、と彼女は思い、続いて彼の意図はどういうものなのだろうと考えた。

彼女はかなりの確信を持って、ニコが自分を殺すことはないと考えていた（彼女の植物たちは、そうでないものがいる可能性にしゅうしゅうと嫌悪を示し、するすると引っこんだ）。もちろん現実的には、レイナは誰にも狙われることはないと、ほぼ確信していた。彼女は誰のリストの最上位でも最下位でもなく、それゆえ標的にも犠牲者にもなり得ない存在だったからだ。内心では彼らは等しく野心的だったが——個別に見れば、全員がなにかを渇望していた——集団の両極にいるものたちはその不調和を正せずにいた。パリサの存在は暗にカルムの存在を意味し、その緊張感はほかのものたちには耐えがたいものだった。対立の必要性に慣れていない彼らは、選択の必要に迫られることになるだろう。

レイナはパリサに目を向け、自分の選択肢を検討した。一方では、彼女は喜んでパリサを厄介払いするだろう。だがその反面、パリサはうまくゲームを進めていた。誰かがトリスタンかリビーを説得して彼女を殺させるのは、無理ではないだろうか。いや、リビーは完全に検討の対象外だ。彼女が積極的に誰かを選ぶことはないだろう——臆病すぎる。ただし、リビーがカルムを殺すというなら話は別なのか？　可能性はある。なんといってもリビーは、パリサのアストラル界での死を誰よりも気にしていた。

あの出来事を思い出し、レイナはふたたびカルムに目をやって、今回はさらに念入りに観察した。彼の背後の植物が震え、レイナは同意のしるしに顔をしかめた。彼ら全員を動揺させたのはカルムで、最も単純な生物でさえそれを感じることができた。カルムは明らかに選択肢であり、全会一致のおもな障害になるものはひとりしかいなかった。トリスタンだ。トリスタンはカルムを殺すことに同意するだろうか？　いや、それはまずないだろうし、カルムが定期的に彼の様子を確認する必要があるのはそのためなのだ。

カルムとパリサのあいだの出来事は、残りのメンバーを派閥――死が苦になるものと、そうではないもの――に分裂させたようで、トリスタンはその子午線だった。

もしかしたら彼らは、トリスタンをあっさり切り捨てるべきなのかもしれない。

パリサが片方の眉を上げて彼女のほうを向いた（レイナは不注意になっていた。あまりすんなりとその案に落ち着いたわけではなかったのかもしれない）。

あなたにほんとうに友だちがいたことがあるようなふりはしないで。レイナは声に出さずに頭のなかで応じた。**自分の都合次第で、一瞬で彼に襲いかかるくせに。**

パリサの口角がぴくりと上がり、薄笑いが浮かんだ。彼女は認めるでも否定するでもなくわずかに肩をすくめると、ダルトンに注意を戻した。彼はちょうど意識の形に対する呪いについて論じはじめたところだったが、そのとき彼の後ろで扉が開き、思いがけずアトラスが戸口に姿を現した。

「お邪魔でなければいいんだがね」アトラスはいったが、もちろん彼は、どう考えても邪魔になっていた。いつものように完璧なスーツ姿だったが、どこかから――もしかすると会合から——帰ってきたばかりのようだった。エリート秘密結社の管理人という地位に就いたことなどないレイナには、彼が日々どんな活動をしているのかよくわからないままだった。彼女はアトラスが腕に引っかけた傘を取って扉の脇に置き、戸枠に立てかけるのを見守った。

一時は、これはふつうのことだった。六人が活動をはじめた最初の頃は、アトラスは毎朝顔を出していたが、彼らがいったん〈協会〉の活動になじんでくると、ダルトンと同様、何歩か後退するようになっていた。いま彼が現れたことは部屋の化学的性質を変化させ、その空気をがらりと変えていた。

ダルトンは会釈して、推奨図書のリストの続きを挙げようと口を開いたが、その前にリビーがおずおずと手を挙げていた。

「すみません」彼女はアトラスのほうを向きながらいった。「でも、せっかくなのでいわせてもらいますが、わたしたちはどこかの時点で入会の詳細について話し合うことになっているんでしょうか」

部屋にいた残りのものたちは凍りついた。

レイナが見たところでは、ダルトンはたちまちショートしたロボットのように動きを止めていた。ニコは悔しがっていたが、それはとても特殊な種類の悔しがり方だった。オーブンをつけっぱなしにして家を出てきてしまったような、なにか重要なことをするのを忘れたときの、特別なうろたえ方だ。トリスタンの視線は、まるでその質問を聞いていなかったかのように（あり得ないことだが）まっすぐ前を見たまま凍りつき、カルムは必死で笑いをこらえていた。まるでそこからできるかぎりの楽しみをすべて絞り尽くすまで、その瞬間を果てしなく繰り返したいといわんばかりだ。

いちばん驚いていないのはパリサだった。その読心術のことを考えれば、おそらくリビーがまだなにもいわないうちからなにを尋ねるつもりかわかっていたのだろうが、ほかのものたちがどんな秘密を抱えていようと、パリサもそれを抱えていることは、この部屋の誰にとっても明らかだった。

なにも知らないのはリビーだけだった。

「わたしたちはみんな、ここで一年近く過ごしてきたんです」リビーは指摘した。「それに、そろそろ全員が別のメンバーの訪問を受けているんじゃないでしょうか？」

誰も肯定はしなかったが、だからといって彼女が思いとどまる気配はみじんもなかった。

「だからちょっと、そろそろ次はどうなるのか、教えてもらってもいいんじゃないかと思うんです」リビーは用心深くあたりを見まわして締めくくった。「なにか試験のようなものがあるんですか、それとも――？」

「ざっくりした説明で申し訳ないが」アトラスがいった。「きみたちはグループとして、今月の終わりまでに排除するメンバーをひとり選ぶことになっている。詳細については、議論するのはまだ少し早いな」

「そうでしょうか？」リビーは顔をしかめて尋ねた。「なぜって、それだとまるで――」

「〈協会〉がきわめて特殊なやり方で物事を行ってきたのには、理由があるのだ。いまははっきりわからないかもしれないが、便宜主義がわれわれの方法論の重要性に勝るのを許すわけにはいかない。事業運営の効率化は、残念ながら数ある懸案事項のひとつにすぎないのだよ」

リビーがそれ以上の答えを受け取れそうにないのははっきりしていたし、このままなにも知らされずにいることに彼女が満足していないのは、いっそう明らかだった。

「ああ」彼女は腕組みをして、ダルトンのほうに向き直った。「ごめんなさい」

ダルトンは気乗りしない様子でふたたび講義を続け、午後の残りの時間、目立って変わったことはなにも起こらなかった。

しかしレイナにいわせれば、その日の午後にはきわめて重要なことが成し遂げられていた。いま彼女は、なにも知らずにいるのはリビーだけだと確信していた。つまり、もし残りのメンバーが入会の条件に気づいていて、まだ立ち去っていないのだとすれば、全員が密かにレイナと同じ結論に達しているにちがいなかった。

彼らはそれぞれ、とどまるために必要なら誰を殺してもかまわないと考えていた。六本の矢のうち五本はただ鋭いだけでなく、致命的で、いつでも狙いを定める用意はできていた。

一瞬、レイナは自分の顔に笑みが広がり肌が突っ張るのを感じた。意図。

カアサンカアサンカアサンハ、イーキーテールー！

トリスタン

「たぶんローズを殺すべきかもしれないな」朝食の席で、カルムがぽつりといった。それを聞いたトリスタンは、口のなかのトーストをよく嚙まずに飲みこんだ。

カルムは軽く肩をすくめながら、横目で彼を見た。「それが現実的に思えるというだけさ。彼女とヴァローナは一対だろう？ なぜふたりとも残しておくんだ？」

カルムがそういう主張をしたのはこれが初めてではなかったが、それでもトリスタンの反応は鈍かった。「だったらニコを殺してもいいじゃないか」

「ぼくたちならやれるだろうな」カルムはコーヒーに手をのばしてひと口飲んだ。「ぼくはそれでかまわない」

彼はカップをテーブルに戻し、トリスタンの食べかけのトーストにちらりと目をやった。

「大丈夫かい？」

トリスタンは顔をしかめた。「自分たちのうちの誰が殺されるべきかという話をしてるんだぞ、カルム。このまま食事を続けることを期待されても困るな」

「いけないかい？　きみはまだここにいる」カルムはいった。「それはつまり、なにもかもまったくふだんどおりにやりつづけることが期待されるということだろう」

「それにしたって」トリスタンは胃が、あるいは胸が痛くなった。吐き気がして、打ちのめされた気分だった。ダルトンが亀裂の入った人間についていっていたのは、こういうことだったのか？　ひょっとすると彼らは、より人間性の薄いパーツでまた縫い合わせることができるように、意図的に分解されて、倫理観を取り去られているのかもしれなかった。もしかしたら最後には、以前の彼の信念は退化した尻尾の痕跡のようになるのかもしれない。哲学的背骨の根元にある小さなこぶのようなものに。

トリスタンがどれだけ簡単にそう考えるようになったかは、驚くほどだった。本来ならためらい、尻込みし、逃げ出していたはずではなかったのか？　だが事態は、彼がずっとそうなるのではないかと疑っていたような形に落ち着き、日に日に否定のしようがないほど明らかになっているようだった。もちろん誰かは死なねばならなかった。とてつもない魔法には動力源が必要であり、この種の犠牲はまさにそうなるだろう。とてつもないものに。

とにかく、トリスタンにとっては。おそらくあるレベルの特権階級においては、人々の生命と幸福のようなささやかなことは取るに足りない些末事で、ちょっと考えてから生産性のため、より大きな利益のために投げ捨てる、些細な犠牲なのだろう。

思考と祈り。

「きみがなにも感じないなら、効果はないかもしれないな」トリスタンがつぶやくと、カルムはいきなり目を上げた。

「なんだって？」

「ぼくはただ――」

自分はどういうつもりでいったのだろう？　どのみち相手はカルムなのだ。「気にしないでくれ」

「以前のきみはぼくを信頼してた」カップを包みこんだカルムの指に力が入った。「いまはもう違う、そういうことだな？」

「まあ、それはただの――」

「ぼくは生きのびるためにやってるんだ」そういったカルムの声はいま、なにかにざらついていた。たぶん裏切りに。トリスタンはたじろぎ、前にカルムがいっていたことを思い出した。**一度死んだ信頼は、生き返らせることはできないんだ。**「そろそろきみは理解してくれていると思ってたよ」

「してた。してるさ」トリスタンはいいなおした。「でも、きみのいうことはあまりに……」

「なんだ、無神経？　冷たい、無関心、二面的？」間。「それとも残酷といいたいのか？」

沈黙。

カルムが期待を込めて顔だけトリスタンのほうに向けたが、彼は目を伏せたままだった。

「きみはまだわかってないんだな？」

トリスタンはなにもいわなかった。

「ぼくらがこんなふうなのは、自分に欠けているもののせいではなく、持っているもののせいなんだ」カルムは突然苛立ち、じれったそうにいった。「もしパリサが兄さんの頭のなかを見ていなかったら、どんな人間になっていたかな？　もしレイナが生まれたときから食いものにされてこなかったら？」

「カルム」トリスタンはなんとか言葉を発した。「ぼくはただ――」

「なんだい？　ぼくをけなそうとしてただけだって？　結局ぼくらは同じ選択をするだろう、トリスタン。実際には、すでにそうしてる」カルムの口が悪意に、あるいは痛みによって引き結ばれ、細い線のようになった。「最終的には、ふたりとも誰かを殺す決断をすることになるんだ。単純により多くを解き明かしてきたからといって、きみの罪は軽くなるのか？」

　トリスタンはぼんやりした頭で、そうさ、といおうとした。反論しようと思った。**これが罪悪感だ、それが人間というものなんだ、きみの決断力は機械的で、ロボットみたいだ。結局ぼくは、このままやっていくわけにはいかない、偽物の自分にはなれないんだ、ぼくの胸のなかには鼓動する心臓がある、きみのそれはどこにあるんだ？**

　彼はなにもいわなかった。

「きみがここにいるのは」カルムがいった。「ぼくに劣らず、このことからなにかを得たいと強く望んでいるからだ。力、理解、なんだっていい。きみがほしいのは知識かもしれないし、そうじゃないかもしれない。きみがここにいるのは、この〈協会〉を出たその足で、ジェイムズ・ウェセックスの会社を乗っ取るつもりだからかもしれない。きみは彼を破産させ、その娘を破滅に追いやるつもりかもしれない。もしかしたらこれはきみにとっての復讐、報復なのかもしれない。きみ自身にそれを認めるつもりがあろうとなかろうと」

　トリスタンはごくりとつばを飲みこんだ。

「トリスタン、きみにはほかのものたちが見えるかもしれないが、ぼくにはきみが自分に見せることを許さない部分が見える。それがぼくにとってのいまいましい呪いなんだ、トリスタン」

カルムはいきなり立ち上がり、行ったり来たりしはじめた。

「ぼくが見ているように自分自身を見られる人間は、この世にはいない」カルムは荒々しくいったが、それは警告のようには聞こえなかった。脅しのようにも。「きみはためらいが自分を善人に、よりましな人間にしてくれると信じたいんだろう？ それはない。ぼくらはひとり残らずなにかを欠いている。みんな強力すぎるし、非凡すぎるんだ。それはぼくらが隙間だらけだからだというのが、わからないのか？ ぼくらは空っぽで、その隙間を埋めようとしている。自分たちはふつうだと——ありふれた存在だと——証明するだけのために、自分自身に火をつけている。ほかのものと同じで、ぼくらも燃えるんだと」

カルムはくるりと向きを変えながら、憤慨したように片方の手を体の脇にぱたりと下ろした。

「ぼくらがメディアンなのは、けっして充分に手に入れることがないからだ」カルムはかすれ声でいった。「ぼくらはふつうじゃない。ぼくらは生まれながらに痛みを抱えた神だ。ぼくらは扇動的な存在で、弱点がある。ただし、ぼくらが持っているふりをしている弱さは、けっして真の弱さではない。ぼくらは軟弱ではないし、障碍があるわけでもひ弱でもない――ぼくらはそう装っている。そういうところがあると自分に言い聞かせている。だがぼくらの唯一ほんとうの弱さは、自分がより大きく、より強く、限りなく全能に近いことを知っていて、それに飢えていること、そうなりたくてたまらないと思っていることだ。トリスタン、ほかの人たちには自分の限界が見えるが、ぼくらにはそれがない。ぼくらは自分にできることの限界を見つけたい、存在しない制約をこの手でつかみたい、そしてその思いが――」カルムは息を吐いた。「それがぼくらを狂気に駆り立てるだろう」

　トリスタンは突然憔悴し、食べるのを忘れていたトーストを見下ろした。

　カルムの口調はやわらがなかった。「きみは狂いたくないんだろう？　残念ながら、きみはすでに狂ってる。ここを離れても、狂気があとを追ってくるだけだろう。きみはすでに遠くまできすぎているし、それはぼくも同じだ」

「ぼくはローズを殺さない」トリスタンはいった。「ぼくには無理だ」

　カルムは一瞬、動きを止めて身をかたくし、それからまた自分の椅子に戻った。そして髪を整えると、自分のコーヒーの上でさっと手を振って温めなおした。

「そうだな」彼は無表情にいった。「パリサがそれを確認してくれた」

　その日一日、トリスタンはぼうっとしていた。まるで傷口から流れる血がかたまらないかのように、ぐったりしていた。絶え間なく浮かんでくる自分自身やほかのものたちに対する疑問は、ひどく鋭かった。ほかの誰かに理解され、丸裸にされるのと、彼らに悪用されるのは（それがいかに避けられないことであっても）別問題だ。パリサもカルムも、トリスタン自身は理解しておらず、理解することもできない彼の一部を見ていたが、どちらも根本的に相手を信用していなかった。ということは、ふたりが彼のなかに見ていたものは、それぞれが優位に立つために利用できるものなのだろうか？　トリスタンは疑念と心許なさの重みに押しつぶされそうになっていた。

　もはや確固としたものはなにもなかった。時間は存在せず、無限もそうだった。あるのは別の次元、別の平面で、それを利用することができる別のものたちがいた。トリスタンはカルムに、あるいはパリサに、それとも両方に恋しているか、どちらにも恋していないかもしれず、実際には彼らを憎んでいる可能性もあり、それはつまり、彼があのふたりをどちらもほとんど信用しておらず、彼らはずっと前からそれを知っていて、気にしていないということかもしれなかった。トリスタンに唯一見えていない部分とは、彼自身と、おたがいのあいだで行われているゲームにおける自らの立ち位置なのかもしれなかった。この可能性を、自分のとんでもないばかさ加減を思うと、がっかりした顔をして小さく首を振っているリビーの姿が頭に浮かんだ。

もしかしたら彼が愛しているのはリビーなのかもしれない。それとも真の狂気は、彼が愛するのを必死で拒んでいることなのか。

とにかくトリスタンが最も緊急に必要としているのは、なにかを信じること、部分部分を見つめるのをやめて、全体像を把握することだった。トリスタンは自分の魔法と格闘するのではなく、それを楽しみたかった。自分に理解できるなにか、どこかを求めていた。

トリスタンは天井画の間で、猛烈に退屈しているふうを装いながら、ドームの後陣から扉へと続く通路を行ったり来たりしていた。体を動かしても、自分が半分しか見ていないぼんやりした物事をはっきりさせる役には立たなかったが、それでも座るという選択肢はなかった。彼は目を閉じ、なにかたしかなものを求めて手をのばし、空気中のより糸を感じた。ニコとリビーが設計した屋敷の結界は格子状で、揺るがすのは困難な鉄格子のようだった。彼は動きを止めると、なにか別のことをしようとした。結界の監視者ではなく参加者となって、その一部になろうとしたのだ。

トリスタンは自分自身を、その場にいると同時にいない、存在の揺らぎのように感じた。それはある意味で瞑想だった。格子の結びつきに集中し、自身の思考に深く没入すればするほど、どんな物理的現実の中心にも自分を置くことができなくなった。目を閉じた状態では、自分がどこにいるかを教えてくれるのは感覚と記憶だけだった。硬材の床、暖炉のなかで薪が燃えるにおい、彼自身が引き起こした魔法的なゆがみに占められた〈協会〉の屋敷の空気――しかし先入観をなくすため、それらは捨て去った。トリスタンはどこにもいないし、どこにでもいて、すべてであり、無であった。彼は、ある形や姿を取る必要性を放棄した。

どういうわけか、話しかけてきたのはパリッサの声だった。それがいつどこでのことかは、わからなかった。

「あなたはお守りを持っているべきだわ」彼女はいった。「ひとつみつけて身につけておくの。そうすればけっして、なにが現実なのか迷う必要はないでしょう」

トリスタンは驚いてぱっと目を開けたが、現実に戻ってみると、自分が最後にいたのを覚えている場所から動いていないことがわかった。彼はまだ天井画が描かれたドームの下に立っていて、まわりには誰もおらず、なにもなかった。

あの瞬間、彼はどこにいっていたのだろう、いや、実際に少しでも動いていたのだろうか？　どういうわけかパリッサが彼の頭のなかにいたのか、それともあれは記憶だったのだろうか？　あれは彼女の魔法だったのか、それとも彼自身の魔法だったのか？

なにが現実なのか迷わないためにすることは、たくさんあった。

結局トリスタンは、ぶるっと身震いして立ち上がった。一瞬、動きを止めて考えてから、小さな紙切れを一枚手に取り、自分しか知らない、あるいは理解できないことを走り書きすると、それをポケットに押しこんだ。

トリスタンが午前の間に入っていくと、カルムが顔を上げ、前の口論の続きに備えて身構えたが、トリスタンはかぶりを振った。

「ぼくは言い争いをするためにここにいるんじゃない。もちろん、きみのいうとおりだ。きみが正しいことはわかってる」

カルムは用心深く、疑わしげな様子だった。「それは譲歩なのか、それとも褒め言葉と受け取るべきかな？」

「どっちでもない。事実だよ。いやむしろ、白旗だな」

「するとこれは休戦ということかい？」

「あるいは謝罪か」トリスタンはいった。「どっちでも好きなように取ってくれ」

カルムは片方の眉を上げた。「ぼくはどちらも必要ないと思うね」

「そうかもしれない」トリスタンは閲覧室の戸枠にもたれかかって、腕組みをした。「飲むかい？」

カルムはまたしばらくじっと彼を見てからうなずき、目の前の本を閉じると、あっさり立ち上がった。

ふたりは慣れた様子で肩を並べ、天井画の間へと歩いていった。カルムが部屋の隅からグラスをひと組呼び出し、肩ごしにちらりとトリスタンを見た。「ウイスキーでいいか？」

「いいよ」

カルムがいつものように魔法を漏らしながら、手を振ってグラスに注ぎ、その横でトリスタンはいつもの席に座った。彼らの動きは熟練した、しばしば練習してきたもので、カルムはトリスタンの手にグラスを置き、もう片方を手に取った。少しのあいだ彼らは無言で、それぞれウイスキーを味わった。それは光にかざすと琥珀色や飴色の艶を帯びる、ふたりが好む口当たりのいい、スモーキーで軽い飲み口のブレンドだった。

「別にローズである必要はないんだ」ついにカルムがいった。「しかし彼女に人気がないのは認めないとな」

トリスタンはウイスキーをひと口飲んだ。「わかってる」

「人気がないのは価値がないという意味じゃない」

「わかってる」

「そして、もしきみの彼女に対する愛着が……」

「そうじゃない」ふたたびトリスタンはグラスに口をつけた。「ぼくはそうは思わない」

「ああ」カルムが顔を横に向けて彼を見た。「念の為にいっておくと、彼女はずっと、死んだ姉のことを研究しようとしてるんだ」

トリスタンは瞬きした。「なんだって？」

「彼女の姉は変性疾患で死んだんだ。前に話したかもしれないが」

彼は話していなかったが、そうするべきだったか否かについては、トリスタンは態度を保留した。

「どうして知ってるんだ？」

「知ってるからだ」カルムは単純にいった。「衰弱死した人間を見たことがあるものはすぐにわかる。彼らは異なる形で取り憑かれているからな」彼は間をおき、それからつけ加えた。「それに彼女は人間の変性に関する本をリクエストしていて、図書館は目下それを拒んでいる」

「そしてきみがそれを知ったのは……？」

「偶然さ。ぼくらは同じ屋敷で生活してるんだ」

「ああ」トリスタンは咳払いをした。「きみが正直に話してると、どうしてぼくにわかる？」

「なんのためにぼくが嘘をつかなくちゃいけないんだ？」

「そうだな、きみの利益にならないわけでもないだろう。誰かが手に入る」

「誰かが、それともきみが？」

「きみが教えてくれよ」トリスタンが彼に視線を移すと、カルムはため息をついた。

「きみは強く求められることに慣れてないんだな？」カルムが問いかけた。トリスタンが間違いなく気まずい返事を口にする前に、カルムは意図をはっきりさせた。「友人としてだよ。人として」間。「なんでもいいが」

「頼むから、今日はぼくの精神分析はやめてくれないか」

「わかった、わかった」カルムの笑みがゆがんだ。「父親問題か」

トリスタンがにらむと、カルムは声をあげて笑った。

「それはともかく、ウイスキーはいいな、それに連れがいるというのも」カルムはいった。

「驚いたことに、それがぼくにとってのきみのいちばんの価値なんだよ、トリスタン。少なくとも豊かな会話がね」

「豊かというのはどうかな」

「それが、いちばんいいところさ。沈黙は特に魅力的だ」

その言葉にふさわしく、ふたりは対立が解消された安堵感に浸りながら、しばらく黙って座っていた。

何分か静かに一緒に過ごしたあとで、カルムがちらりと時計に目をやった。

「さてと、ぼくはそろそろベッドに入るかな」彼は空になったグラスをテーブルに置いて立ち上がった。「きみはまだ起きてるのかい？」

「少しだけ」トリスタンがいうと、カルムはうなずいた。

「こんなことをいっても役に立つかわからないが」彼はそういいながら、トリスタンの肩をぽんと叩いた。「きみが自分のことでひどく嫌っているらしい部分は、そんなにぞっとするようなことでもなんでもないよ」

「ありがとう」トリスタンが短くいうと、カルムはまた心からの笑い声を立てた。彼は大股に扉を抜けて姿を消し、その魔法の温もりも暗闇に飲みこまれて彼と一緒に消えた。

暖炉の灯りに照らされた天井画の間にひとり残されたトリスタンは、テーブルにグラスを置いてポケットに手を入れた。そしてさっき走り書きしたメモを取り出し、それを広げてなかに書かれたことを読んだ。それに魔法の護符のような重々しさはほとんどなかったが、それでも変わらない現実の欠片であり、真実を知るための手がかりだった。

具体的には、その晩ひとりで、紛れもなく自分自身でいたときに飲みたかった酒だ。

ワインを一杯。ヴィンテージ。オールドワールド産。

トリスタンは顔を上げてカルムが注いだウイスキーのグラスについた水滴を目にし、その一滴が運命を暗示するようにテーブルに落ちるのを眺めた。

「クソっ」トリスタンは悪態をつき、手のなかの紙切れをくしゃくしゃに握りつぶした。

リビー

「ミス・ローズ」アトラスが愛想よくいった。「これは驚いたな」

リビーは閲覧室の戸口で立ち止まり、顔をしかめた。アトラスはひとりきりで小さなテーブルのひとつに座り、うわべはまだ本の内容に没頭していた。彼は顔を上げるまでもなくリビーが入ってきたのに気づいており、そこからは多くのことが読み取れた。

「でも、実際は驚いてない」彼女は声に出して確認した。「そうでしょう？」

アトラスはようやく本を脇に置き、薄く笑みを浮かべて目を上げた。「どうしてばれたのかな？」

彼はほとんど動揺することがない。観察に使われるものは別として、それを知るのに魔法は関係なかった。

「ただの直感です」彼女がいうと、アトラスは座るように手招きした。

「どうしてここにいるのがわかったんだね？」

監視用の結界。なんといってもそれを設計したのは彼女なのだ。「ダルトンがそういっているのを聞いたんです」リビーはそういいながら、勧められるままに隣のテーブルに座った。

「ふむ」アトラスはいった。そして読んでいた本の表紙を指でとんとん叩いた。ばかげたことに、その本は『テンペスト』だった。「入会に関してもっと質問がある、ということだね？」

「ええ」リビーはいった。「いくつか」

ほんとうはたくさんありすぎて、どこからはじめればいいのかほとんどわからないほどだった。

リビーはこの二日間、いろいろなことをしてきた。いつものように研究。〈フォーラム〉の訪問を受けたあと、彼女はいま一度、キャサリンと関係があることを手当たりしだいに検索してみたが、特に成果はなかった。図書館が彼女に与えてくれるのは――あるいは、いずれにしても、図書館がほかの誰かによって彼女に与えるべきだとプログラムされているものは――手近な課題に関する資料だけだった。変性の呪い、長寿と短命。自然のエントロピーの過程である崩壊については、利用禁止のままだった。彼女のリクエストは、それらが意図的な改悪――ダルトンはそれを「不運」と呼んでいた――の研究に関するものでないかぎり、すべて拒否されていた。

ちょうどリビーが書庫の中身から実際に彼らを遠ざけているのは誰なのだろうと思いはじめていたとき、ニコが客間で声をかけてきた。彼はいつになく動揺している様子で、まったく別の話をするために彼女を礼拝堂に引っ張っていった。

「話さなくちゃならないことがあるんだ」彼は自分たちの後ろで扉を閉めながらいった。

「きみは気に入らないだろうが」

「いきなりなに？　当然ろくなことじゃないだろうけど」頼んでもいないのにニコが話さなくちゃならないといってきたことは、これまでもろくでもないことばかりだったし、いまそれを聞かされるつもりはもちろんなかった。リビーは、ほかに考えていることがあるし、ここはすきま風も入る、それに芝居がかったことはごめんだ、といおうと口を開いたが、彼に慌てて止められた。

「とにかく……この件で気をもんだり《ローズ》しないようにするんだ」ニコはいった。「いいな？」

「何度もいわせないで、わたしの名前は動詞じゃないわ、ヴァローナ」

「なんだっていいさ」三枚続きのステンドグラスの松明から光がこぼれるなか、彼はこめかみをさすった。「いいか、絶対にファウラーには話すな――」

「エズラにはなにも話さない」リビーは先まわりをして、いらいらと嚙みつくようにいった。「間違いなく、もうなにもね」

　ニコは瞬きした。「それはどういう意味だ？」

「なんでもない」とにかく、彼に話したいことはなにもなかった。「その話はしたくない」

「わかった、ただ――」ニコが声を落として息を吐くと、その音が礼拝堂の板張りの壁に反響した。「ぼくが思うに」彼はつぶやいた。「ぼくらが誰かを排除しなくちゃならないっていうのは……文字どおりの意味なんだ」

　それはリビーにとって想定外の話だった。まったくの。「なんの話？」動揺した間。

「六番目の人物、入会しなかった人物。ぼくが思うに、彼らは――」

「なに？」

「クソっ」ニコは片手で髪をくしゃくしゃにした。「殺されたんだ」

「まさか」リビーはいった。「ばかばかしい。そんなのはあり得ないでしょう」

「ぼくは本気だ、確信がある」ニコは反射的にいった。「でも、そんなことが、とも思ってる」

「そんなのはばかげてる」リビーは顔をしかめて彼をにらんだ。「誰から聞いたの？」

「パリサだ、でも——」

読心術のことを考えると、また少し厄介なことになった。「それならきっと、彼女が間違って解釈してるとか。それとも嘘をついてるのかも」

ニコは驚いたことに躊躇した。「ぼくはそうは思わないよ、ローズ」

「まったく、なにをいいだすかと思ったら」リビーは辛辣にいった。「そんなのはあり得ない。わたしたちが……ある種の……」彼女はうろたえて口ごもった。「ある種の殺人競争に参加してるなんて——」

「そうじゃない可能性はある」ニコは同意した。「いたずらかなにかかもしれない。それともダルトンがくどくどとしゃべってたみたいに、すべては意図の問題なのかもしれない」彼は手をひらひらさせて、半分しか聞いていなかったらしい講義を引き合いに出した。「それが機能するためには、殺人も辞さない覚悟が必要だっていうだけかもしれないが——」

「『機能する』ってどういう意味？」

「それは、パリサの話では——」

「パリサはなにもわかってない」リビーは頑としていった。

「わかった、すばらしい、そうじゃないかもしれない、でも、それがぼくの持ってる情報だから、きみに伝えてるんだ。クソっ」ニコは突然悪態をつき、その声がゴシック様式の高いアーチ天井に跳ね返った。「まったくきみにはつきあいきれないな」

「わたし？」リビーは彼をにらんだ。「それで、ほかに誰が知ってるの？」

ニコはたじろいだ。「全員、だと思う」

「全員、『だと思う』？」

「ぼくは——」彼は口ごもった。「わかったよ、ぼくはそうだと知ってる」

「真剣に。全員？」

「そうだ、ローズ、全員だ」

「そんなのあり得ない」

リビーは自分が同じことを繰り返しいっているのに気づいたが、別の反応はできそうになかった。

「誰かアトラスに尋ねてみたの？」突然ひどく頭にきて、彼女は問い詰めた。「少しでも確認が取れてることはあるわけ？」

「ぼくは知らないけど——」

「あなたは知らない？」

「エリザベス、ぼくの話を聞いてくれるか？」

「もちろん聞くもんですか、ばかばかしい」

「わかったよ」ニコは両手を上げていった。「こんなことをいっても意味があるかわからないけど、ぼくもそんなのはいやだ。でも――」

「でもなに？」リビーは迫った。「いったいなにが、『でも』なわけ、ヴァローナ？　これのなんのために、あなたは人を殺すっていうの？」

「クソっ、ローズ、これのどこを取ったら、きみは殺さないといえるんだ？」

ほとんど怒鳴るようにいったニコは、はっとして口をつぐんだ。リビーはあっけにとられて瞬きした。

「ぼくがいいたかったのは、ただ」ニコは慌てていいかけたが、顔をしかめてかぶりを振った。「いや、気にしないでくれ。心の準備ができたら、気持ちの整理がついたら教えてくれ。いまここで説明するのは無理だ」

「ヴァローナ」リビーはうなったが、彼はすでに寒気を振り払うように彼女を残し、礼拝堂の扉を押し開けて出ていくところだった。

そんなわけで、リビーはアトラス・ブレイクリーを見つけるために監視の結界を確認し、想像をはるかに超えた地位を、その代償については触れもせずに彼らに提供した男が、ひとりで閲覧室にいるのを突きとめたのだ。そしてまたしてもリビーは、彼に勧められた空いた椅子に座っていた。

しかし、今回は前のようにはいかないだろう。そうでなくては。

「きっときみは、なにかあると知ったんだな」アトラスがそういうと、リビーは一瞬ぎょっとして、言葉につかえた。

どうして彼女が考えていることがわかったのかは、わざわざ尋ねなかった。「それじゃあ、ほんとうなんですか？」

「別にそれほどむごたらしい話ではないんだ」アトラスの口調は落ち着いていた。「しかしそのとおり、きみたちのうちひとりには死んでもらわなくてはならない」

リビーはどう反応すればいいのだろうと思いながら、木の椅子により深く沈みこんだ。彼女の一部は、これは自分の想像なのだと確信していた。夢だったのか？　もちろんそんなことはなかったが、それでも彼女はみじんも、一瞬たりとも、アトラスがニコの疑ったとおりだと認めるとは、思っていなかった。

「でも――」

「ときにそれは陰謀だ」アトラスは慈悲深くも、彼女にそれ以上まくし立てさせないように認めた。「ときとして三月十五日（ユリウス・カエサルが暗殺された日）に似ていることもある。しかし多くの場合は生け贄であり、それゆえ、大変な悲しみを背負うことになる」

「でも」リビーはふたたび口を開こうとして躊躇し、自分がいいだせないのに気づいた。

「でもどうして――?」

「どうしてわれわれがきみたちにそれを頼めるのか? 簡単ではないよ」アトラスはいった。「残念ながら、それが古くからの慣習なのだ。図書館そのものと同じくらい古くからの。きみレベルのメディアンがどのくらいの魔法を持っているか、果たして想像できるかな?」アトラスは彼女をたじろがせるために考えられたような問いを発した。「そのような莫大な供物が、書庫自体の魔法を安定させているのだ」

リビーはその取引の邪悪さに青ざめた。「それは――それは――」

「必要なことなのだ」アトラスが話を引き取った。「各世代の研修生たちのおかげで、書庫の力は成長している。この壁のなかで学ぶすべてのメディアンによって、われわれは自分たちの知識の幅と用途を拡大しているのだ。同様に、われわれが見返りに得るものの価値もはかりしれない。もしかしたら、もうそのくらいは気づいているのではないかな?」彼は計算された中立的態度を取った。「きみ自身の力、きみのエネルギーは、いままでとは違う。おそらく、より強力になっているだろう。あるいは以前より威力が増しているのは、きみの魔法がもたらす結果かもしれない」

リビーはそれを否定することができず、拳を握りしめて静かに抵抗した。

「きみはもう知っているだろう、ミス・ローズ。力は無から生まれるものではないことを」アトラスはたしなめるようにいった。「それはつくることも、空の井戸から汲み出すこともできない。魔法の第一原理は、常に変わることなく真実だ。すなわち、魔法には必ず代償が伴う。このすべての特権には代価があり、それを選ぶには代価を支払う威厳が必要なのだ」

一瞬、まったく自分の意思に反して、リビーはふたたびダルトンの言葉を聞いた——一度はとても理にかない、説得力があると感じた言葉を。曰く、意図、あるいは幸運か不運かという問題は、強力で支配的である。複雑で後戻りできない問題である。本来なら進んでいたはずの運命から人を外れさせるものである。

そして疑いなく、彼女はこの道を選んでいた。

「でも、わたしたちは事前に知らされてませんでした」リビーが力なくいうと、アトラスはうなずいた。

「誰も知らされることはないのだ、ミス・ローズ」

「教えてくれる気はあったんですか？」

「ああ、もちろん、いずれは。秘密を守るのは難しいものだし、〈フォーラム〉がしばしば干渉してくるからね」

　リビーは歯を食いしばった。「どうして彼らはそのことを知ってるんですか？」

「〈協会〉の歴史は古いんだ、ミス・ローズ。したがって、その敵も同様だ。人間というのは間違いを犯しやすい生き物なのだよ。少なくともウェセックス・コーポレーションよりは、〈フォーラム〉の干渉のほうがましだね。資本主義には、その原則を完全に放棄してしまうという恐ろしい傾向がある」

　どうして彼はこれほど無頓着でいられるのだろう、とリビーは思った。「そしてなぜか、あなたがたの原則は変わらないと？」

「もし別のやり方があるなら」アトラスはあっさりと応じた。「われわれはそれを採用しているだろう」

　リビーは尋ねたいような尋ねたくないような気持ちで、一瞬もじもじした。

「どんなふうにやるのか知りたいんだね」アトラスにそういわれ、リビーは相手の同情に憤慨して目を上げた。「それはもっともな質問だ、ミス・ローズ。尋ねてかまわないよ」

「それは――？」彼女はいったん言葉を切った。「それは……満月の夜の生け贄とか、慣例の儀式のようなものなんですか？　夏至や冬至、春分や秋分の日に行われるような？」

「いや、そういうものではない。月も気の利いた小道具も関係ない。それは単純に生け贄であり、全体のほんの一部分だ」

「それだけ？」

「それ？」アトラスがそう繰り返した。リビーは、相手がよりによってそこに激しく反応したことに驚き、瞬きした。「それに小さなことはなにもないんだ、ミス・ローズ。きみたちは全員、好むと好まざるとにかかわらず、ここでの経験によっておたがいに結ばれている」アトラスは突然、これまで聞いたことがないような有無をいわさぬ口調でそう告げた。「きみたちはみな、おたがいのなかに自分自身を埋めこんできた。それは忘れられることでも小さいことでもない。きみたちは例外なく、日を追うごとによりいっそう、おたがいに切っても切れない存在になっている。排除の目的は、失うことが可能なものをきみたちから取り去ることではなく、むしろきみたちをきみたちたらしめているものを取り除くことなのだ。この屋敷、その書庫に意識があることは理解しているね？」リビーはしぶしぶうなずいた。「死以外のなにが、われわれが守っている知識にそのような生命を与えることができるだろうか？」

「すると、わたしたちは誰かを殺しさえすればいい」リビーは苦々しく要約した。「それだけ？　決まった方法も、儀式も、特定の日付も関係なく？」

　アトラスはうなずいた。

「そしてあなたたちは十年ごとにただここに立って、ほかの誰かが死ぬのを見ていると？」

「そうだ」

「でも――」

「考えてみたまえ、ミス・ローズ、その力の範囲を」アトラスは穏やかに口を挟んだ。「どの専門技能が世界のためになり、どれがそうではないのか。これは必ずしも個人的な忠誠心の問題というわけではないのだ」

「そもそも、どうして利益にならない専門技能が選ばれるんですか？」リビーは強い調子で尋ねた。「あなたは自分で、各研修生は世界最高のものたちだといっていませんでしたか？」

「もちろんだ。しかし新規入会のサイクルごとに戻らないメンバーがひとりいて、〈協会〉はこのことを認識している」アトラスはいった。「このことは常に、検討対象となる候補者を推薦する際に、評議会のメンバーのなかで議論される要素でなくてはならない」

「それは誰かが……わざと死なせるために選ばれているということですか？」

　その発想自体、驚くべきものだった。リビーには自分の血が逆流する音、耳を聾する不信の潮流の音が聞こえた。

「もちろんそんなことはない」アトラスは笑みを浮かべた。「ちょっとした検討事項だよ」

ふたりは揺るぎない沈黙のなかで長いあいだ座っていたが、やがてリビーはぎくしゃくと立ち上がった。彼女は扉に向かう途中で足を止め、くるりと振り返った。

「書庫は」遅まきながらまたしても姉のことを思い出し、リビーはいった。「わたしたちがなにを見ることができるかは、誰が管理しているんですか？」

アトラスは目を上げ、しばらくしげしげと彼女を見つめた。「図書館自身だ」

「どうしてわたしがそれを信じなくてはいけないんですか？」リビーは尋ね、それから苛立ちに火がついて、いっそう激しく迫った。「わたしがあなたのいうことを信じなくてはいけない理由がありますか？」

アトラスの表情は変わらなかった。「わたしは書庫の管理はしていないんだ、ミス・ローズ。もしそれがきみの質問なら。わたしにも見ることができないテーマはたくさんある」

自分たちのリクエストが信条や身元の関係で拒否されるかもしれないとは、リビーは考えていなかった。書庫はいつも、存在ではなく学習の達成度を試す試験のようなもので、自分の永遠の問いに対する答えがついに手に入るかもしれない場所だと思っていた。「だけど、これはあなたの〈協会〉でしょう！」

「いいや」アトラスは訂正した。「わたしはこの〈協会〉の管理人のひとりだ。それを所有してはいないし、制御してもいない」

「だったら誰が？」彼女は問い詰めた。

アトラスは平然と小さく肩をすくめてみせた。

「矢は自分で狙いをつけるかな？」

リビーは返事をするかわりに、苛立ちにまかせてきびすを返すと勢いよく階段のほうへ向かい、自分の部屋に戻ろうとした。

バルコニーの廊下の踊り場で、彼女は同時に角を曲がってきた誰かとぶつかった。なんであれ頭の外のことにもっと集中できていれば、彼がやってくる音が聞こえたかもしれない。でも実際は――

トリスタンが両手で彼女の肩をつかんで支えた。

「パリサを見なかったか？」そう尋ねられたリビーは、取り乱していたので――いまいましいほど人間的だったので――顔を上げて彼をにらみつけた。

「くたばれ」彼女は毒を吐いた。

トリスタンがあっけにとられて瞬きした。「なんだって？」

「知ってたのね」ああ、そういうことだったのか。いま頃になってすべてが腑に落ち、リビーは自分の憤りの激しさを理解した。「あのばかみたいな仮定のトロッコ問題。あなたはずっと真相を知ってたんでしょう？」彼女は非難した。「そしてわたしに教えてくれなかった」

「知ってたって――」トリスタンはいいかけてやめ、しげしげと彼女の顔を眺めた。「つまり――？」

「そう。死。クソ殺人のことよ」

トリスタンがひるみ、一瞬、リビーは彼を憎んだ。彼を嫌悪した。

「わたしには無理――」リビーは苦悩か、それとも苦痛に絶句した。自分でもどちらかわからず、その違いを見つけたいとも思わなかった。「できない、やらない」

「ローズ」トリスタンの手はまだ、しっかりと彼女の肩をつかんでいた。「話しておくべきだった、わかってる。きみが怒るのはわかる――」

「怒る？」それが適切な表現だとはとても思えないが、彼女は怒ってはいなかった。たしかに、なにか心のわだかまりのようなものを感じていたし、それは簡単に憤怒に変わり得るものだった。魔法の衝動を制御して抑えこむやり方はずいぶん前に身につけていたが、その瞬間、彼女はそれが火花を散らすのを感じ、煙臭いにおいを嗅いだ。

「トリスタン、いっておくけど、怒るなんて言葉では」リビーははらわたが煮えくりかえる思いだった。「この気持ちはとても表せない――」

「実際には、ぼくらの誰もこの〈協会〉の支配がどこまで及んでいるか知らないんだ」廊下には誰もいないにもかかわらず、トリスタンは秘密めかしたひそひそ声で、彼女に思い出させた。「きみは誰かがここから出ていけると、本気で思うかい？ 信じてくれ、ぼくは人材募集には詳しいんだ、ふつうの組織とカルトの違いはよく知ってるし、この組織には無邪気さの欠片もない。きみは出ていけない」

トリスタンは黙ったかもしれないが、彼女は拒んだ。「だったらなぜ？ なぜやるの？」

「理由はわかってるだろう」彼の口元が強ばった。

「いいえ」そのことを考えるとリビーは気分が悪くなった。「どうして誰もそうしないのか教えてよ、なぜ誰も――」

「ローズ――」

「だめ、だめ」自分がなににそこまでひどく興奮しているのかよくわからなかったが、リビーは錯乱したように彼の胸を拳で叩いた。トリスタンは彼女の肩をしっかりつかみ、押しのけなかった。罪滅ぼしをするように。

いいわ、打ちのめされた気分で、彼女は思った。当然の報いよ。

「あなたは彼らの同類なんでしょう？」リビーの唇は冷たく、無表情で、その言葉は感覚のない唇からゴミ屑のようにこぼれ落ちた。「それはあなたにとってなんの意味もない、なぜってもちろんそうだから。あなたにとってセックスはなんの意味もない、これは全部ゲーム――なにもかもただのゲーム！　だったら殺人は？　このすべてとくらべたら、命ってなんなの？　この〈協会〉は毒よ」リビーはそう吐き捨て、あまりに急激に強まった彼女の怒りは、頂点に達したかと思うと、またいきなり弱まった。

彼女の肩をつかんでいたトリスタンの手が緩んだ。怯えと疲労、怒りと感謝で、リビーは力なく彼の胸に頭を預けた。耳の下に彼の脈が、マントルピースの上に置かれた時計のような心臓の鼓動が感じられた。時の流れがゆっくりになり、止まった。

「彼らはわたしたちに毒を盛ってる」リビーは悲痛な思いでつぶやいた。「一度に少しだけ、毎回少しずつ量を増やしてる。わたしたちがもうなにも感じなくなるまで――目も耳もきかなくなり、すっかり感覚が麻痺するまで――」

トリスタンは彼女の手を取って客間を抜け、角を曲がると、無言で自分の寝室に引っ張りこんだ。ほとんど飛びこむようになかに入った勢いで、リビーは暖炉の横でバランスを崩してぐらつき、トリスタンは自分たちの後ろで扉をかたく閉め、その取っ手をじっと見つめた。

「ほんとうに、どうしたんだ、ローズ？」彼は目を上げずに尋ねた。

リビーは目蓋を閉じた。**力がどこからくるか自分の胸に尋ねてみるんだ。**エズラが頭のなかでいった。**もし出所が見えなければ、それを信じるな——**

誰を信じるべきか、わたしに指図しないで！

「ローズ」

トリスタンは近づいてこなかった。

リビーは自分が彼を求めているのかどうか、よくわからなかった。

「どうしてわたしたちがそんなことをするっていうの？」彼女の声はか細く、少女のようだった。「なぜ？」

「なぜって、ローズ。まわりを見てみろよ」

「誰を？　なにを？」

トリスタンは答えなかった。彼女は苦々しい思いで、その必要はないことを認めた。

アトラスのいうとおり、リビーはいま、かつてないほどの力を持っていた。それは彼女が持って生まれたものの問題でも、与えられたものの問題でもなかった——ここに、彼らのなかにいて、図書館の資料に接することで、彼女には自分という枠を超えて旅するあらゆる機会が与えられていた。リビーは自分の力の限界を、かつてよりも遠くに、自分の指先や靴のかかとよりも遠くに感じることができた。自分自身が波となって脈打っているのを感じることができた。自分自身が膨張し、それには終わりもはじまりもないのを感じることができた。必然的にかつての彼女は、これから彼女がなるものと同じくらい遠くにあって、見分けられなかった。

「あなたは誰の味方なの、トリスタン？」リビーは激しい良心の呵責に喉を詰まらせた。そう尋ねるだけでもうろたえていたが、いざ口に出してみると吐き気をおぼえ、胆汁があふれるのを感じた。彼女は知らないということで肉体的に不安定になり、身震いし、突然の吐き気に襲われた。

「わからない」対照的にトリスタンの声は、機械的で抑制されていた。「きみの味方だ、たぶん。わからないけど」彼があげた少し気分が悪そうな笑い声は、まさに彼女が感じているのと同じくらい動揺しているように聞こえた。「カルムがぼくに影響を与えてるのを知ってたかい？　それがどの程度なのか、どのくらい強いのか、効果がどのくらい続くのかはわからないが、そうなんだ。きみは知ってたか？」

ええ。それは明らかだった。「いいえ」

「ぼくは自分をコントロールしてると思っていたが、そうじゃない」トリスタンは振り向いて彼女を見た。「きみはどうだ？」

いいえ。いまでもそうだった。トリスタンの唇が開き、彼女はつばを飲みこんだ。

特にいまは。

「わたしはカルムには影響されてない、もしそれがあなたの尋ねてることならね」リビーは自分が渇望していることに絶望してひどく腹を立て、なんとかぴしゃりといった。トリスタンが尋ねたのはそういうことではなかったが、彼女は身勝手と知りながらも、自分が飢えているという事実をほんのわずかでも彼に明かすことには、耐えられなかった。彼女が手放してもかまわないと思う自分自身の欠片は限られていた。

トリスタンはふたたび顔を背け、彼女に背を向けた。

リビーは泣きじゃくりたいような、吐きたいような気分だった。

いいわ。「わたしはそれがほしい」彼の背中に向かって告白したリビーの声は、小さかった。「トリスタン、ここでの暮らし、わたしはそれがほしい。喉から手が出るほどほしくて、そのことに傷ついてる。わたしはそんな恐ろしい、むかむかするような痛みに苦しんでる」

トリスタンは片手を上げて寝室の扉に肘から先を預け、それに体重をかけた。

「アトラスから話を聞いていたときには」リビーはゆっくりと続けた。「それはほとんど理にかなってた。当然、代償はある。当然、わたしたちはみんな代価を支払わなくてはならない。人生で犠牲を払わずにどんな力が手に入るっていうの？　それにたぶん、失っても耐えられるものがひとりいる」

リビーは深く息を吸いこみ、吐き出した。

「そして一瞬、思ったの……もしかしたら彼を殺せるかもしれない。もしかしたらやれるかもしれない。たぶん彼は存在すらするべきじゃないし、彼がいないほうが世界はよくなるかもしれない。だけど待って」彼女は喘いだ。「わたしにそんなことを判断する権利がある？」

沈黙。

「わたしになんの権利があって、他人の命を値踏みできるっていうの、トリスタン？　これは自衛じゃない、これは強欲よ！　これは……そんなのは間違ってるし――」

彼女がそのまま支離滅裂なことを口走って、自分が発した言葉の水たまりに溶けてしまう前に、トリスタンが扉に背を向けてくるりと彼女のほうを向いた。

「きみは自分の魂がそんなに心配なのか、ローズ？」

別の世界でなら、トリスタンは彼女に触れていたかもしれない。

別の世界でなら、彼女はそれを歓迎していただろう。

「いつも」それに必要なのは一歩だけだった。「いつだって」トリスタンの両手が彼女のジーンズにかかり、へそまでなで下ろし、髪を片方の耳にかけていたかもしれない。リビーは肌を刺激する彼のため息、彼の欲望の震えを思い出した。「それが堕落するのを自分がどれだけ簡単に見られるかと思うと、ぞっとする」

なにが動いているにせよ——パリサが故意にはじめたことなのか、それともリビーは前からずっとそんなふうで、どういうわけか投影像のなか、幻影のなか、白昼夢のなかに亡霊を装った自分の姿を目にしたあとで、それをはっきり示したのか——すでに止めるには遅すぎた。それでも彼らはむだに麻痺した宙ぶらりんの状態で、危なっかしくバランスを取っていた。

あと一歩でそのバランスを崩すことができるだろう。リビーは彼を、これを、そのすべてを、致命的な一撃で手に入れられるはずだ。次に彼女がどんな堕落した姿になろうと、それはすべて手の届くところにあった。それは彼女の頭のなかで脈打ち、胸の奥で鼓動し、静電気を起こし、水ぶくれになった。

これで

すべて

が

「いかなくちゃ」リビーは息を吐き出しながらいった。

――わたしのもの。

トリスタンは彼女がいなくなるまで動かなかった。

パリサ

「きみはわたしを避けてるな」ダルトンがつぶやいた。

「ええ」近づいてきた彼にわざとらしく身を強ばらせたりはせず、パリサは認めた。誰であれあまりに落ち着き払っているもの——たとえば、そう、高度な技能を有するテレパス——には、ほかのものを本能的にぞくりとさせる気味の悪さがある。カルムは不快な魔法的特性の典型で、パリサはそうならないように気をつけていた。ふつうであること、そしてそのために不可欠な演技——ぎょっとして軽く飛び上がったり、一瞬気が散ったり——をすることは、その代表だった。

しかしダルトンは近づく気配を少しも隠そうとしていなかったので、パリサはふつう人々が期待する反応を見せるのはやめた。そしてかわりに、あえてそのままでいること、実際には、素の自分でいることにした。驚かない。変わらない。

そしてほかのことで忙しい。

「いちおういっておくけど、興味がないから距離を置いてるんじゃないのよ」彼女は単純にほかのことに気を取られていたのだ。トリスタン・ケインとリビー・ローズの衝突がついに実を結ぼうとしているのかどうか、といったことに。

ダルトンは腕組みをして、閲覧室の彼女のテーブルに寄りかかった。

「質問をどうぞ」パリサは本のページをめくりながらいった。血の呪い。かけるものが払う代償をのぞけば、結局はそれほど複雑なものではない。血の呪いをかけたものはほぼ必ず気が触れ、それをかけられたものはほとんどの場合、最後には破滅するか、少なくとも子孫が破滅する。自然というのはそんなふうにバランスを強く求めるもので、破滅は常に再生を伴うのだ。

「われわれはきみの夫のことを知っていた」ダルトンは、明らかに〈協会〉上層部にかわってしゃべっていた。「きみの兄や姉のことではなく」

それはダルトンの頭のなかにあった質問ではなかったが、彼がすぐ本題に入ることができなくても、パリサは驚かなかった。ダルトンの心のなかには、分厚い成層圏に達するような気まずさの雲が漂っていた。

「それは、兄とはなにもなかったからよ」彼女はページを一枚めくって目を通した。「知っていても発見する価値のあるものはなにもなかったでしょうね」

ダルトンは一瞬、沈黙していた。「カルムはかなり見つけたようだが」

ありがたいことにダルトンには読めなかったが、パリサの心のなかではアミンはいつも優しく、メーアはいつも厳しかった。

おまえは家族の宝石だ。だからぼくにとって、ぼくらにとって、とても大切な存在なんだ。

優しさは、実際はアミンの弱さだった。**おまえを所有したい、支配したいと思うほど、ぼくはおまえを賞賛しているんだ。**

おまえはこの家族を堕落させた娼婦よ！

残酷さは、実際はメーアの痛みだった。**わたしに自分の醜さを見せつけるおまえが大嫌い。**

パリサは本を閉じ、目を上げた。

「戦争とは妥協みたいなものよ。どちらの側も、勝つためには少し損をしなくてはならない」彼女はいらいらといった。「もしカルムがわたしの秘密に近づいたのなら、それはわたしが彼のなかにそうする目的を見出したからにすぎないわ」

ダルトンは顔をしかめた。「きみが明らかにしたことのせいで、わたしが責めていると思うのか？」

「あなたはわたしのことを弱いと思っていて、いまは慰めたがってる、いいわよ」

「弱い？　いいや、まさか。だが、慰めようとするのは間違ったことかな？」

パリサが答えないので、ダルトンはぽつりといった。「カルムはその秘密を使ってきみを殺した」

「いいえ。彼がわたしにあの選択をさせたんじゃない。わたしがしたの」

ダルトンは自分の手に、胸の前で組んだ腕に目をやった。声には出さないが、**きみがそういうなら**、ということだ。

「質問をどうぞ」パリサがふたたび、今度はじれたようにいうと、ダルトンの注意が彼女に向いた。ときどき彼女はダルトンのじわじわ広がる亀裂を、しまいこまれているのを見つけた彼の記憶を、垣間見ることがあった。それが見つかるのはいつも、最も興味深い場所でだった。けっして学究的な場ではない。書物や思考について議論しているときのダルトンは、その幽霊のような彼にはまったく似ていなかった。それが見えるのは、このような瞬間だけだった。本人は飢えとは気づいていない激しさで彼女を見ているとき。暗闇でやみくもになにかを探しているとき。

「きみはわたしに口出しするなといった」彼がいいかけると、パリサは首を振って止めた。

「ええ、そしてあなたがそうしなかったのは賢明だった。もしそうしていたら、誰か——たとえばカルム——が、わたしたちがどこにいるかに気づいていたかもしれないし、そうなったらわたしは負けていたかもしれない」

ダルトンは楽しげな口調を装っていった。「きみは彼の勝ちだといってなかったか？」

「そうよ。でもわたしは負けなかった」

「ああ」

ダルトンは向きを変えてまっすぐ前を見つめ、パリサは手を止めて彼を見た。

「どうしてここに残っているの？　あなたの足元には世界が広がっていたのに」

「わたしの世界はここにある」彼はパリサを見ずにいった。「それ以上のものが」

パリサは彼が研究している要素を断片的に見たことがあった。彼はそれを隠していなかったし、それにはもっともな理由があった。隠すことがなにもなかったのだ。古代の起源神話、創世記の時代、人類という火を熾した焚きつけ。

魅力的だ、ほんとうに。だが、命の意味を探している男ならほかにもいた。

「あなたが持っているのは、図書館が選んで与えてくれたものだけでしょう」パリサは彼の言葉を訂正した。

「ここを離れた場合に世界から手に入れなくてはならないものより、そのほうがいい」

　幸運なことに、ダルトンはとても無欲でいることができた。もしかしたら幸運なのは世界のほうかもしれない。彼女ならとてもそれほど寛大にはなれないだろう。「そのほうがいい？」

「きみがいいたいことはわかる」ダルトンはいった。「それにきみは、思っていたよりわたしが退屈なやつだと気づきはじめているらしい」

「いいえ、的外れもいいところね」彼の頭のなかにあるものがなんであれ、それはむしろ、彼が当初のパリサの評価を超えた存在である証拠だった。「アトラスはあなたがどれだけ興味深い存在かわかってるの？」彼女はダルトンの防御にどこかもろい点はないかと探りながら、つぶやいた。

　だが、そううまくはいかなかった。「アトラスはきみが思っているような悪人じゃない」

「わたしは一度もそんなことはいってないわ」正直なところ彼女は、自分が思っている以上の能力をアトラスが持っていることを願っていた。もしアトラスも彼女の期待を超えていたら、なんと嬉しいことだろう。

　そのとき、ダルトンがついにパリサと目を合わせ、キャスティングをするように彼女の目に視線を投げかけた。

「わたしの頭のなかになにを見つけたんだ？」

ついに。本物の質問だ。それは何週間も彼を悩ませていたにちがいない。

「とても興味深いものを」

「どれだけ興味深いんだ？」

「ここにとどまらざるを得なくなるのに充分なだけ、そう思わない？」

「そうでなければ出ていっていると？」

「わたしが？　そうかもしれない。野蛮だから、この〈協会〉は」たんなる入会の条件に死を求めるなら、きっとこの先さらに要求してくるだろう。灯りをつけておくため、壁に呼吸させるために、ほかにどんな儀式が行われていることだろう？　避けられない罪を書庫の内部に寄せつけないために。

　たとえこれ以上の代償を払うことはないとしても、彼らは理解しがたいほど広大なものに貢献していた。何百年も、何千年も続いてきた伝統に。魔法の原理はいまだに、彼らを何者かの意図と結びつけており、その大本《おおもと》がアレクサンドリアの哲学者たちなのか、図書館そのものの管理者たちなのかはわからなかった。もしかするとそれは、図書館のどの資料を彼らが受け取れるかを決めているのと同じ誰かなのかもしれなかった。それともひょっとすると、彼らはみな魔法そのものに恩があるのかもしれなかった。

ほぼすべての文化において、神々は血を求めていた。魔法はそれとなにか違うのだろうか？

もしそうだとしたら、ダルトンは話そうとしないだろう。

とにかく、このダルトンは。

「わたしをまたなかに入れて」パリサが持ちかけると、ダルトンの眉間にしわが寄り、素早く疑いの視線を向けた。彼らは閲覧室にふたりきりだったが、予想どおり、彼には維持すべき別の防御網があった。「もしそうさせてくれたら、わたしはそこにあるものをもっと理解できるわ」

「その言い方はまるでミノタウロスみたいだな」ダルトンは顔をしかめた。「迷宮のなかにいるなにかの怪物だ」

「塔のなかのお姫様よ」パリサは訂正し、手を上にのばして彼の襟の布地に軽く触れた。ふたりの親密さを思い出させるための、親しげな仕草だ。「でもお姫様は、ときに怪物のようになることがある」

「それは褒め言葉かな？」

彼はおそらく本能的に身を乗り出し、パリサの手に体を押しつけた。

「もちろん」パリサは繊細な笑みを浮かべて彼を見上げた。「またわたしをなかに入れてほしい」

「それはわたしを誘惑しているのかな？」

「いつだってね」彼女の笑みが広がった。「あなたを誘惑するのがなにより楽しい気がすることがあるわ」

「ほかにあれだけ大勢いるのに、わたしを？」

パリサは片方の眉を上げた。「それは妬いてるの？」

「いいや。信じられないんだよ」ダルトンが返した笑みはかすかだった。「わたしから得られることは限られている」

「ばかをいわないで、わたしはたくさんもらってる。でも、もっとくれるというなら断らない」彼女は立ち上がり、ダルトンを後ろのテーブルに軽く押しやった。

パリサは彼の前に立ち、ふたりの脚を対応するピースのように組み合わせて、腰と腰を合わせた。ダルトンが慎重に、両手を彼女の腰に置いた。必要ならいつでも引っこめられそうな感じだが、パリサには彼がそうするとは思えなかった。

「誰にでも盲点はあるわ」彼女はいった。「他人には見えるのに、本人には見えないものがね」

パリサが彼の額にかかった黒髪をそっと払い、こめかみを軽くなでると、彼は目を閉じた。

「五分だ」ついにダルトンがいった。

パリサは前に身を乗り出し、唇で彼の唇に軽く触れて埋め合わせをした。

「五分ね」彼女が同意すると、腰に置かれたダルトンの両手に力が入り、彼女をしっかりとその場に固定した。

許可を得て彼の心に入るのは、前回とくらべて簡単でもあり難しくもあった。今回目を開けると、そこはどこかの殺風景なガラス張りのロビーだった。無人の受付デスクがあり、エレベーターがあった。これが彼の脳の自然な状態なのだ。整然としていて、残りの部分と同様に几帳面だ。彼女はエレベーターの呼び出しボタンを押して待った。チャイムが鳴って扉が開いたが、なかにはなにもなかった。パリサはエレベーターの壁に映った自分の姿を見ながら乗りこみ、階数ボタンのほうを向いた。

数え切れないほどある。パリサは顔をしかめた。ついてない。行き先階を推測すること（そして別の階、また別の階と延々と繰り返し、泡のような五分間をたちまち劣化させること）はできたが、それでは前にダルトンの潜在意識に導かれていった場所に戻ることはできない。

ここではダルトンはきちんと整理されており、つまりそれらは彼の接近しやすい思考だということだ。彼はいつもエレベーターを利用し、記憶や思考の様々な階層に通じるボタンを押していた。

パリサは適当な階のボタン——二〇三七——を押し、エレベーターがガクンと揺れて動きだすのを感じた。

それからエレベーターの扉を乱暴にこじ開け、かろうじて通れる程度の狭い隙間をすり抜けた。その気になれば魔法で落ちないようにすることはできたが、パリサはわざわざ試そうとはしなかった。彼の意識のこの部分、整然としたオフィスは意図されたものだった——誰の心でもそうであるような、生存のための技術と心理的な対処法の産物だ。たしかに認知的思考は人によって見かけが異なり、ダルトンの場合はたいていの人より整理されていたが、それでも注意深くつくりあげられた幻にすぎなかった。彼女が目指している場所にたどり着くつもりなら、どうしても落下しなくてはならないだろう。

パリサはエレベーターから後ろ向きに倒れ、目を閉じて虚空に身を投げ出した。それを落ちていくように感じているのは彼女だけで、ダルトンにとってはむしろ頭痛のようなものだろう。パリサは彼の額の奥のどこかで脈打ち、副鼻腔の下にかかる圧力を高めることになる。彼の心に入る許可は得ていたから、今回は彼女を迎える見張りも敵も少ないだろうが、前の目的地を見つけられるかどうかは——

パリサは突然減速し、落下の途中で麻痺したようになって目を開けた。宙に浮いたパリサは目に見えない棺のなかの白雪姫で、彼は二本の指で彼女の頬を、唇をなでた。

「お帰り」若いダルトンが、彼女を見て物欲しそうに立ち上がった。「戻ってくるとわかってたよ」

パリサは静止状態からいきなり抜け出し、前にきた塔の部屋の硬材の床に落ちた。首をまわすと、横にダルトンの靴が見えた。彼はオートバイ用のブーツに黒のジーンズという格好で、実物とは正反対の特徴が誇張された姿だった。

パリサは顔を上げ、彼の外見の特徴をひとつひとつ並べていった。姿が見えなくなったほうは神経質で学究肌だった。こちらのダルトンで最も重要なのはぴったりしたTシャツで、あまりに真っ白でしわひとつないため、かすかに光っていた。

彼はパリサのかたわらに膝をつき、目を細めて観察した。

「彼はなにをしてる？」ダルトンが尋ねた。

「なにも」彼女はいった。「研究よ」

「彼のことじゃない」ダルトンはそういって手を振った。「彼がなにをしてるかは知ってる。ぼくがいったのは、彼のことだ」

パリサは身を引き締めた。「アトラスのこと？」

ダルトンが突然苛立って立ち上がった。彼はぴりぴりし、なにかに興奮していた。

「もうすぐだ。彼が近づいてくるのがわかる」

「誰のこと？」

ダルトンは彼女をにらみつけた。「きみがここにいる理由は間違ってる」

パリサは両肘をついて起き上がり、行ったり来たりする彼を眺めた。

「正しい理由ってなに？」

「きみは答えを求めてる。ぼくは答えを持っていない。持っているのは問い、未完成の研究だ、**ぼくは出たい**」ダルトンの亡霊は突然叫び、くるりと向きを変えて城の壁を殴った。

パリサは石にぶつかった拳が粉々になるのを予想して怯んだ。だがダルトンに殴られた衝撃で城の壁のほうがばらばらになり、プログラムのバグのように破壊され、その下の仕上げ作業のすんだ冷たい鋼鉄の表面があらわになった。

彼女は瞬きした。このダルトンが手を引っこめると、城の像はまるで何事もなかったかのように、さざ波を立てて元に戻った。いまのは自分の想像だったのだろうかと思い、ふたたび瞬きすると、ダルトンの像がゆがんだ。

もう一度瞬きすると、ダルトンはふたたび横にいて、しゃがみこんで彼女の顔を片手で包みこんだ。

「この城はきみのためにつくったんだ」ダルトンは狂気を宿した目を見開き、静かにいった。

　そのときパリサは急な傾きを感じ、なにかに後ろに引きずられたかと思うと、ふたたび閲覧室で本物のダルトンにもたれて立っていた。

　彼の指が痛いほど腰に食いこんでいた。額に浮かんだ汗の滴がこめかみの表面に溜まり、結露のようになっている。「きみを追い出すのは大変だったよ」

　パリサ自身、苦労して彼の心のなかにいたせいで消耗し、小さく喘いでいた。「痛かった？」

「とても。トゲみたいだ」

「ごめんなさい」パリサが額をなでて痛みをやわらげてやると、ダルトンは感謝して彼女の肩にもたれかかった。

　ふたりの呼吸のリズムが切り替わり、脈拍が徐々に同調した。彼らの血管を駆け巡る魔法の流れがゆっくりになり、彼らのばらばらになったパーツが元の適当な容れ物に落ち着くまでには少しかかった。通常の次元で現実の世界のここに同時に存在するほうが楽だった。ダルトンの腕に抱かれ、彼の髪を指に巻きつけていると、パリサには闘うべきものはなにもなかった。

しばらくして、彼女がふたりにもたらした痛みは弱まり、静けさのなかに溶けていった。ダルトンが口を開いたとき、その声は奮闘したせいでかすれていた。「なにを見つけたんだ？」

なにも。

いや、なにも、というのとは違う。彼女に説明できるものはなにも、ということで、そのほうが悪かった。なにかが相変わらず手の届かないところにあるとき、それを認めるのはいつも難しい。

「図書館はあなたになにを見せてくれるの？」かわりにパリサは尋ね、彼を見るためにそっと離れた。「ここにはなにか、あなたにしかアクセスできないものがある」

「わたしの研究は見てきただろう」ダルトンは穏やかにいった。

創世記。それはほんとうにありふれた風景のなかに隠れていたのだろうか？

「ダルトン」彼女はいいかけたが、すぐにさえぎられた。

「ミス・カマリ」ふたりの後ろから、アトラスのバターのようなバリトンが聞こえてきた。「ここで会えるのではないかと思っていたんだ」

ダルトンが彼女を解放し、目をそらして離れると同時に、パリサはその場でくるりと振り向き、閲覧室の戸口にいるアトラスを見つけた。彼はほとんどそれとわからないくらいの動きで彼女を手招きし、ダルトンに気づいた素振りは見せなかった。

「きたまえ、散歩にいこう」

思考を投げ縄でとらえられてぐいと引っ張られる、命令されるような感覚があった。彼女が望もうと望むまいと、散歩をすることになるのは明らかだった。

パリサは不機嫌そうに口をすぼめた。

「いいわ」彼女はそういいながら、ふたたび腕組みをして立っているダルトンを肩ごしに振り返った。彼がなんの反応も見せないので、パリサは読みかけの本をテーブルから取り上げ、アトラスに続いて廊下に出た。

「わたしは行儀の悪さを叱られてるのかしら？」

「いいや」アトラスはいった。「気晴らしになにを追求しようときみの自由だ」

パリサは疑わしげに彼を見上げた。「あれで自由な気分になるはずだっていうの？」

「きみがどこにいたか、なにをしていたかはわかっている」アトラスは鋭い視線をそっと彼女に滑らせた。「あれだけの魔法を使っておいて、わたしが気づかないはずがないだろう」

「あなたの監視は個人的な好意のしるしなの、それともわたしたち全員を平等に見張っているの？」

「ミス・カマリ」アトラスは北の庭園に続く扉に着く手前で歩調を緩め、立ち止まった。

「きみの才能の特異性については、きっとわたしが話すまでもないだろう。そろそろきみは自分の技能がほかのテレパスをはるかに超えていることに、間違いなく何度か気づいているはずだ」

「わたしは気づいてる、そうね」彼女はリビーではなかった。自分の才能を教えてもらう必要はない。彼女は自力でそれを解決できるほど賢明だった。

「しかしきみは、そのような能力を持っているのは自分が初めてではないことも、きっと理解しているにちがいない」

アトラスは自身が意図した残りの部分は言葉にしなかった。

「だから、あなたを自分と同等の存在とみなすべきだというの？」彼女はあえて議論を挑むようにいった。

「きみとは気が合うと思っていたんだよ。おたがいに助けあえるとね」おそらく彼がいっているのは、役に立つという意味だろう。「いやむしろ、そうであることを願っていたのだろうな」アトラスは戸口に佇《たたず》み、外の緑に目をやった。

「きみはわたしを敵だと思うかね？」彼はパリサに対する問いを、外に向かって投げかけた。

「偶然というにはあまりにタイミングよく現れる、と思ってるわ」彼女はそう応じ、つけ加えた。「前に一度、ダルトンの頭からわたしを引っ張り出したわね」

「きみはあそこにいるべきではなかった」

パリサはむっとした。「でもあなたは、彼の思考のなかにいてもかまわないと？」

「きみにはわからないだろうな」

「あなたが簡単な言葉で話してくれたら、きっとわかると思うけど」パリサは冗談めかして応じた。

アトラスの口元が引き締まった。「きみの認識力は問題ではないのだ、ミス・カマリ。問題はきみのやる気だけだよ」彼は横目でパリサを見た。「もしわたしが質問に答えたら、きみはわたしを信じるかね？」

「いいえ」彼女がいうと、アトラスは驚きもせずに笑みを浮かべた。

「ミス・カマリ、われわれが同じでないふりをするのは無意味だよ」アトラスはそういって、ようやく本題に入った。「われわれはどちらもテレパスだ、それも有能な。希有な存在だ」間。「われわれが行っているのは非合法な監視というよりはむしろ、不本意なアクセスだな。わたしは思考のなかに混乱を感じる。ちょうどきみ自身が感じているにちがいないように」

「それで?」きっとまだ続きがあるはずだ。

「そして」アトラスはそれを裏づけた。「きみは頻繁に混乱を引き起こす」

「それが〈管理人〉であることの意味なの?」パリサはつぶやいた。「混乱を鎮めることが?」

アトラスはいま、気怠そうな素振りは投げ捨て、完全に彼女と向きあっていた。

「わたしは〈協会〉の世話をしている。目下のところ、きみはそのメンバーではない」

「わたしが共謀して誰かを殺すまではね」

「そうだ」そう認めたアトラスの声は、石のように冷たく揺るぎなかった。「そのときまでは」

パリサは自分の口が尖り、好奇心と、より反抗的な衝動がせめぎあうのを感じた。

「あなたはダルトンのクラスが出した結論に干渉したんでしょう?」彼女は尋ねた。「あなたは彼を助けるために介入した」

「ダルトンもきみのために介入してきた」アトラスは指摘した。「それは人間の性《さが》だよ」

「ええ、でもあなたの介入には目的があり、意図があった。彼の場合は——」

「彼の場合も同様に意図があった」

彼女はアトラスの無謀な行動のことを考え、それをダルトンの場合とくらべて、ふたりを比較した。

「それが行われなかったことはないの？　儀式が」

「生け贄は常に捧げられる」アトラスは応じた。

警戒しながらも、パリサは彼の言葉を信じた。それはこれまでで最も正直な答えのようだった。

「それで、どうしてダルトンを救うことを選ぶの？」

「どうしてきみを救うことを選ぶのかな？」

ふたりは身構えてにらみあっており、それは賢明なことではなかった。生まれつき誘惑的な女であるパリサは、闘いがより繊細な解決方法にくらべて無益だということを理解していた。彼女は後ろの壁によりかかって楽な姿勢をとり、ふたりのあいだの緊張をやわらげた。

「あなたはわたしを嫌ってる」パリサが推測を声に出すと、アトラスの口元が強ばった。

「わたしはきみたちのことを好きでも嫌いでもない。わたしはきみたちのことをなにも知らない」彼は珍しく苛立ちをちらりとのぞかせた。「なにができるかを知っているだけだ」

「わたしの能力があなたの能力を脅かしているの？」

「きみはわたしを脅かしてはいない」アトラスは請けあった。

パリサは一瞬、相手を見つめ、思考に切り替えた。

この〈協会〉とはなんなの？

彼の返事は形式的で簡潔だった。**全人類の知識の擁護者だ。**

ほんとうにそう信じてるの？

テレパシーで嘘をつくのは難しかった。思考は様々な材料からなっているが、嘘は薄っぺらなので簡単に見抜くことができる。その欠陥は、不器用なものが織った薄織物か、それとも達人の手によるガラスかというように、常に手触りでわかるものだった。不自然な静けさ。

「入会の誓いをそのように軽々しく受け止めているものはいない」アトラスはいった。

質問に答えて。

アトラスは彼女を見据えて口をゆがめた。微笑みではないが、苦笑というには充分だ。

自分が疑いなく信じていることのためでなければ、わたしは血を流しはしなかっただろう。

それはパリサが予想していた答えではなかった。しかしそれで充分だった。

もちろん、彼女がアトラスの誠実さを納得するのに充分ということではない。彼は嘘つきで、前から仮面をかぶっていた。でもなんのために？　明白なのは、彼の秘密はつまらないものなどではないこと、そしてそのために人を殺すような価値がある秘密は、知る価値もあるということだった。その話にまだなにか続きがあるなら、闘うことでは見つからないだろう。

儀式の真の目的がなんであれ、パリサがそれを知るのは屈服したときだけなのだ。

「図書室にいったらどうかな」アトラスにいわれ、考え事をしていた彼女は一瞬、動揺した。

「いま？」パリサは顔をしかめて尋ねた。

「そう、いまだ」アトラスはなかばお辞儀をするように、なかば帽子を傾けて挨拶するように、頭をひょいと下げた。

彼は向きを変え、屋敷の動脈の役割を果たしている廊下に引き返しかけたが、一歩進んだところで立ち止まり、肩ごしに振り返った。

「ミス・カマリ、きみがダルトンのなかになにを見つけたいと願っているにせよ、それはきみの不利益にしかならないだろう。探したければ探せばいい。だがすべての知識と同様、その先のすべてにきみはひとりで耐えることになる」

それからアトラスは、まだ考えこんでいる彼女を残して階段のほうへ去っていった。

長い道のりではなかった。いまではよく通る道だ。パリサは立ち止まって壁をさっとなで、ハープの弦のように結界を軽くかき鳴らした。異常なし。

なにを見つけることになるのかわからないまま、図書室に足を踏み入れると、そこには……。

なにもなかった。

たしかにふつうでないことはなにもない。トリスタンがテーブルでお茶を飲んでいた。リビーがソファーに座って暖炉の炎を見つめていた。ニコとレイナが窓のそばに立って外を眺めていた。バラの花が咲いていた。

パリサは立ち止まり、あらためて部屋にいるものたちのことを考え、それから、それとは逆のこと、すなわち部屋にいないものを思い浮かべた。たんにアトラスが、本人が装っているほど中立派ではないことを理解すれば、結局は明らかなことなのかもしれなかった。

パリサが手を振って自分の後ろで扉を閉めると、それをきっかけにほかのものたちが目を上げた。

「誰かが死ななくてはならない」彼女はそういって、心のなかでつけ加えた。**わたしはカルムを推薦する。**

レイナは振り向きもしなかった。**みんながそれでかまわないなら、**と彼女は思考で応じ、部屋の向こうのシダに苛立たしげに目をやった。

リビーが頭を上げ、濃い青みがかった灰色の目で不安げにきょろきょろとあたりを見まわした。「彼はどこ？」

「どこにいるにせよ、じきに現れるでしょう」パリサは肩をすくめ、平然といった。「この話し合いを察知して、数分でやってくるわ」

窓際ではニコが貧乏揺すりをし、自分の脇腹を指でしつこくとんとん叩いていた。「ほんとうにこんなことをしなくちゃならないのかな？」

「そういうことになってるのよ」パリサは彼に思い出させた。「そしてわたしたちは、グループとして誰かに決めるか、それとも夜のあいだにそれぞれが誰に襲われるかわかるまで待つことができる」

それを聞いて全員が不信に満ちた視線を交わしたが、ちょっとした嫌悪感は、特に彼女に向けられた。

「わたしはたんに口に出したまでよ」パリサはレイナにいった。「最終的にはみんな同じ結論に達してたでしょう」

「ぼくらがおたがいに攻撃しあうと思うのか？」ニコが信じられないという様子で尋ねた。

「わたしたちは簡単に派閥に分かれるかもしれない」パリサは認めた。「その場合は派閥間の争いになるでしょうね」

それは誰の耳にもほんとうらしく聞こえたようだった。すでに誰もほかのメンバーを信用しておらず、いざ差し迫った状況になれば誰でも暗殺者になりかねないと思っていた。

「いったい誰がやるんだ？　もしぼくらが実際に誰かを選んだとしても」ニコは咳払いをし、意図をはっきりさせた。「もしぼくらが全員……彼で合意したとしても」

「わたしがやるわ」パリサは肩をすくめていった。「もしそれが必要なことで、あなたたちが協力してくれるなら、わたしには完璧にやれる」

「だめよ」

リビーが口を挟んだことに、パリサは驚くと同時に、やっぱりとも思った。ほかのものたちは用心深く向きを変え、一様に口論に備えて身構えた――**殺人は悪いことだ、やれ道徳だ、美徳だ、**などなど――が、それはいっさい起こらなかった。

少なくともパリサが予期していたような口論は。

「それは報復ではなく、犠牲でなくてはならない」リビーはいった。「意図について学ぶ目的は、そういうことじゃないの？　不運について」

一瞬、誰も答えなかった。

それからレイナがいった。「たしかに」

どうやらリビーの背中を押すにはそれで充分だったようだ。「教科書にははっきり、復讐や報復でかけた魔法は時がたてば腐敗するだけだと書いてある。もしこれが図書館で先へ進むためのものなら——もし仮にもなんらかの価値を持つことになるのなら」彼女はきっぱりといいなおした。「手を下すのは、彼がいなくなるのを見て喜ぶものではあり得ないし、もちろん彼に無関心なものでもない。その犠牲に魂が苦痛を感じないものではあり得ない。矢が最も致命的なのは、それが最も道義的に正しいときだけで、それが意味することはひとつ」

彼女は立ち上がり、テーブルにひとりで座って手元の紅茶を見つめているトリスタンのほうを向いた。

「それはあなたでなくてはならないわ」リビーはいった。

レイナが、そしてニコも同意見なのは一目瞭然だった。パリサはいつもの癖で、トリスタンの思考にさりげなく滑りこんで探りを入れた。

トリスタンの頭のなかは記憶と幻が混じりあった、多くの部分からなる怪物だった。カルムの声、パリサの唇、リビーの手。それらはぼんやりとひとつにまとまり、移ろいやすく、不明瞭だった。リビーは、少なくともひとつの点では正しかった。たしかにその犠牲は、トリスタンが手を下したものでなくてはならないだろう。彼のなかには多すぎるのにまだ足りず、ひねくれ、苦悩に満ち、その結果として恐怖に等しい愛があった。それはパリサが以前にも見たことがある、簡単に腐敗しやすい種類の愛だった。制御不能で何事にも傷つくことのないものへの愛。己の孤独に夢中になるあまり、想いを返すにはもろすぎる愛。

トリスタンはなにも考えていなかったが、そのかわりにただひたすら猛烈に苦しんでいた。カルムがすぐに彼の苦悩を感じ取るのに充分なほど猛烈に。

パリサがカルムの登場を予期して図書室の扉を素早く開けたとき、トリスタンの苦悩がなんらかの内的天井にぶつかって一気に壊れた。彼の頭から小さな羊皮紙の切れ端が出てきて突然燃え上がると、丸まった縁がくすぶる欠片となって、ぼろぼろの灰と化した。

「わかった」彼はいった。

万一のときに表に出るべきひと言。

幕間

「たいていの人間は飢え方を知らない」エズラがいった。

沈黙。

「こんなことをいうと変に聞こえるだろうが、ほんとうのことだ。それは身につけることなんだ。人は、自分がある形で生まれなくてはならないと考えている。回復力が備わっているとか、火傷をしないとか、なんだっていい。自分はそうか、そうではないか、その手のことだ。ある人は自然に物をほしがり、ある人はなにもほしがらない、というようなことだが、それは事実じゃない。ほしがることは教われる。渇望することは教われる。そして飢えることも学べるんだ」

沈黙。

「問題は、ついにほしいものを与えられたときだ」エズラは続けた。「菜食主義者が初めて肉を食べたときの胃の痛みや下痢のことを、聞いたことがあるだろう？　それは死ぬほど苦しい。繁栄は苦悩だ。そしてもちろん肉体は順応する、そうだろう？　だが、心はそうはいかない。人は歴史を消すことはできない。ほしいと思う気持ちをただ消し去ることはできないし、もっと悪いことに――人は痛みを忘れる。結局、過剰な状態に慣れて、引き返すことはできない。なぜなら覚えているのは、長い時間をかけて覚えた飢えの痛みだけだからだ。いかにして続けていくのに必要な分だけを自分に与えるか――それが教訓だ。なかにはその状態が一生続くものもいれば、運がよければ発達途上で、最終的には薄れていくものもいる。だがそれでも、人はそれを、飢え方を忘れることはけっしてない。他人を羨望の目で見るやり方。魂の痛みを黙らせるやり方。飢えは休眠状態だ、そうだろう？たとえ肉体は順応していても、心はまだ飢えている。常にぴんと張り詰めている。生きのびるだけでも多くのことが求められるが、存在すること、完成することには飽きるということがない。飢えている時間が長ければ長いほど、人は飢えの亡霊に取り憑かれる。飢えることを覚えたあとで、ようやく誰かがなにかを与えてくれると、人は溜めこむようになる。人は溜めこむ。そして厳密にいえば、それは持っているのと同じことなのだが、実際は違う。飢えは続く。人はまだほしがるし、ほしがるのは難しいことだ。人は飢え方を覚えることはできても、飢えとのつきあい方を学ぶことはできない。誰にも無理だ。それが人間であることの欠点なんだ」

沈黙。

「魔法を持っているものだと、もっとたちが悪い」エズラはいった。「肉体は死にたがらず、その内側にあまりに多くのことを抱えている。だからより強く求める。より早く飢える。なにも持たずにいられる能力は恐ろしく低く、すさまじい。自分を平凡な存在に落とすことができる、ましてや塵になることができるメディアンは、この世に存在しない。ぼくらはみんな飢えているが、誰もが正しく飢えているわけじゃない。なかには欲張りすぎて具合が悪くなり、命を落とすものもいる。過剰は毒だ。食べ物でさえ、それまで取り上げられてきたものにとっては毒になる。あらゆるものが毒になる可能性を秘めている。死ぬのは簡単だ、いまいましいくらい簡単なことだ。だからひとかどの人物になるものと、正しい飢え方を身につけるものとは同じだ。彼らは少しずつ、生きのびるのに必要な分だけを取る。ぼくらはなにかへの――なにかに対する――免疫力をつけているところだ。ぼくらが首尾よく手に入れたものはすべて、時がたつにつれてワクチンになるが、病気はいつでもはるかに大きな存在だ。ぼくらはまだ、当然ながら感染しやすい。ぼくらはそれと闘い、うまく、あるいは賢く飢えようとするが、最後には襲われる。ぼくらがほしがる理由は様々だが、それは否応なくやってくる」

「なにがだい？」アトラスが尋ねた。

エズラは日射しのなかで目を閉じて微笑んだ。

「力だよ。ぼくらが壊れるまで少しずつ」

カルム

子どもの頃、カルムは童話の悪者にあまり同情したためしがなかった。彼らはいつも、ある種の大ざっぱで具体性のない衝動にしがみついていた。カルムをぎょっとさせたのは悪行ではなく、そのすべてに漂う絶望感だった。欲求、衝動はいつも、最後には彼らを破滅させた。ほんとうにそれが、悪者のいやなところだった。彼らの仕事のやり方ではなく――たしかにむごたらしくて、道徳的に堕落していたが――彼らが物事をあまりに熱烈に求めていたという事実が。

ヒーローは常に消極的で、いつも無理に押しつけられた役割にひどく苦しんでいた。カルムは彼らのことも嫌いだったが、少なくとも筋は通っていた。悪者はあまりに積極的すぎた。彼らはなんらかの果てしなく続く改革運動を全面的に支持して、退屈な骨折り仕事に参加しなくてはいけないのだろうか？　世界征服というのは、たいていは無意味な課題だった。頭が空っぽの、熊手を持った操り人形の群れを支配する？　なぜ？　なにかを求めること――美、愛、全能、罪の赦し――は人間としての自然な欠点だったが、そのために消耗するという選択が、すべてを理解しにくいものにしていた。むだだ。

　最も素直に、真実のなかの真実としてカルムの心に残ったのは、単純な選択だった。おとぎ話の小作農が死にそうなわが子のために金を必要とし、そのためにどのような結果でも受け入れる。話の残りの部分――善を選べば報われる、あるいは自棄になって悪行に走れば不幸な結末を迎える――はいつも高尚すぎて、きれいだが紛れもない嘘だった。普遍的正義は実在しなかった。裏切りはあまりにもありふれていた。良かれ悪しかれ、人々はしかるべき報いを受けていなかった。

　カルムはいつも物語のなかの殺し屋、忠実な兵士といった、なにかより大きな道徳的原因よりも個人的な反応に突き動かされるものたちに注意を向けがちだった。ひょっとすると全体に果たす役割は小さいかもしれないが、少なくともそれは運命論的ないいまわしよりも合理的でわかりやすかった。たとえば白雪姫を殺し損ねた猟師がそうだ。自分自身の内なるコンパスに従って行動する暗殺者。彼の選択の結果、全体としての人類は勝ったのか負けたのか？　些細なことだ。猟師は軍隊をつくらず、善のために闘わなかったし、女王のほかの悪事にもあまり干渉しなかった。全世界が危機に瀕しているわけではなく、運命は無関係だった。カルムはそれを賞賛した。道徳的立場を取り、それを維持する能力。問題は、猟師が己の決断を抱えて生きていけるかどうかだけだった——なぜならどんなに惨めでも、さえなくても、退屈でも、最終的には重要なのは人生だけなのだから。

真実のなかの真実。人の一生は短く、取るに足りない。有罪判決、すなわち死刑宣告だ。金で幸せを買うことはできないが、幸せを買えるようなものは存在しないから、少なくとも金があればそれ以外のものはすべて買うことができる。満足感を得るという観点からいうと、人間がコントロールできるのは自分自身だけだ。

リビーはヒーローだった。パリサは悪者だった。どちらも結局、失望することになりそうだ。

ニコとレイナはとても公平で利己的なので、完全に無視できる。

トリスタンは兵士だった。どこであろうと最も説得力を感じるところへ導かれていくだろう。

殺し屋はカルムだった。兵士と同じだが、仕事をするときはひとりで動く。

「きみは死ぬのが心配かい？」ある晩、食事のあとで食堂の暖炉のそばにふたりで残されたとき、トリスタンが彼に尋ねた。外では春風が吹いていることを考えればもう暖炉の火は不要だったが、〈協会〉はとりわけ美意識にこだわっていた。「死ぬのはきみだと誰かに選ばれるかもしれない、という意味で」

「ぼくはいつか死ぬだろう」カルムはいった。「ぼくはそのことを受け入れてきた。彼らがそうしたいなら、ぼくを選ぶのは自由だ」彼は薄く笑みを浮かべてグラスを口元に運び、トリスタンに目をやった。「同様に、ぼくが同意しないのも自由だ」

「それならきみは気にしないんだな。グループの残りのメンバーが選ぶかも——」

トリスタンは言葉を切った。

「なにを選ぶって？　ぼくを殺すことかい？」カルムは問いかけた。「排除されるのを恐れていたら、ぼくはこなかっただろう」

「きみはなぜきたんだ？」

反応だ。もちろんトリスタンにはわからないだろう。たとえ彼の理由がカルムのものとまったく同じだったとしても。彼は信念を持った王を求める兵士だったが、彼自身の信念がなんなのかには気づいていないようだった。

なんと哀れなことか、ほんとうに。

「きみはずっとその質問をしてるな」カルムは率直にいった。「それがどうしたっていうんだ？」

「どうもしないっていうのかい？　現在のテーマの論点は意図だろう」

「つまりきみは、ぼくの意図を尋ねているのか？」

「そうだ」

カルムはもうひと口飲む一方で、なんと答えようかと考えに耽った。

〈協会〉での生活はつまらなくはなかった。整然として型どおりだったが、それはどんな共同生活でもそうなることだ。利己的な生活のほうが刺激的だったが――ある日の午後はずっと寝て過ごし、次の日は神々を脅かしにオリンポス山に登る――それは人々を怖がらせ、動揺させた。どんなことでも気まぐれなところを見せると、ほかのものたちは不必要に好戦的になり、不信感を抱いた。彼らは習慣やちょっとした伝統の安心感のほうを好み、それらはささやかであればあるほどよかった。朝には朝食をとり、銅鑼の音を合図に夕食をとる。ふつうの状態、それが彼らを落ち着かせた。誰もが最も切実に求めていたのは、恐れを感じず無感覚でいることだった。

人間はだいたいにおいて分別のある生き物だった。不規則な行動の危険性をよく知っている。生き残ること、それは慢性的な病だった。「ぼくの意図はみんなと同じだ」少ししてカルムはいった。「より堂々とすること。より賢く考えること。よりよくなること」

「なによりよくなるんだ？」

カルムは肩をすくめた。「誰よりも。みんなよりも。それが問題かい？」

彼はグラス越しにちらりとトリスタンに目をやり、不満げな振動をとらえた。

「そうか。きみはぼくが嘘をついたほうがいいんだな」

トリスタンはむっとした。「ぼくは嘘をついてほしいとは――」

「いいや、きみはぼくの真の意図が別にあることを望んでる。そんなはずはないとわかっていることを。ぼくの本心を知れば知るほど、きみは罪悪感をおぼえる。いいことじゃないか」カルムは彼に断言した。「きみは関係を断ちたくてたまらないが、ほんとうはこの屋敷の誰よりも感じてる」

「誰よりも？」トリスタンはその可能性に尻込みし、疑わしげに繰り返した。

「誰よりもだ」カルムは認めた。「より強く。より幅広く」

「きみはローズというだろうと思ってたよ」

「ローズは自分が何者かまるでわかってない」カルムはいった。「彼女はなにも感じてない」

トリスタンの眉間にしわが寄った。「それはちょっと厳しすぎないか？」

「まったくそんなことはないね」リビー・ローズはメルトダウン寸前の不安のかたまりで、彼女が下す判断は、完全に世間によって形づくられた自分というものにもとづいていた。彼女は、ニコを別にすれば彼らの誰よりも強力だった。もちろんそうだ。なぜならそれが彼女の呪いなのだから。どれだけ力を持っていようと、リビーはそれを悪用する剛胆さに欠けていた。そうするにはあまりに気が小さすぎ、あまりに欲がなさすぎた。彼女自身の恐怖の檻、好かれたいという願望の檻にとらわれすぎていた。彼女が覚醒して自分の世界をつくれることに気づけば危険なことになるだろうが、そんな日がくる可能性はきわめて低く、カルムが夜もろくに眠れなくなることはまずなかった。

「彼女がなにも感じないのは自分を守るためだ」カルムはいった。「生きのびるためにやっていることさ」

彼はトリスタンに真実を語っていなかった。トリスタンが間違った質問をしていることを。たとえばトリスタンは、書庫がカルムにどんな本へのアクセス権を与えているのか尋ねたことは一度もなかった。それは重大な誤りであり、命取りにさえなりかねなかった。

「きみの父親のことを聞かせてくれよ」カルムがいうと、不意をつかれたトリスタンは瞬きした。

「えっ？　どうして？」

「わがままを聞いてくれよ。絆の証ということにしておこう」

トリスタンは鋭い目つきで彼をにらんだ。「ぼくはきみのそういうところが大嫌いだ」

「なんだって？」

「なにもかもがある種の出し物みたいに振る舞うところだよ。ふつうの行動を再現している機械みたいだ。『絆の証ということにしておこう』だって、冗談じゃない」トリスタンは不機嫌そうに自分のグラスに目をやった。「ときどき、きみは他人を気にかけるというのはどういうことかわかっているんだろうか、それとも人間ならそんなふうに見えるはずの動きをまねているだけなんだろうか、と思うことがあるよ」

「きみはいつも思ってる」カルムはいった。

「えっ？」

「ときどき思う、といっただろう。そうじゃない。いつもだ」

「だから？」

「別に。ただ、きみはぼくのそういうところが好きそうだから、話してるまでさ」

トリスタンはふたたび彼をにらんだが、少なくともさっきよりはましだった。「ぼくが知ってるって、気づいてるんだろう？」

「ぼくの裏切りのことかい？」カルムは平然と尋ねた。

トリスタンは瞬きした。

また瞬き。

「きみはぼくに裏切られたと感じてる」カルムははっきりいった。「ぼくがきみに影響を与えてきたと思っているから」

「ぼくを操ってきた、とな」その言葉はうなり声とともにトリスタンの口から出てきた。

あれはたしかに失敗だった。カルムが自分の過ちに気づいたのは、別の夜にいつもの寝酒の誘いをトリスタンに断られたあとで、パリサのかすかな微笑みをとらえたときだった。トリスタンが突然どうやって彼を試す方法を思いついたのかはわからなかったが、そうなってしまったいま、それをなかったことにはできなかった。人は自律性、自由意志を失うことをひどく嫌う。拒絶反応を起こすのだ。他者に支配されることに対して。トリスタンは二度と彼を信用しないだろうし、その気持ちは悪化する一方だろう。その難しさは化膿する傷、進行中の病気だ。カルムが安心させるためになにをしようと、トリスタンは永遠に、自分の気持ちは自分自身のものなのかと疑いつづけるだろう。

トリスタンの怒りは何日間も否応なく煮えたぎっていたのだ。いいだろう。

それなら、決着をつけるときだ。

「きみはほんとうにぼくを責められるのか？　ぼくは自分の選んだ酒を飲みたかったんだ」カルムは突然、このすべてにひどく疲れを感じていた。「才能を与えられたものは誰でも、それを使う傾向がある」

「ほかにぼくになにをしてきた？」

「パリサがきみにしてきたより悪いことはなにも」カルムはいった。「それともきみは本気で、彼女のほうがぼくよりも心からきみを気にかけていると思っているのか？」

トリスタンの表情はひどく苦しげで、好奇心と疑念がせめぎあっていた。これが多くの感情を持ちすぎることの厄介なところだな、とカルムは思った。ひとつを選ぶのはとても難しい。

「パリサとなんの関係があるんだ？」

「なにもかもさ。彼女はきみを操っていて、きみはそれに気づいてもいない」

「いったいきみは、いま自分がいったことの皮肉がわかっているのか？」

「ああ、とてつもない皮肉だな」カルムは断言した。「呆然とするくらいだ。きみの父親のことを聞かせてくれよ」彼が脈絡なくつけ加えると、トリスタンは顔をしかめた。

「ぼくの父親のことは関係ない」

「どうしてさ？　ほら、きみは長々と彼について話すが、実際にはけっしてなにもいわないじゃないか」

「ばかばかしい」冷笑。

「そうかな？　皮肉といえば」カルムはつぶやいた。「それはきみの性質だ。率直、だがけっして本音ではない」

「どうしてぼくがきみに対して正直になるんだ？」トリスタンは言い返した。「誰もきみに対して正直になる必要なんかないだろう？」

その問いは斧のようにふたりの上に降ってきて、不器用に彼らを驚かせた。

それなら別の手だ。

一瞬、カルムは黙っていた。

それから、語りはじめた。「エリザベス・ローズは子どもの頃、自分が飛べることを発見した。そのときは自分が部屋のなかの分子構造をつくりかえ、その一方で重力を変化させているとは知らなかった。すでに火が好きで、いつもろうそくの炎に手をのばしていたが、その年頃の子どもにとってはふつうのことだったし、彼女の両親は献身的で、注意深い人たちだった。両親は娘に火傷をさせないように気をつけていたから、リビーはそもそも自分には火傷ができないことにまったく気づいていなかった。自分は自然の要素を乱すことなく物理的な力を変化させられるだけ、というのが彼女の解釈だった」カルムはつけ加えた。「それは間違いだ。分子構造を変化させるために求められるエネルギーの量は、単純に彼女自身が持っているものよりも多い」

トリスタンが黙っているので、カルムは続けた。「それが彼女の姉を驚かせた、つまり、リビーはそう考えたんだ。実際には、彼女の姉は退行性疾患の初期症状に悩まされていた。

体重が減り、聴力、視力が衰え、骨がもろくなる。彼女の姉が気を失ったのは、まったくの偶然だった。誰にも説明してもらえなかったリビー・ローズは自分を責め、姉が亡くなるまで十年近く力を使わなかった。いま彼女はその出来事を、繰り返し見る夢のようにしか考えていない」

「どうしてぼくにそんな話をするんだ？」トリスタンは無愛想にしようとしたが、カルムはかまわず続けた。

「ニコラス・フェレール・デ・ヴァローナは、ごくごく平均的なふたりのメディアンのひとりっ子で、両親自身は才能に欠けていたにもかかわらず、投資に成功してかなりの利益を得ていた。もちろん彼は、両親の最も利益を生む投資対象だった。彼はリビーにくらべれば自分の才能に気づいているが、大差はない」

トリスタンが片方の眉を上げると、カルムは肩をすくめた。「彼は周囲のものはもちろん、自分の姿も変えられる」生まれつきの変身術師でもないのにそれができるメディアンはほとんどいないし、逆に変身術師がニコの魔法を使うことはできない。変身術師は自分の姿は変えられるが、ほかのものを変えるのは無理だ。

すでにそれに関連する魔法の難しさをよく知っていたトリスタンは、「なぜそんなことを」という明白な問いを、眉間のしわという形で表した。

「彼がルームメイトに恋していてそのことに気づいていないのか、それともたんに命知らずなのかはわからない」カルムは呆れた顔をして、そう口にした。「だが、本人の知らないうちに、ニコ・デ・ヴァローナは初めての変身の過程で一時、命を落としてる。いまは簡単にやれるんだ」カルムはトリスタンに請けあった。「強制的に変身させられているときの筋肉の記憶を認識するために体を鍛えているが、血管を流れる魔法が心臓を再起動してくれなければ、彼の息はまだ止まったままだろう。いま彼がより敏捷に、より直感的になり、その感覚がより鋭敏になっているのは、生きのびるためにはそうなる必要があるからだ。彼についていこうとすればふたたび死ぬかもしれないと、その肉体が理解しているからだ」

「なんの動物に？」トリスタンは尋ねた。無関係な質問だが、充分興味深い。

「ハヤブサだよ」

「なぜ？」

「よくわからないな」カルムはいって、話を進めた。「レイナ・モリは有力な常人一族、日本でも有数の貴族の家に生まれた私生児だ。父親は不明で、彼女は富と特権に恵まれながらも、祖母の手で密かに育てられた。彼女が自然に及ぼす支配力は降霊術師に近いものがある。なぜ彼女があれほどそれに抵抗するのか——ましてや、なぜそれを使おうとしないのかは——理解できないが、なにか怒りと関係がある。彼女はそれに憤っている」

「彼女を強くしすぎるから？」

「弱くするからだ」カルムは訂正した。「彼女は自分では利用できないなんらかの生命の源を提供する万能のドナーだが、その見返りに彼女を強くするのに役立つものはなにもない。彼女自身の魔法というものは本質的に存在しないんだ。彼女が持っているものはすべて、ほかの誰かが好き勝手に使うことができる」

「だから彼女はそれを使うのを拒む」トリスタンはいいかけて、顔をしかめた。「利己心から？」

「そうかもしれない」トリスタンがいったん考えこむと、カルムはつけ加えた。「パリサに関しては、その身の上は知ってのとおりだ。彼女はいちばん、自分の才能に気づいている。自分の才能のすべてに」カルムは薄笑いを浮かべて意図をはっきりさせた。「だが、とりわけ魔法的なものにね」

　トリスタンがふたたび静かになると、カルムはちらりと彼を見た。「尋ねてみろよ」

「尋ねるってなにを？」

「きみがいつもぼくに尋ねることだ。なぜ彼女はここにいる？」

「誰が、パリサかい？」

「そうだ。なぜパリサがここにいるのか、尋ねてみろよ」

「退屈だからだろう」トリスタンはそうつぶやいたが、それは彼がいかになにも知らないかを証明していた。

「それも少しはあるかもしれない」カルムは認めた。「だが実のところ、パリサは危険だ。彼女は怒っている」彼は明言した。「彼女は怒り狂い、復讐心に燃え、悪意に満ち、生来の人間嫌いだ。もし彼女にリビーの、それともニコの力があれば、いまごろは社会の残骸を破壊しているところだ」

トリスタンは疑わしげだった。「それで、きみの意見では、彼女はなぜここにいるんだ？」

「方法を見つけるためさ」

「方法ってなんの？」

「物事を破壊する。もしかしたら世界を。それとも支配するか。なんにせよ、それを見つけたときに彼女にふさわしい選択肢を取る方法だ」

「そんなばかな」トリスタンはいった。

「そうかな？」カルムは反論した。「彼女は人間がどういうものかを知ってる。ごく少数の例外はあるが、彼女は人間をひどく嫌ってる」

「自分はそうじゃないといってるのか？」

「ぼくには憎しみを抱く余裕はない。覚えていると思うが、そのことはもう話したはずだ」

「だからきみは、そうするのが自分にとって都合がいいときには、なにも感じずにいられる」トリスタンはつぶやいた。

　カルムは凄みのある笑みをそっと彼に向けた。

「傷ついたかい？」彼は尋ねた。

　トリスタンはなにがくるかと身構えた。当然だ。「なにに傷ついたって？」

「父親にされたこと、父親にいわれたこと」カルムはいった。「それは苦痛だったのか？　それとも屈辱的だっただけか？」

　トリスタンは目をそらした。「どうしてぼくらのことを、そんなになにもかも知ってるんだ？　きっと感情を感じ取っただけじゃないだろう」

「ああ、それだけじゃない」カルムは認め、つけ足した。「どうしてきみは出ていかないんだ？」

「なんだって？」

「だってそうじゃないか。そんなにひどい人生だったのなら、どうして彼らは出ていかなかったんだ」

トリスタンは拳を握った。「ぼくは違――」

「なにと違うって？　犠牲者かい？　きみはそうだよ」カルムはさえぎった。「だがもちろんきみは、世間がそう呼ぶのは許せない」

「それは批判か？　非難か？」

「とんでもない。きみの父親は暴力的な男だ。冷酷で無慈悲だ。要求が多く、人に厳しい。だが最悪なのは、きみが彼を愛していることだ」

「ぼくは父親を憎んでる。知ってるだろう」

「それは憎しみじゃない。それは腐敗した愛、ねじれた愛だ。病んだ愛、寄生虫のような愛。きみは生きのびるために彼を必要としてる」

「ぼくはメディアンだぞ」トリスタンは噛みつくようにいった。「あいつは魔法使いだ」

「きみは彼の息子として生まれたからこその存在だ」カルムはいった。「温かい家庭で育てられていれば、異なる現実を無理に見せられることはなかっただろう。きみの魔法はなにか別の方法で蓄積され、なにか別の形をとっていたかもしれない。だがきみは物事を透かし見る必要があった。見た目どおりの姿をとらえることは、あまりに苦痛だったからだ。きみの父親――きみがいまだにこの世のなによりもその承認を必要としている、暴力的で冷酷な男――の全体像を見れば」カルムがはっきりいうと、トリスタンは怯んだ。「きみは死んでいただろう」

「きみは嘘をついてる。きみは――」トリスタンは背を向けた。「きみはぼくになにかしてる」

「ああ、そうさ」カルムはグラスを横に置いて立ち上がり、近づいた。「もしぼくがきみを操作しているとすれば、きみはこんなふうに感じるだろう。いまぼくはそれをやってる。これを感じるかい？」彼はそう尋ね、トリスタンのうなじを手で包みこむようにして、彼の悲しみ、彼の空虚さの調整つまみを高いほうへまわした。「羞恥心ほど傷つくものはない」カルムはそうつぶやきながら、穴だらけで錆びてぼろぼろになったトリスタンの愛の尾根を探り当てた。数多くのねたみや欲望のポケット。求めることに等しい狂気。

「トリスタン、きみは父親の賞賛を求めているが、彼がそれを与えてくれることはけっしてないだろう。そしてきみは父親を――本物の彼も、頭のなかの彼さえも――死なせるわけにはいかない。なぜなら彼なしでは、きみはまだなにも持っていないのだから。きみはすべてをまさにありのままに見ているが、自分がなにを見ているかわかっているのか？」

　トリスタンの目が閉じた。

「なにも」カルムがいうと同時に、トリスタンの口から苦々しく傷ついた声が漏れた。

「きみはなにも見ていない。自分の力を理解するためには世界をありのままに受け入れる必要があるが、きみはそうすることを拒んでいる。きみがパリサに惹かれるのは、彼女にはきみを愛せないから、彼女のきみに対する、そしてみんなに対する蔑みに親近感をおぼえ、わが家にいるような気分になるからだ。きみがぼくに惹かれるのは、ぼくがきみの父親を思い出させるからだ。そして正直にいって、トリスタン、きみはぼくが残酷であることを望んでいる。きみがぼくの残酷さを好きなのは、それがなんなのか理解できないが心引かれるから、そばにいると落ち着くからで、それはちょうど、ローズと炎に惹かれる彼女の性癖のようなものだ」

トリスタンの頬が濡れているのは、おそらく苦悩のせいだろう。カルムはこれを楽しんではいなかった。自分が実際にあえて気にかけていた、ある人間の精神の崩壊を。それは瓦礫のような灰色だった。そこには常に尖った感覚があった。塩辛くもなく、甘くもなく、そのどちらでもない。それはどちらか一方に傾いてしまう危機、生き残れない側にあまりに大きく——後戻りがきかず、取り返しがつかないほどに——傾いてしまう危機だった。

「ぼくはきみが手に入れられなかった父親だ」カルムは観察したことを声に出した。「ぼくはきみが好きだよ。だからきみは、たとえそうしたくても、ぼくに背を向けられない。きみはぼくの欠点を知っているが、それをひどく求めてる。ほしくてほしくてたまらない。

ぼくが悪ければ悪いほど、きみは必死でぼくを許そうとする」

「違う」いまトリスタンが置かれている状況を考えれば、彼が口をきくことができたのは、少なからず賞賛に値することだった。「違う」

「ほんとうはきみを傷つけたくはないんだ」カルムは穏やかにいった。「これは、いまぼくがきみにやっていることは、きみを救うためでなければけっしてやらなかったはずのことだ。ぼくらを救うためでなければね。きみはもうぼくを信用したくない」彼は認めた。

「それはわかるが、きみに距離を置かせるわけにはいかない。きみはぼくの魔法がどんな味か、どんな感触かを知る必要がある。それが使われていないことに気づけるように。きみはぼくの手から痛みを知らなくてはならないんだ、トリスタン。最終的に拷問と愛の違いを学べるように、きみはぼくに傷つけられる必要がある」

なんであれ胸の奥に残っていたもののせいでトリスタンは膝をつき、カルムも続いて屈みこんだ。彼はトリスタンの額に自分の額をつけて、彼が倒れないように支えた。

「きみを壊すつもりはないよ」カルムはいった。「ここだけの話、人は破壊することを望むんだ。それは頂点であり、限界点で、そのあとはなにもかもが楽になる。だが楽になりすぎると、人はそれをさらに渇望し、追い求める。ぼくはきみにそんなことをするつもりはない。きみはけっして戻ってこないだろう」

カルムは触れる力を緩めるのと一緒に、自分の魔法も引っこめた。トリスタンは身震いしたが、すぐに楽にはならないだろう。彼が解放されることはないし、魔法の影響の薄れは筋肉の痙攣のようなものだった。痺れた脚に感覚が戻り、ちくちくぴりぴりするような。神経が痙攣してふたたび息を吹き返し、蘇る。圧力が埋めるべき場所を見つける。

「どうやって」トリスタンがいいかけると、カルムは肩をすくめた。

「〈協会〉の誰かがぼくらについて書かれた本を持ってる。予言の書だ」

トリスタンは頭を上げることができなかった。

「神託のようなものじゃない」カルムは詳しく説明した。「もっと……確率のようなもの。ある行動を取るか、別の行動を取るかの可能性だ。データの図表とグラフに加え、ぼくらを突き動かしている大量の個人史。そのあとに続くのは、ぼくらの人生を語る一連のストーリー、見通し。最も可能性の高い結果だ」

トリスタンがうなだれると、カルムは彼を引き寄せて頭を自分に預けさせ、慌ただしく自らの魂の均衡状態を取り戻した。

「きみのはいちばん興味深いわけじゃないが」カルムは残念そうにいった。「細かいところにいくつか重要なことがある。明らかにぼくは、ほかのものたちよりもそれに注意を払っていた」

「どうして」トリスタンはかすれ声でいおうとした。

「どうしてぼくが？　わからない。正直にいうと、気まぐれでリクエストしたんだ。図書館がぼくになにを与えてくれるか見てみるために。最初にパリサの名前を書いたのは、明らかに理由があってのことだった」カルムはくすくす笑った。「彼女がぼくに対抗するために賛同者を募るだろうということ、そしてローズが明らかな選択肢だということを、ぼくは知っておくべきだった。あれだけ恐ろしいほど道徳的で、悲劇的に不安定。だが意外にもアクロバティック」彼はあとから思いついてつけ加えた。「きみたちの……出会いを考えると、ぼくにはそうとしか思えない」

　トリスタンはなにもいわなかった。

「ローズの本は、彼女が自分の力を完全に発揮することはけっしてないだろうと予言している。実際、一対一の掛け率だ。いらいらするだろう？　選考の際に〈協会〉側の意見がまとまらず、彼女はもう少しで選ばれないはずだったんだが、最終的にアトラス・ブレイクリーが彼らを説得したんだ。興味深いと思わないか？」

　彼はトリスタンが身じろぎするのを感じた。

「もちろんブレイクリーはぼくを嫌ってる。ぼくが死ぬのを望んでいるんだ。疫病みたいに一掃されるのをね。彼のファイルを引き出そうとしてみたんだが、それはぼくの権限を越えてるらしい。彼はきみが気に入ってる」カルムはつけ加え、トリスタンを見るために姿勢を変えた。「もしぼくがきみなら、なぜだろうと考えはじめるところだな」

「それにはなんて――」トリスタンはつばを飲みこんだ。そのときにはもうふつうにしゃべれるようになっていたが、おそらくそうしたくなかったのだろう。「それにはなんて書いてあったんだ――」

「これについて？ 排除についてか？」

答えはない。

「ぼくは知ってる。これだけ長いあいだほかに誰も現れないのは、きみが実行するのを彼らが待っているからだ」カルムはいった。「ぼくは知ってる。きみが食堂を選んだのは、少し前にポケットにナイフを滑りこませたからだ。それにこんなことも知ってる」彼はトリスタンの手が見えなくなった場所をちらりと見下ろしながら、つけ加えた。「いまきみはナイフの柄を握っていて、そこからぼくの脇腹までの距離を前もって慎重に測ってる」

トリスタンは身を強ばらせた。ナイフを握った手が緊張したが、それはじっとしていた。

「ぼくはそれが乗り越えられない壁だということも知ってる」

沈黙。

「ナイフを下ろすんだ。きみはぼくを殺さない。いい考えだったよ」カルムはつけ加えた。

「誰だか知らないが、やるのはきみでなくてはならないと判断したのは――たぶん、ローズだな」ちょっと考えてから彼は自分で答え、トリスタンが否定しなかったので肩をすくめた。「それはいい考えだった」彼はふたたびいった。「しかしどう見てもありそうにないことだ」

トリスタンが身を強ばらせ、カルムは待った。

「きみを殺すこともできるんだ」トリスタンがいった。「きみは死に値するかもしれない」

「ああ、たしかにな。だがそうなるのか？」

沈黙。

どこかで時計が時を刻んでいた。

トリスタンがつばを飲みこんだ。

それから彼はカルムを突き飛ばし、ポケットに隠していたナイフを取り出して、ふたりのあいだに放り投げた。

「ローズは殺しちゃだめだ」トリスタンがかすれ声でいった。

「いいだろう」カルムは同意した。

「パリサもだ」

「わかった」トリスタンの口元が引き締まった。「それから、きみは間違ってる」

「なについて？」どうでもいいことだ。彼は間違っていなかった。

「なにもかもだ」

ふたりのあいだにふたたび沈黙が下りた。疲れ果て、空っぽになり、おそらく自分で気づいている以上に慰めを必要として、トリスタンはテーブルからグラスを呼び寄せると、一気に飲み干した。トリスタンの唇が開いたとき、カルムはそこに残るワインのつやつやした輝きを眺めた。

「それなら誰が死ぬんだ？」トリスタンは尋ねた。

ようやく。今回ばかりは、彼は正しい質問をしていた。カルムは片手をのばしてナイフを取り上げ、無言で観察した。食堂の暖炉で揺らめく炎が、その刃に沿って踊った。

「結論からいうと」カルムは静かにいうと、目を上げてトリスタンと視線を合わせた。

「ぼくがきみを殺す」

ほどなく、悲鳴が静寂を切り裂いた。

VIII

死

リビー

「概念的に、男は消去」リビーはニコの机の隣で椅子に座り、抱えた自分の膝に向かっていった。「この〈協会〉? つくったのは男ね、間違いない。入会のために誰かを殺せ? 男が考えそうなことよ。まったく男性的」彼女は口を尖らせた。「理論上、男は災難。概念的に、わたしは彼らをきっぱりと拒絶する」

「きみが本気ならよかったんだがな」かろうじて聞いているだけのニコが、物憂げにいった。目下彼は、リビーにはとても理解できそうにない理由から、目隠しをして衣裳ダンスの方向にナイフを投げていた。どんな侵入にも備えるためということらしかったが、リビーは彼に、もうその必要はないことを思い出させてやった(備えはできていたし、侵入されることはなさそうだ)。より正確な理由は、自分ではどうしようもない事態に直面して動揺したニコが、それを突き刺したい気分だから、というものだった。そういう気持ちになるのもわかるような気はしたが、リビーはギデオンに少し同情しはじめていた。NYUMAでの四年間、彼はいつも疲れ果てている様子だった。きっと、なにがあろうと絶対に立ち止まることのないルームメイトの相手で、手いっぱいだったにちがいない。

ニコが片手を差し出し、部屋のなかの力を手探りした。

「そいつを宙に浮かせるんだ」彼はいった。「ランプを」

「ランプを壊さないでよ、ヴァローナ」

「ぼくが直すから」

「あなたが？」

「ああ」彼はじれったそうにいった。

リビーは呆れたように目を丸くしてから、ランプのまわりの重力に集中した。そしてこれが初めてではなかったが、トリスタンが見るように物事を見ることができればいいのに、と思った。以前は自分の目が見せているものを疑うべきかどうかなど、考えたこともなかったが、いまはそのことばかり考えていた。いま彼女は、ニコの魔法を目に見えない波のような形で感じることができた。それは範囲を広げ、解き放たれつつあった。ニコはその魔法で部屋を満たし、自分やリビーにはなにもないようにしか見えないその空間を埋めるだけで、物のある位置を知ることができた。

相対性の問題だ。実際には、そこには欠片が存在していた。その無のすべてを構成するなにかの小さな粒子が。トリスタンにはそれが見えた。リビーには見えなかった。

彼女はそれが気に入らなかった。

「そこまで」ニコがいった。「また空気を変化させてるぞ」

「わたしはやってない。わたしにそんなことはできないわ」

たぶんトリスタンならできただろう。

「そこまでだ」ニコがふたたびいい、花瓶が粉々になった。ナイフは彼の手に握られたままだ。

「おめでとう」リビーがつぶやくと、ニコは目隠しをはぎ取り、すっかり興奮した目つきで彼女を見た。

「ファウラーとなにがあったんだ？」

リビーは苛立った。「どうしてなんでもかんでもエズラと結びつけなくちゃいけないわけ？」

ニコは肩をすくめた。「ぼくはあいつが嫌いだ」

「ああ、そんな」リビーは冗談めかして嘆いた。「あなたの許可なしで、いったいわたしはどうすればいいの？」

「ローズ。いいかげんにしてくれよ」ニコはナイフを脇に放り出し、彼女に立つよう促した。「ほら。NYUMAでやったゲームみたいなもんだ」

「やめて。あなたと遊ぶ気分じゃないの。別のおもちゃを探しにいって」

「なにがあった？」ニコはふたたび尋ねた。

なにも。「別れたの」

「そうか、それで……？」

「それだけ」彼女がいったように。なにも。

「ああ」ニコには、苦悩の果てしなさを表現する演奏を一音で丸ごとまねてみせるという、特殊な才能があった。

「わたしになにをいわせたいわけ、ヴァローナ？　あなたが正しかったって？」

「ああ、ローズ、当然だ。いつもな」

しかたない。はじめたのは彼女のほうだ。

リビーは立ちたいという己の欲求に従って立ち上がった（重要なのは、それが彼女自身の意志であり、いまはニコの命令は特に関係ないように感じられたということだ）。

「あなたは正しくなかった」彼女は鋭い口調で訂正したが、自分がなにをいおうと関係ないのはまず間違いないと思っていた。ニコ・デ・ヴァローナは彼自身の現実を生きていた

——おそらく、トリスタンでさえ理解できない現実を。「エズラは……平凡なわけじゃない。なんだか知らないけど、いつもあなたが彼についていっているのとも違う」

「あいつは平均的だ」ニコは無遠慮にいった。「きみはそうじゃない」

「彼は平均的じゃ——」

リビーは自分の意識が間違ったことに向いているのに気づき、言葉を切った。

「それは褒め言葉に聞こえるんだけど」彼女が小声でつぶやくと、ニコは「黙れ」とも、「いったとおりだ」ともとれる顔をした。

「ローズ、きみの問題は、自分自身を危険な存在として見ようとしないことだ」ニコがいった。「自分の能力を示したい、いいだろう、だがこれはほんとうのところ、きみが考えてるような苦しい闘いじゃない。きみはすでにてっぺんにいるんだ。そしてどういうわけか、あんな相手を選ぶことの正真正銘のバカさ加減がわかってないらしい。きみを……」彼は間をおき、よく考えた。「なまくらにするやつを選ぶことの」

「ようやく、わたしのほうが優秀だって認めてるってこと？」

「きみはぼくより優秀じゃない」ニコは型どおりに応じた。「だがきみは間違ったものを探してる。きみが探しているのは、なんだろうな。別のピースだ」

リビーは顔をしかめた。「別のピースってなんの？」

「ぼくが知るわけないだろう？　きみ自身かもしれないな」ニコは小声で一蹴すると、威圧するようにいった。「とにかく、ほかのピースなんてものはないんだ、ローズ。ほかにはなにもない。きみがいるだけだ」

「それってどういう意味？」

「きみは完璧なのか、そうじゃないのかってことだ。見るのをやめろ。それはすぐそこにあるんだよ」ニコはそういって、じれったげに彼女の手をつかむと、その胸元に投げ返すようにした。リビーは彼女をにらむと、相手の手が届かず、ちょっかいを出されないところまで退却した。「それはきみにとって充分なのか、なにも充分ということはないのか」

「これはなんなの、お説教？」

「きみは火事のもとなんだ、ローズ。だから与えた被害のことを謝るのはやめて、あんなやつのことはあっさり燃やしてしまえ」

彼女の一部はわけがわからないほど苛立っていた。別の一部は、ニコ・デ・ヴァローナの言葉を真に受けるという罠にはまるのを避けたがっていた。

だから適当な答えを思いつかず、リビーは壊れたランプを横目で見やり、それを復元して机の上に戻した。

ニコはそれに応えて机を箱に変えた。

ニコがなにか魔法を使うといつも、彼女は落ち着かなくなった。どういうわけか彼の魔法は広大だった。リビーは彼がやっていることをけっして詳しく見てはいなかったが、もし世界の素材が人形遣いとしてのニコとつながっている糸なら、それは識別不能だった。物事はちょうどこんなふうに、単純でもあり、そうでもなかった。たとえ見つめていても、それがいつ起こったのか、彼女はまったく覚えていなかった。それは机だったが、いまは箱で、じきに椅子か、それともぬかるみになるかもしれなかった。おそらく机は、かつて自分がなんだったのかわかってもいないだろう。

「だったらあなたはなんなの?」リビーは彼に尋ねた。「わたしが火事のもとなら」

「それが問題かい?」

「たぶんね」リビーは箱を机の形に戻した。

「面白いもんだな」ニコがいった。「もし彼らがぼくたちをふたりとも迎えにきてなかったら、ぼくはこんなことはしてなかっただろう」

「どうしてそれが面白いわけ?」

「この場所のおかげで、ぼくは人殺しだ。というか、共犯者か」彼はさらに少し考えてからいいなおした。「もうじきそうなる」最後のひと言は決定的なつぶやきだった。

「早く面白いところを聞かせてよ」リビーは素っ気なく提案した。

「そうだな、いまぼくには染みがある、そうだろう？　しるしがさ。『人を殺すなんて……』あとは空白」ニコはまた、掌にナイフを呼び出した。もちろんそんなふうに認識されていなかっただけのことだ。一瞬ナイフは脇に投げ出され、次の瞬間には彼の手のなかにあった。「ここにこなければ、こんなことにはなってなかったんだ。そしてきみがいなければ、そもそもここにくることはなかっただろう」

　リビーは彼に責められているのだろうかと思った。非難がましい口調ではなかったが、当然そんなことはないとは思いにくかった。「それとは関係なしに、あなたはくるつもりだったじゃない、覚えてる？」

「ああ、だけどそれは、彼らがきみに声をかけたからにすぎない」

　ニコは手のなかのナイフにちらりと視線を落とし、ひっくり返して刃を調べた。

「切り離せない」自分自身にでもなくリビーにでもなく、彼はいった。

「なに？」

「切り離せない」ニコはさっきより大きな声で繰り返した。そしてリビーをちらりと見上げ、肩をすくめた。「例のもし〜であれば、っていう計算のひとつさ、いいか？　ぼくらは出会った、だからいまは離れられない。ぼくらはいつも変なゲームをすることになる……なんていったかな？　エスペホゲーム。ミラーゲームだ」

「ミラーゲーム？」

「ああ。きみがひとつのことをする、ぼくもする。鏡《ミラー》さ」

リビーは尋ねた。「だけどどっちが先にやるの？」

「どっちでもいいさ」

「それが気に食わないの？」

ニコはナイフを見下ろし、それからまた目を上げて彼女を見た。

「どうやらぼくはそれを守るために人を殺すらしい。だから、そうだな」

リビーは彼の掌からナイフを呼び寄せた。それは、実際にはずっと彼女のものであったかのようだった。

「同じく」彼女は静かにいった。

リビーはそのナイフを、一時はなにか別のものだった彼の机の上に置いた。

「わたしたち、やめられるわ」彼女は提案した。「ゲームを降りるの」

「どこで降りるんだ？　ここでか？　いいや」ニコは首を振り、脇腹を指で軽く叩いた。

「まだそこまではいってない」

「だけど、もしいきすぎてたら？」

「たしかに」彼は同意した。「降りるにはいきすぎてる」

「パラドックスね」リビーは考えを声に出し、ニコも口を皮肉っぽくゆがめて認めた。

「そうだよな。きみが火でなくなる日は、大地がぼくのために静まる日だ」


ふたりはさらにしばらくそこに立っていたが、やがてリビーが彼の机からナイフを取って、その木の部分に突き刺した。机の横材がそのまわりに盛り上がって、ナイフを固定した。


「わたしたち、別れたの」リビーはいった。「エズラとわたし。終わったの。おしまい」

「悲劇だな」ニコはしたり顔だった。「とても悲しいことだ」

「せめて残念そうなふりはできるでしょう」

「できるよ」彼は同意した。「やるつもりはないけどな」


リビーは呆れたように目を丸くして立ち上がり、ニコの机の椅子をわざと部屋の真ん中に置きっ放しにすると、彼が腹立たしげに息を吐いたのを無視して開いた扉から外へ出た。自分の部屋に戻る途中、トリスタンの部屋の前で足を止め、扉の脇からなかをのぞきこんで、彼は下でどうしているだろうかと思った。彼女はそれが簡単なことだとは思っていなかった。正直なところ、うまくいくとも思っていなかった。カルムを殺すのにトリスタンを選んだ肝心な点は、トリスタンがいちばんやりそうにないということであり、したがってすべてはただの生け贄ではなく、賭けでもあった。

リビーはトリスタンの口のこと、目のことを考えた。自分の静止した脈の上にあった彼のたしかな手の感触と、あのときなにかを身につけた感覚を。

きみは自分の魂がそんなに心配なのか、ローズ？

残念ながら、彼女は危険なことが大嫌いだった。

リビーは自分の部屋に滑りこんで扉を閉めると、後ろ向きにベッドに倒れこんだ。ナイトテーブルから本を一冊取ろうかと思ったが、手をのばしもしないうちにあきらめた。ニコはたぶんなにか、じっと待っていなくてもすむ単純作業に取り組んでいるだろうが、リビーには気を紛らしてくれることはなかった。彼女の心はトリスタンからカルムに向かい、跳ね返ってトリスタンに戻ると、一時、不幸にもエズラに向かった。

それじゃあ、もう終わりなのか？　おしまいなのか？

エズラの口調はなによりも疲れ果てているように聞こえた。

もう終わり、彼女は認めた。**おしまいよ。**

ふたりのあいだでなにかが変わったわけではなく、問題はリビーがもはやかつての彼女ではないということだった。リビーはほんとうに根本的に変わっていたので、どの自分があの関係を築き、あの生活を送っていたのかも、どういうわけでこの形を取ったのかも思い出せなかった。まだ見た目も感覚も以前と変わらないが、それはもはや別人だった。

彼女はトリスタンやパリサとしたことに罪悪感をおぼえることさえ、ほとんどなかった。なぜならあの夜のリビーが誰であったにせよ、いまの彼女はそれとも違っていたからだ。あれは過渡期のリビーのようなもので、騒ぎを求め、自分を粉々に砕いてくれるものを探し求めていた。過去を帳消しにして、一からやりなおすためのなにかを。灰は灰に、塵は塵に。彼女はそれを見つけ、分解し、先へ進んでいた。

いまのリビーがなんであるにせよ、彼女は可能性に満ちあふれていた。自分が例外的な存在だと知ったために、心細くもあった。彼女はかつての自分に戻ることができるのだろうか？ 宇宙の謎めいた働きを制御できると知る前。それを構築し、制御し、好きなように形づくることができると知る前の自分に。野心というのは実に汚い言葉で、ひどく汚れていたが、リビーにはそれがあった。それの虜になっていた。運命という概念にはエゴの側面が大いにあったが、彼女はそれにしがみつかねばならなかった。自分は非道なことを行う運命だったのだと信じる必要があった。たとえいまはそれが正しいやり方だと感じられなくても、運命の成就が救済という特権をもたらしてくれるだろうと。

図書館はまだ、彼女のリクエストを受けつけてくれなかった。特に長寿に関するものは拒まれていた。リビーがもっと優秀だったら、あるいはもっと才能があったら、姉は生きていられたのだろうかという問いは、繰り返し拒まれていた。まるで図書館の書庫の構造全体がある意味で彼女を恐れているか、あるいは反発しているかのようだった。自分が知ることを許されていない知識を求めているのだと思うと、ぼんやりとした吐き気の波を感じた。

またリビーは、図書館の決意が揺らいでいるのも感じることができた。それがじきに彼女の重みに屈しようとしているのが感じられた。図書館はなにかを、あるいは誰かを待っているだけだった。それが何者であれ、次にリビー・ローズがなるであろう存在を待っていた。

エネルギー保存の法則からすると、世界には彼女が存在するせいで存在しない人たちが何十人といるはずだった。彼女の姉は、リビーが生きているから死んだのかもしれない。彼女の姉は、ニコが生きているから死んだのかもしれない。世界が持っている力の量には限りがあり、それゆえリビーがたくさん持てば持つほど、ほかのものたちが到達できる量は少なくなるのかもしれない。

それをむだにする価値はあるのだろうか？

リビーは自分が正当化しようとしているのを感じた。彼女の半分は答えでいっぱい、もう半分は問いでいっぱいで、そのすべてが彼女の罪悪感の大きさに左右されていた。殺すのは悪いことだ、不道徳だし、死は不自然なことだ。たとえ生まれてきたことの唯一もっともな結末が、死だとしても。理性で自分自身をなだめなければという思いが、蜜にたかるハエのように頭のまわりをブンブン音を立てて飛んでいた。

カルムがいなくなったら、いったいなにが起こるのだろう？　屋敷のまわりの結界が、過去の〈協会〉の研修生が残した痕跡であり、したがって、ある意味では幽霊なのだと考えると、妙な感じがした。屋敷の魔法の六分の一は、それを保存するために死ぬべく選ばれた人々のものだった。

カルムがいなくなったとき、彼の影響は残るのだろうか？

ほかのメンバーはニコとリビーに結界の設計をまかせていたが、リビーはより暗い真実を知っていた。結界に最も欠かせない防御物を築いたのはカルムだということを。球状のシールドを設計したのはリビーとニコかもしれないが、その内部の基本構造、彼がいうところの真空をつくったのはカルムだった。すべての人間の感覚が一時的に停止する、絶縁体の層を。

持つべき感情がないとき、そのかわりになるのはなんだろう？　なにかがないことは、けっしてあることほど効果的ではなかった。つまり、あのときまでリビーはそう考えていた。彼女はその空間をなにかで埋めようと提案していた。ある種の仕掛けか、あるいはカルムがほんとうにある種の実存主義的罠をつくりたいなら、なにか悪夢のようなもので埋めようと。だが彼は反対した。無のなかで宙づりになることは、すべての動機、すべての欲望を持たないということだ、とカルムはいった。それはヒステリー性麻痺の状態だった。生きたいとも死にたいとも思わないが、けっして存在したくない。闘うことは不可能だ。

リビーは激しい不快感、ちくちく刺されるような不安感を抱いて起き上がった。けっしてトリスタンが非力なわけではないが、カルムは存在するべきではないとアトラスがほのめかしていたのには、理由があるのかもしれない。カルムの力はいつもぼんやりしていてつかみどころがなかったが、その効果に疑いの余地はなかった。カルムに心のピースを奪われたパリサは、彼にされたことを抱えて生きるより自らを滅ぼすほどの苦悩に追いやられていた。

突然リビーは、トリスタンとカルムをふたりきりにしたとき、自分たちがどういう危険を冒したかに気づいた。それは死闘になり、生きて出られるのはひとりだけだろう。もしトリスタンが失敗したら、カルムは知ることになる。後戻りはできなかったし、次に起こることを止める手立てもなかった。カルムは彼らに襲われたこと、誰が生け贄にふさわしいかを決める台帳で、自分に消耗品のしるしがつけられたのを知ることになるし、そうなればただではすまないだろう。この状況、階下のふたりが置かれているそれは、ふたりの剣闘士が闘技場で対峙しているのとなんら変わりなく、どちらかが失敗する運命だった。

トリスタンひとりにやらせるべきじゃない。

リビーがベッドから跳ね起きて扉に向かって走り、まさにそれを勢いよく引き開けようとしたとき、部屋のなかでなにかが変わった。空気が変化したのだ。分子が自らを配列しなおし、どこかひんやりして、動きが這うように遅くなった。いま部屋には、健忘症のような違和感があった。まるで部屋自体がもはやリビーを認識しておらず、それゆえ悪性腫瘍のように押しつぶしたがっているかのようだった。

これは恐怖なのだろうか？恐怖でないことはなかったが、ニコとの会話で彼女が口にしたことのひとつは当たっていた。

空気そのものが前とは違っており、それを変化させたのは彼女ではなかった。

リビーは変化の源のほうにくるりと向きを変えた、というか変えようとした。そして時間が止まったように、ふたたび自分の脈が一時的に止まるのを、それからなにか別の感覚が胸を満たすのを感じた――彼女はここに属していないという、突然の幻のような感覚だ。その瞬間、この部屋に存在しているだけで、空間のなかで圧縮機に押しつぶされているような閉所恐怖症に襲われたのは、意識を持つ屋敷のなんらかの本能、なんらかの技が、そこは彼女のいるべき場所ではないと告げていたからだ。それは説明しようのない感覚だった。ただ、ふだんの自由を欠乏、欠如と感じただけだ。彼女の肺は広がりたがらなかった。もしもっと早く気づいていれば、それを止めることはできただろう。いまその源がどこにあるかがわかっていれば、それを引きずって止めることができるはずだ。これが彼女の欠点、もしトリスタンに会っていなければけっして知ることのなかった弱点だった。彼女は世界のすべての力、全世界の人口を二度にわたって排除するのに充分な力を手にすることができたが、相手の姿がはっきり見えなければ闘うことができないのだ。

しかしそれは完全な空《くう》ではなかった。まったく未知の環境のただなかで、遠くになにか馴染みのあるものが聞こえた。

いったいきみは自分がなにに対してイエスといったのか、ほんとうにわかっているのか？

一本の腕がリビーの腰に巻きつき、後ろに引きずった。それは一瞬の——一瞬よりさらに短い時間の——出来事だった。時間がふたたび流れだし、部屋の空気が勢いよく肺のなかに戻ってきた瞬間、ついに彼女は悲鳴をあげるための声を見つけた。

トリスタン

トリスタンは自分の血潮の音にかき消されて、彼女の声をほとんど聞いていなかったが、それはカルムに瞬きをさせるには充分だった。彼は手にしたナイフを見下ろし、それを放り出すと、いかにも不快そうにトリスタンを見た。

「ぼくはやらなかっただろう」カルムはいったが、トリスタンのアドレナリンは別のことをいっていた。彼らが置かれている実際の状況は、かなりきっぱりと別のことをいっていた。トリスタンの筋肉は痛み、全身は通常の生きのびるための儀式をなかなか再開しようとしなかった。

もしカエサルが生きていたら、ブルータスにどうやって代償を支払わせただろう？

「すまない」トリスタンの口から出た言葉は、痺れてたどたどしかった。

「謝罪は受け入れた」カルムの声は冷静で、前と変わらなかった。「しかし許すのは断る」

部屋の隅の赤いライトがぱっと点灯し、ふたりの注意を引いた。

「いままで真空を通り抜けられたものはいないんだ」カルムがいった。「なんでもないさ」

「そうかな?」トリスタンの呼吸はまだゆっくりだった。これは恐怖? 怒り? はっきりしない。「それならあんな声はしないだろう」

「ああ」カルムの眉間にかすかにしわが寄った。「たしかに」彼は同意した。「あんな声はしないいな」

彼は立ち上がって食堂を出ていき、トリスタンは投げ捨てられたナイフにちらりと目をやると身震いし、よろよろと立ち上がってカルムのあとを追った。

カルムは大股に、驚くほど緊迫した様子で足を運び、トリスタンは彼のあとに続いて階段を上った。

「なんなんだ?」

「誰かがここにいる」カルムは足を止めずにいった。「誰かが屋敷のなかに」

「もちろんそうよ」角をまわったところからパリサの声がした。屋敷のどこか別の場所から急いで彼らを追いかけてくる彼女は、美しく、しどけない姿で、男物のシャツの下からむき出しの脚がのぞいていた。

トリスタンがその格好を見て片方の眉を上げると、パリサは彼を黙らせるようににらみつけた。

「どうしてこんなことが起こったのかわからない」彼女はいった。「いつもは誰かが入ってこようとすると、屋敷の意識がわたしに警告してくるのに。彼はまだ生きてるのね」

少ししてトリスタンは、最後のひと言が頭のなかで聞こえたことに気づいた。

「どう見てもな」トリスタンがつぶやくと、カルムはそっと彼を見た。たとえ言葉を使わなくてもパリサが彼になにを問いかけたかをカルムが完璧に理解していたことは、見なくてもわかった。たとえ魔法を使わなくても、カルムは知っていた。

彼が死ぬべきだとみなが合意したこと、そしてもはや彼らの誰もけっして許されることはないのを。

トリスタンのほうも、特に彼を許そうとは思っていなかったが。

ふたりはバルコニー状の通路の角を曲がって個室の並びに出た。ニコがリビーの寝室の扉を無理やり開けようとしているところで、彼のすぐ後ろにはレイナがいた。

「あなたたち――」

「いいえ」レイナが素っ気なくパリサに答えた。「わたしはなにも聞かなかった」

「誰がこんな――」

ニコの掌からなにか想像を絶するものが猛烈な勢いで噴き出して扉を吹き飛ばし、トリスタンは頭のなかで何度も何度も、こう繰り返した。なんてことだ――ニコとリビーは別々に見ても、それぞれが驚くべき力を持っていた。

　自分の血のなかをあんなに荒々しいものが流れているところを想像してみろ、とトリスタンは思った。なにかを、どんなものでも感じて、それが現れるのを瞬きひとつせずに見るところを想像してみろ。トリスタンはいちばん怒っているときでも大したことはなく、唯一誰かの役に立つのは、頭がはっきりして道理がわかっているときだった。彼はいらいらした拍子に気まぐれで爆弾を爆発させることはなく、それがトリスタンをふつうの存在にしていた。それが彼を人並みに、彼が全生涯をかけてそうならないようにしてきたものにしていた。

　ニコが最初に部屋に押し入り、リビーの消え入りそうな悲鳴に応えて傷ついた犬のような叫び声を上げた。彼らがなかに入ると部屋が震え、トリスタンの見たところ、壁を安定させようと手をのばしたのは彼ひとりではなかった。しかし、どういうわけかトリスタンがその振動に感じた場違いな苦々しさは、もちろん彼自身の嫉妬心からきたものだった。当然ひとりは、もうひとりの痛みを感じるだろう。リビーとニコのふたりは、トリスタンがけっして把握することもないなにかの軌道をまわっていた。それはいつもと同じ反応だった。平然としているようでもろい。

しかし部屋の震えが収まったときに目に入ったのは、はるかにひどい光景だった。

パリサの口から出たのはきっとペルシャ語だろうが、トリスタンは彼女がそれを使うのを聞いたのは初めてだった。それはたちまちフランス語に切り替わったが、顔色がすっかり青ざめる頃には、彼女はふたたび沈黙していた。レイナも無言で青白い顔をしていたが、彼女が黙っているのはよくあることだった。それよりもただごとでなかったのは、彼女が容赦なく穴があくほど見つめるのではなく、なにかから無理やり視線をそらしたということで、そんなレイナを見たのは初めてだった。

カルムは目で大声をあげるように見つめていた。たとえ口はそうでなくても、彼の表情は雄弁だった。彼の目はこんなことをいっていた。**どうすればこんなことになるんだ。**そしてなぜかこんなことも。**だからいっただろう。**彼の厳しい目つきはまるで、それ以外の部分では伝えられないなにかを、彼ら全員に伝えているかのようだった。**ほらな？　結局ぼくは、けっしてきみたちの敵じゃなかっただろう。**

部屋の真ん中でニコががくりと膝をつき、臓器を失ったように背中を丸めて体を折りたたんだ。

「こんなのはあり得ない」彼はいった。「嘘だ」そして小声で毒づいた。「嘘だ。嘘だ」

それから四人はひとり、またひとりとトリスタンのほうを向いた。

ベッドの横の床に死体があった。それだけはわかった。手足。予想どおりの数の手と足。それほど寒くもないのに、いつも履いているウールの靴下。この一年でのびた赤褐色の筋が混じった髪は、いつもどおり後ろで束ねられていた。いつものニットのセーター、終わりのない虚しい取り組みをうかがわせる、本の山の上に投げ出された片腕。手には鼈甲《べっこう》縁の眼鏡が握られ、掌から花びらのように広がっていた。そのレンズは、彼女が決まってみっともない前髪をくしゃくしゃにしているときに触れる、いつもの角が汚れていた。

血もあった。大量の血だ。腹部のどこか、おそらく脇腹から染み出している。それはTシャツの布地をぐっしょり濡らし、腕を伝って流れ落ち、いつも噛んでいる爪のぎざぎざの割れ目を染めていた。これだけ大量に出血すれば、とても生きのびられるものではない。しかしなにかひっかかるものがあり、現実と一致していない感じがした。トリスタンの脳のどこかで、異議を唱えるチャイムが鳴っていた。

彼女の顔は見えなかった。それは問題だろうか？　あの体勢ではとても息ができないだろうということが？　それだけでも不条理で、考えられないことだった。トリスタンよりもっと役に立つものが手を貸したほうがいいのかもしれない。彼女の胸が動いていないこと以外に、おかしなことはあるか？　それとも、今回ばかりはトリスタンがほかのみんなと同じものを見ている可能性は。

よく見るんだ、と彼の頭が忠告した。おまえは彼女にそれだけの借りがある。気難しく、利己的で、肝心なときに間に合わない。トリスタンは目を閉じた。

「〈フォーラム〉の仕業かしら？」しばらくしてそう尋ねたパリサの声は、紙やすりのようだった。「この前も出入りしてたでしょう？」

なにかがおかしかった。リビー・ローズが死体になるなどあり得ない、ということではなく。昨日も、何時間か前も、今朝も、彼女はここにいなかったか？　最後に話をしたのはいつだった？　トリスタンは彼女の手足のねじれを、倒れた角度を無理やりなおし、自分が最後に見た彼女の姿を呼び出そうとした。そのふつうの状態を、うわの空で唇にトーストのくずをつけた姿を。

彼の目がふたたび、ふわりと開いた。

「ウェセックス社みたいな連中かもしれない」レイナが陰気にいった。

「誰かアトラスに知らせないと。それともダルトンに」

「誰の仕業にせよ、その連中はまだここにいるの？　屋敷のなかに？」

「いいや」パリサがカルムにちらりと目をやると、彼は首を横に振った。「いいや。もういない」

どうすればこれだけ大量の血が？　トリスタンは自分の掌根の下で時間が止まったときのことを考えた。いまをのぞいて彼女の脈がないのがわかっていた、唯一の瞬間を。

どちらがより現実味があっただろう、あれか、これか？

なぜならこれは死だった。それだけは避けられなかった。死、目に見えて触ることができる、決定的かつ最終的な。トリスタンは前にも死を見たことはあったし、当時はもっと好きではなかったが、いまそれはいたるところに、あらゆるもののなかにあった。彼の思考に、血の染みがついた本のページに。この屋敷、彼の良心、それらは墓地の上に建てられていた。この〈協会〉はあまりにたくさんの死体を、階下の書庫の背骨にはめこんでいた。

死。それは観客抜きには成立しない。それはトリスタンに呼びかけ、観察してくれ、証人になってくれ、見てくれと手招きした――しかし彼は生来の頑固さで、立ち止まることを選んだ。近頃彼は、感覚を閉ざす訓練をしていた。分離し、分解し、調整つまみをまわして、自然そのものの果てしなさから己の肉体を切り離す。今回の場合、それは単純な権利の喪失で、なにを観察する権利もいっさい放棄することだった。いわばがくりと膝をつき、いいだろう、わかったよ、ぼくの負けだ、ということだった。

それはトリスタンの指先から花開いた。降伏。彼は感覚と空間が差し出すものを受け取り、そのあいだに影のように収まって、思考のようにそれを横断した。

少しのあいだ、彼は無になった。一瞬、彼は消え去った。

次に起きたのは、一瞬の出来事だった。これまでにやってきたどんなことより、眠りに落ちるよりも簡単だった。部屋のなかで自分の位置を譲り、空間そのものに、**いいさ、ぼくを飲みこめ、吸収しろ**、と自分を差し出すなかで、物事が変化しはじめた。物事が変わりはじめ、もはや彼ではない障害物を囲むように方向転換した。

トリスタンは馴染みのある脈動、古い友人を意識するようになった。時間だ。そのなかでは彼の見当識は意味をなさなくなった。リビー・ローズの死体は、まだエネルギーの波動を持っていた――いや、それは波動だった――いや、それはエネルギーだった――が……物体ではなくなっていた。そこに固定されたものではない。まったく現実ではない。かわりにそこにあったのは、飛んだり跳ねたり崩れたりといった動きの系統だった集まりだった。目に指を押しつけたときに見えるような、調和した太陽黒点のダンス。微粒子の亡霊、動きの幻。

漏れ。

流出。

波動。

「ぼくは答えがほしい」ニコの口から出たその言葉には、激しやすく、しつこくねだるような子どもじみた響きがあった。彼の声はかすれていた。「ぼくは説明がほしい」

「これって数に入るの？」

それに対してほかのものたちがたしなめるようにレイナのほうを向くと、彼女はため息をついた。

「だって、みんな思ってたことでしょう」彼女はいった。「ローズは死んだ。それはつまり——」

「いや」トリスタンの口から言葉がこぼれた。

いまの彼には、ほかのものたちが自分のほうを向いたのが、見なくてもわかった。

思わず口走ったのは、時期尚早だった。間違っているかもしれない、というのではない。彼に確実にわかっていることは、こうだった。それがなんであるにせよ、リビー・ローズのカーディガンを着て床に横たわっているのは、魔法だった。単純に魔法的なもの、というのではなく、魔法そのものだ。特別な粒状の魔法で、波のように循環し、彼が手放せば手放すほど方向を変えていた。

トリスタンがこの新しい不可能な事態を受け入れれば受け入れるほど、それはより揺るぎなく、より決定的になった。

「排除は犠牲の問題だ」トリスタンはいった。「死の」

部屋が静まりかえった。

「これはきみにとって充分な死じゃないっていうのか？」ニコの声は激しい怒りに震えていた。それとともに彼らの足元の床がゴロゴロ鳴ったが、トリスタンは見るのに忙しかった。ほかの誰でもなく、死体を。

なぜなら彼に見られているのを知ったいま、それはふたたび元の形を取りはじめていたからだ。

今回は、トリスタンはその秘密を知っていた。そのゲームを理解したいま、彼にはそのちょっとしたトリックが見て取れた。彼女のむき出しの太腿には生まれつきの小さなハート型のあざがあり、もしトリスタンがトリスタンでなければ、それを正しいものだと考えていたかもしれない。だが、まさにこの部屋で——まさにこのベッドで——目を覚ましたときにそのあざを目にしていたのだから、なにかがおかしければ、彼はほかの誰よりもそれに気づくはずだった。

彼女の土踏まずは高すぎ、ふくらはぎは短すぎた。服装は完璧で、髪のひと筋ひと筋も完璧に近かったが、あの朝閲覧室で、紙で切った指に貼った絆創膏はどこだ？　彼女は指の先を口に含んで痛みをやわらげていたではないか。手間をかけて魔法で取るのはやめにした、シャツのコーヒーをこぼした染み、スカートの縁のほつれ、ストレスでできたまた別の吹き出物が薄れかけた痕はどこにある？　彼女の肩はあんなふうに傾いていなかった。彼女の口はもっと薄くて可愛らしかった。トリスタンが知っているリビー・ローズは欠点のかたまりで、うっかりしたしるしの集まりだった。本人は細心の注意を払って隠そうとしていたが、けっして彼からは隠せなかった。

だからこれは、彼女にそっくりな誰か、ということになる。これは誰かのリビー・ローズであって、彼らのものではなかった。

彼のものではなかった。

「よくもそんなことを」床に膝をついたニコが、相変わらず毒性の火花を宙に散らしながらトリスタンに怒鳴った。「よくもそんなことを――」

「ちょっと訊きたいんだが」トリスタンはいった。「きみたちにはなにが見えているんだ？」

ほかのものたちが凍りつき、身を強ばらせた。

数秒間、誰も口をきかなかった。

「ローズだ」カルムが答えると、彼女の名前を聞いたほかのものたちはたじろぎ、拒絶反応を示した。「彼女の死体が床の上にある」

「いや」トリスタンは首を横に振った。「違う。それは彼女じゃない」

彼は頭のなかにパリサの存在のひんやりした痕跡を感じ、身震いした。

「彼はなにか違うものを見てるわ」パリサが、最初は戸惑ったように、それから愕然としていった。「彼女の死体、それはそこにある、でも……同時にない」

「待てよ。なんだって？」ニコが急いで立ち上がり、トリスタンの肩を乱暴につかんだ。

「だったらきみはなにを見てるんだ？」

　その答えは単純だった。彼はいつも見えるものを見ていた。

皮肉にも、その問題を解決したのはリビー自身だった。トリスタンは時間を見ることができた。エネルギーを見ることができた。そしてたとえそれを使ってなにもできなくても、彼は魔法そのものを見ることができた。それは言語のように、その意味をいっさい犠牲にすることなく、異なる形を取り、異なる道筋を通ることができた。それは規則正しく予測可能な、混沌に扮した秩序であり、トリスタンにはその真の姿を見ることができた。

　これは魔法だった。したがって死であるはずはない。

「これは彼女じゃない」トリスタンはいった。「ローズはここにはいない」しかしそれが問題だった。部屋には過剰なエネルギーが存在していたが――その量はとてつもなく膨れあがっていた——空気中に彼女は存在していなかった。それが唯一紛れもない真実だった。彼女の不在。「彼女は消えた」

「でも、彼女はここに」ニコがかすれ声で主張する一方、トリスタンの言葉に反応していちばん最初に動いたパリサが急いで身を屈め、死体の開いた上唇を、次に下唇をかすめ、出血している箇所からなぞるように線を引いた。

「これは……不気味ね」パリサは畏怖の面持ちでじっと見下ろした。「彼女の顔——」

「それは彼女じゃない」トリスタンは繰り返した。「つまり、彼女は死んでいないということだ」

「えっ？」

ほかのものたちの目がさっと自分のほうを向き、待っているのが感じられた。

「これは——」さて。どう説明すればいいだろう？　トリスタンの頭にふと、いちばん初期の空間の研究で学んだことが浮かんだ。重ね合わせ。シナリオ一、リビー・ローズの死体。シナリオ二、空白の空間から逃げる魔法。ふたつの相反する対等な現実、それはつまり、おそらくどちらもまったく現実ではないということだ。

「これはなにかだ」トリスタンはついに心を決めた。「なにかがここにあり、ぼくらはみんなそれを目撃している」本人と見分けがつかず、誰のものかわからない魔法を。「しかしそれはリビー・ローズではない」

「彼女は屋敷のどこにもいない」片手を床にあてて、パリサがつぶやいた。

「ああ」トリスタンは同意した。「彼女は消えた」それくらいはわかった。

ニコはまだ見つめていた。「でも、どうしたらこれがローズじゃないことになるんだ？」

「わからない」トリスタンはいった。そして彼にはわからなかった。この魔法がどういうものであるにせよ、それはいつもの修正用の薄織物、常に彼が本能的にその背後を見るべきだとわかっていた靄《もや》ではなかった。それはもっと揺るぎなく、存在感があった。この魔法には行為と動きがあり、あらかじめ定められた道筋があった。「だが彼女は死んでない」

「これがローズじゃないと思うからといって、それだけでは彼女がまだ生きていることにはならない」レイナが思ったとおりを口にした。「誤った二分法。論理的誤謬《ごびゅう》」

「論理なんかクソくらえだ」ニコは眉間にしわを寄せ、トリスタンに視線を移した。「これは彼女じゃないという確信があるんだな？」

「ある」残りの部分についても彼は確信していた。しかしそれには、単純に純粋で不合理な確信という以上の説明はなかった。彼女が消えるはずはない——消えていない。

「だったらこれは幻影ということ？」まだ死体の顔に触れて自分の目が語りかけてくる嘘を処理しながら、パリサがいった。「ほんとうに見事な出来だわ」

「プロの仕業ね」レイナがあからさまにカルムを見やりながらいった。

カルムが彼女の言葉を理解するには少しかかった。

「きみは本気で、ぼくがローズをさらってそのかわりに幻影を置いていたと思うのか？」彼は詰め寄った。

「あなたには彼女に消えてほしいと思う理由が充分あった。それにあなたの一族は幻影で有名。そうなんでしょう？」

「ぼくにはトリスタンがそれを見破ることもわかってる」カルムはぴしゃりといった。

「ぼくはばかじゃない」

「となると、〈協会〉の外部のものの仕業にちがいないわね」パリサがふたたび立ち上がりながら、素早く口を挟んだ。彼女が裸足で、相変わらず自分の格好をまったく気にしていないことを、トリスタンは心に留めた。「そしてトリスタンの専門技能を知ってるものなら、やろうともしなかったでしょう」

　ニコがちらりと彼を見た。「ほかに誰か知ってるものは――？」

「いない」トリスタンはいった。アトラスだけはその詳細を察していたが、彼は〈協会〉

の評議会と話し合わねばならなかったはずだ。「たぶん、ということだが。でも、いないと思う」

「まだ〈フォーラム〉という可能性はある」レイナがいった。「それとも別のグループのひとつか」彼女はまだ青ざめているニコに、ちらりと目をやった。

「でもどうして？」いま彼は精神を集中し、謎を解こうとしているようだった。彼もまた、なんとしてもリビーに死んでいてほしくなかったのだ。「なぜローズなんだ？」

　レイナがパリサに目をやった。「なにかのとばっちり？」

「いいえ。これは計画的だった」パリサが絶望的な確信を込めていった。

「それはつまり、ローズはまだ生きているということだ」トリスタンはそう結論づけた。同様に確信を込めて、そして同様に根拠もなく易々と。

　レイナが納得いかない様子で、彼に顔をしかめてみせた。「それは――」

「それは誤った推論だ、わかってる」なによりもまず、楽天主義のようなものだ。トリスタンの個人的信条とは正反対だったが、それらはそこにあった。「考えてもみろ」彼は声を大きくしていった。「もし本物のローズを生かしておくためでなかったら、どうして偽の死体を残していくんだ？　どうしてこれだけの魔法を犠牲にする？」彼らにはそれが見えないことはわかっていたが、トリスタンは強調した。「もし彼女の命を守るためでなかったら」

一瞬、誰も口をきかなかった。彼らはおたがいや床に、こっそり視線を向けた。トリスタン以外のあらゆるものに。

そこで苛立ったトリスタンは、ニコのほうを向いた。

「きみにはわからないのか？」彼は問い詰めた。「もし彼女がほんとうに逝ってしまったのなら。きみにはわからないのか？」

ニコが瞬きした。

その瞬間、ふたりのあいだをなにかが、暗黙のうちに通り過ぎた。砂の上に引かれた一本の線、いかに無理があっても、いかに気が進まなくても、彼らはふたりともそれを越えることを選んだ。

「そうだ」ニコはいった。「そうだよ。彼のいうとおりだ。ぼくにはわかるはずだ」

レイナは異議を唱えるべきかどうかわからず、落ち着かない様子だった。一方でパリサは考えこんでいるようだった。じっと観察している。

「きみはただ、彼が正しいと信じたくてたまらないだけだ」カルムが遠慮なくいった。いくらカルムでも、情け容赦ないいいようだ。よくいえば不要な魔法、悪くいえば横柄なうぬぼれ。

そのときふと、トリスタンの頭に不快な考えが浮かんだ。床の上にあるのはカルムの死体だったかもしれない。

あるいは彼自身の。

「そうさ」ニコがカルムに嚙みついた。「ぼくは信じたくてたまらない。でも、だからって、ぼくらがふたりとも間違ってることにはならないだろう」

ちょうどそのときアトラスが、ダルトンを従えて彼らの後ろから部屋に入ってきた。

「これはなんの騒ぎだ？　な――」アトラスは口をつぐんでまじまじと見つめた。「ミス・カマリ、きみの手――」

パリサは見下ろし、明らかに自分のものではないシャツに、不快そうにこすりつけた。実のところ、ほかのものたちが見ている惨状がもはやトリスタンには見えないのは、滑稽だった。たとえ彼らのほうは、明らかに自分の頭からそれを消したがっていたとしても。

彼にとってそれは、ただの虚構であり、あっさりと否定されていた。血で飾られた空っぽの容器。なにか別のもの、リビーではないもの。彼が形は認識したものの、よく知らないなにか。いまトリスタンの関心事は、誰かほかのものが残した魔法の痕跡で、それは息が詰まるようなものだった。指紋も、はっきりした署名もなし。失われたものの大きさと、なんらかの知られざる勢力が彼女の居場所を正確に知っていたにちがいないという認識があるだけだ。

「それはある種の幻だ」トリスタンはアトラスに告げた。明らかにほかの誰も、自分の口から説明するほどには彼の言葉を信じていなかったからだ。「それは彼女じゃない」

アトラスは顔をしかめ、確信が持てない様子でちらりと彼を見た。「ミスター・ケイン、これだけ強力な幻を生み出すには――」

「それになにが必要かはわかってる」トリスタンは急に、何度も同じ説明を繰り返すことに耐えられなくなり、うなるようにいった。「そのぼくが請けあうんだ、**それは彼女じゃない**」

これまで彼らのうちの誰も、アトラスにそんな辛辣な口のききかたをしたものはいなかったが、そのときトリスタンは、たいして気にしていなかった。彼には闘うべき自らの疑念があった――なぜなら客観的に見て、ほかのものたちが正しいとわかっていたからだ。彼の理論には欠陥があった。彼の確信は愚かしかった。誰かがこの屋敷に侵入して、そのなかからなにかを持ち出せたからといって、リビー・ローズがまだ生きているということにはならなかった。彼女はこの部屋では殺されなかった、あるいはこれは彼女の死体ではない、という事実では不充分だった。トリスタンは誰からも、とりわけアトラスからは、不誠実な対応をされる覚えはなかった。誰であれリビーを連れ去ったものが、ある意味ではこの世で最も有能なメディアンのひとりをまんまとだませるようなリソースを持っているのなら、なおさらだ。

　それに対してアトラスの顔に浮かんだ表情は、注意深く抑制されたものだった。彼は一瞬ダルトンに視線を向け、それから目をそらした。

「わたしは評議会に連絡しなくてはならない」アトラスはいった。「すぐ彼らにこの件を知らせる必要がある」

　それから彼は姿を消し、戸口にダルトンがひとりきりで残された。ダルトンは長いあいだそこでじっとしていたが、突然はっと気がつき、ようやくわれに返った。それから自分もくるりと扉に背を向け、アトラスのあとを追った。

　ダルトンがいなくなると、ほかのものたちはふたたび無言になった。

「もういったほうがいい」カルムが慎重な口調でいったが、レイナは顔をしかめて集中していた。

「もしローズが死んでるなら――」

「彼女は死んでない」トリスタンはうなった。

「わかった」レイナは物憂げに彼を見た。彼女にとっての恩着せがましい態度、つまり不信感のあらわれだ。「だったら、彼女は死んでないとして。わたしたち、これからどうするの？」

誰も答えなかった。パリサが目の端から探るようにトリスタンを見た。

パリサも彼を信じていなかった。いいだろう。

カルムは信じているのだろうか、と彼は思った。カルムは信じてくれるだろうか？

だが、彼の考え方はいま、トリスタンには閉ざされていた。カルムの利害関係が変化したことを知るのにエンパスは不要だった。今後はもう、トリスタンは必要ないだろう。

彼のそばでは——例によって彼の個人的危機には動じず——ほかのものたちがいつもと変わらぬ態度を取りつづけていた。

「どうして誰かがぼくらに、ローズは死んだと思わせたがるっていうんだ？」（ニコ）

「問題は、なぜローズなのか？　それとも、なぜわたしたちなのか？」（パリサ）

「どっちでも。両方かな」

その結果生じた沈黙は、全体的な答えの欠如を示唆していた。さらに悪いことに、いまトリスタンはふたたび自分の五感を使いはじめていたが、それらは片頭痛のはじまりのように戻ってきた。カルムの魔法の名残からくる痛みで、筋肉がずきずきした。

もしかしたらカルムにつけられたしるしがあざのように、肌の上に花開いているのではないか、と彼は思っていた。

「ここから出ましょう」ついにパリサがまたしてもたじろぎ、顔を背けながらいった。

「もう充分見たわ」

彼女は背を向けて立ち去り、ニコがためらいがちにあとに続いた。それほどためらっていないレイナは、トリスタンに、それからカルムに探るような目を向けた。それから彼女も背を向けて立ち去った。

部屋に残っているのがカルムとトリスタンだけになったとき、一時的に忘れられていたその晩の激しさが戻ってきた。自分はなにかに、なににでも備えるべきだ、という考えがトリスタンの頭に浮かんだが、自分自身にそう認めることは、すでに終わりのはじまりのように思えた。

「悲鳴のなかに、なにか別のものがあった」リビーのかわりに残された死体から目を上げずに、カルムがぽつりといった。「あれは恐怖ではなかった。より怒りに近い感情だ」

さらに一拍おいてから、カルムは意図をはっきりさせた。「裏切りだよ」

その皮肉は絶妙だった。あまりに絶妙だったので、トリスタンが彼の口調に気づくにはしばらくかかった。

「それはつまり？」

「つまり、自分にこういうことをした人物を、彼女は知っていたということだ」カルムは確信はあるが投げやりな調子でいった。「それは見知らぬ相手ではなかった。そして——」

彼はそこでやめた。トリスタンは待った。

「……そして？」

カルムは肩をすくめた。

「そして、それはなにかを意味している」

まだ語られていないことがあるのは明らかだったが、いまごろはカルムを殺していたはずだったことを思うと、トリスタンはその問題をしつこく追求する気にはなれなかった。部屋に残された魔法は、それがなんであれ、誰のものであれ、すでに腐りはじめていた。魔法そのものが、その創造者が遠ざかれば遠ざかるほど腐食していくように、部屋全体が色褪せ、汚染されていた。どのような意図を持ってかけられたにせよ、それはいま、毒に冒されていた。

部屋にあるほかのものを道連れにして。

「どうしてみんなに話さなかったんだ？」トリスタンが尋ねると、いまカルムの口元に出来損ないの笑みが浮かんだ。さっき立てるつもりだった笑い声が喉のどこか奥のほうに残っていて、それがもっと自然に出てくるのを待っているようだ。

「いつか彼らのうちのひとりを殺さなければならないかもしれないんだ」カルムはいった。

「戦術的にいって、自分が知っていることをすべて彼らに知られるのは避けたい」

それではトリスタンは正しかったのだ。彼らは許されることはないだろう。誰ひとりとして。

そして、彼らがもう一度カルムを標的にすることもないだろう、と彼は気づいた。

「どうしてぼくに話すんだ？」トリスタンは尋ね、咳払いをした。

細い線のように結ばれたカルムの口元は、答えはもうわかっているだろうといっていた。

「それはきみが、今度は自分かもしれないと思うに値するからさ」

カルムが片手を持ち上げ、親指でトリスタンの額の真ん中に触れたとき、彼はなんとか怯むまいとした。それは祝福、もしくはまがいものの祝福だった。

「正直なところ、今度のことできみにはますます敬意を抱いているよ」カルムは手を引っこめながら、そう口にした。「ぼくはずっと、きみが誰かを好敵手にすることを期待していたんだ」

怒りという言葉では、とてもそれを表すことはできなかった。トリスタンは頭のなかで、新しい護符を目録に載せた。新しく知った事実を列挙するための新しい巻物だ。

第一部：おまえの価値は交渉の余地がない。

第二部：おまえは彼に殺される前に彼を殺すだろう。

「おやすみ」トリスタンはいった。

カルムは彼に一度うなずきかけると扉のほうを向き、そのまままっすぐ出ていった。

ニコ

誰も彼女を見つけられなかった。

もし彼ら五人が以前は〈協会〉の力が及ぶ範囲を理解していなかったとしても、いまはよくわかっていた。魔法関係や常人のあらゆる形の監視機構からの情報を求めて、無数の外国政府の代表者たちに連絡が取られた。高度な追跡能力を持つメディアンたちが呼び寄せられた。〈協会〉自体の特別対策チームが捜索のために招集された。

もちろん、ニコは彼らに協力を申し出た。「彼女が宇宙でどんな形を取っているか、ぼくは正確に知っています」彼はそう説明して訴えた。「もし誰かが彼女に気づけるとしたら、それはぼくなんだ」

アトラスは彼を止めなかった。

「前に一度きみたち六人に話したように」アトラスはいった。「〈協会〉から持ち出されたものはどんなものでも、最終的には回収されなくてはならない」

トリスタンはなにもいわなかった。リビーが生きていると最初に主張したのは彼だったかもしれないが、意味のある援助はほとんどしていなかった。もし彼女がいなくなったことを悲しんでいたとしても、間違ってもそれをニコに伝えることはなかった。

さらに悪いのは、ニコには〈協会〉の最も一般的な努力にいくらかでも勝ることはなにもできない、ということだった。リビー・ローズの痕跡はどこにもなかった。彼女はいなくなった瞬間、きれいに消し去られていた。どうして魔法の出力を追跡する手段が存在するのか——あとでわかったことだが、それはクレジットカードの使用履歴を追跡するのに少し似ていた——あるいはどうして誰かを観察するために、彼らひとりひとりの動きがメディアンのデータポイントのように採掘されて見えるのかについては、なんの説明もなかったが、ニコは尋ねなかった。それは未来のニコの問題だった。いま重要なのは、彼女を見つけるためなら必要なことはなんでもやるということだ。

「きみが嫌いだと言い張ってる連中に向いた仕事がたくさんあるな」ギデオンがいった。

こうした会話をするために、ニコは途切れ途切れの睡眠に多くの時間を費やしていた。ある晩、どうしてそんなにふらふらになって食事に現れるのかとレイナに尋ねられ、彼は嘘をついた。そして丸一年間そうしてきたように嘘に嘘を重ねたが、最後にはもう耐えられなくなって白状した。「ある知り合いがいるんだ。友だち、ルームメイトが。彼は夢のなかを旅することができる」

パリサとの会話は別として、ニコがギデオンについてこれほど率直に話したのはそれが初めてだったが、予想されたとおり、レイナはほとんど反応らしい反応を示さなかった。

「へえ。それは興味深いね」そういうと、彼女はぶらぶらと去っていった。

ニコがしばしば魔法を使いすぎる影響は、彼の夢の現れ方にも及びはじめた。潜在意識の空気が薄くなったように感じられ、意図的にそのなかにとどまるのがふだんより難しくなった。彼はぐっすり眠りたいという欲求と意識的思考にしがみつく重要性のあいだで葛藤する必要に迫られ、目覚めている自分と夢を見ている自分のあいだで揺れていた。意識のなかにギデオンを取りこんでおくためにどれだけのエネルギーを消耗したかによって、いつでもぱっと目を覚ましたり、より深く眠ったりできるように、そのどこか中間で自分が揺れ動いているのが感じられた。

少なくとも日が長くなり、暖かくなるにつれて、それは楽になった。絶えず魔法を乱用しているにもかかわらず、朦朧としたうたた寝でも充分足りるようになったのだ。唯一、彼の罪悪感だけは薄らごうとはしなかった。

「エイリフの仕業だっていう可能性はあるかな？」ニコはかすれ声で尋ねた。もしこれが彼のせいなら、それを抱えて生きるのは地獄だろう。

「いいや」ギデオンはいった。

「でも、どうしてわかるんだ？」

「どうしてもさ」

「だけど、もしかしたら――」

「それはない」

「でも――」

「眠れよ」ギデオンが忠告すると、ニコは踊る棒つきキャンディや羊が自分の夢の環境に現れそうになるのをなんとか抑えこみながら、首を横に振った。

「これが理解できるまではだめだ。すっきり説明がつくまでは」

「なにがすっきりしないんだ？　きみたちには敵がいる」ギデオンが指摘した。「リビーは狙いやすかったのかもしれない。きみたちのところに似た別の組織のひとつにとっては。それとも、誰にとっても」

「だけど彼女は人質じゃない」ニコは〈協会〉が魔法でつくり出した独房を、端から端までいらいらと行ったり来たりした。「もし人質にされてるなら話はわかるが――」

　彼は急に言葉を切って瞬きし、顔をしかめた。

きみたちのところに似た別の組織のひとつ。

「待てよ」彼がいうと、ギデオンは背を向けた。「待て。待て——」

「落ち着けよ《カルメイト》」ギデオンは彼を見ずにいった。

「これが落ち着いていられるか」いきなり立ち止まりながら、ニコは嚙みつくようにいった。「いつから知ってたんだ？　どうして知ってる？」

ギデオンは鉄格子を挟んで数センチの距離にいるニコに目を向け、それは訊くなというように、むっつりと口を引き結んだ。

「クソっ」ニコは頭にきて首を振った。「いったいなにをしたんだ《ケ・コホネス・イヒステ》？　やってないといってくれ」いまや苛立ちの熱に身を委ねるのに充分なだけのことに気づき、彼は自分で答えた。「まさか、ぼくがあれだけ苦労して彼女を閉め出したっていうのに！　あれだけの予防策をとったっていうのに、ギデオン、クソっ——！」

「おれは彼女に会うのに結界はいっさい破らなかった」ギデオンは穏やかに反論した。

「おれはここにいたんだ」

「なんてこった」ニコは息を吐き出し、額を鉄格子にぶつけた。「ギデオン」

ギデオンの張りつめた気分にねじれが生じ、格子の反対側で拳を握りしめるのが感じられた。

「聞くんだ、ニコ」低い警告の声。「リビーが消えた。おれが指をくわえて、次はおまえじゃないかと心配してると思うのか？」

ニコは目を上げなかった。

「おれはおまえがどこでなにをしてるのかを正確に教えることを条件に、母親に会うことに同意したんだ。ついでにいうと、おれが知ってるべきだったことをな。おまえは最初からおれに話してるべきだったんだ。これがただの――」

ニコはたじろいだ。

「特別研究職じゃないってことをな」ギデオンは明らかな憤りとともに締めくくった。

「ギデオン――」

「当然ながら問題点はあったさ。いつもの条件だ。彼女は仕事のためにおれをほしがってる。そうなることはわかってた」ギデオンは言葉を切った。「だが、ようやく答えが手に入るなら、その価値はあったさ」

ニコは目を閉じ、風船のように漂っていってしまいたいという夢のなかの自分の欲求と闘った。

「その仕事っていうのは？」

「いっただろう、いつものやつだ」

「どういう意味だ？　盗みか？」

ギデオンは首を横に振った。「誰かを脱出させなくちゃならない。報酬をもらって」

「なにから脱出させるんだ？　彼らの潜在意識か？」

「実際には、彼らの意識だな」

ニコが戸惑って視線を上げると、ギデオンと目が合った。「どうすればそんなことが可能なんだ？」

「おまえはほんとうに、選択科目をもっとたくさん取るべきだったな」ギデオンはため息をついたが、ニコがじれて口を尖らせているのを見ると、肩をすくめた。「心には仕組みがあるんだ、ニッキー、レバーがな。そのなかの一定の機能を封じること、あるいは人の心の一部が意図された働きをするのを妨げることは、可能なんだよ」

「それで、どうやって侵入するんだ？」

「おれはやらない」ギデオンはきっぱりといったが、ニコはそう聞かされても特に安心はしなかった。「母親には不可能だというつもりだ。それとも、なにか別の金儲けの方法を見つけてやるさ。細かいことは気にしないだろう。金になればなんだっていいんだ。だが、彼女がおまえの居場所を教えてくれることはわかってた」

「エイリフはほんとうにとんでもないやつだ」ニコはあらためて彼に、ぶっきらぼうにいった。「あれは基本的に、ただのギャンブル依存症の人魚だ」

「あれをギャンブル依存症とは――」ニコはぴしゃりといったが、すぐに頭が痛くなった。さらに悪いことにギデオンが、かっかするなよ、という目で彼を見た。ニコはその目つきが大嫌いだった。おもにそれが効果的だからという理由で。

「おまえのその〈協会〉とやらは秘密じゃない」ギデオンがいった。「とにかく充分には。そして、もしそれが企業から資金提供を受けていても、おれは驚かない」

「だから？」

「だから金は重要なんだ、ニコ。自分が誰のポケットのなかにいるのか知りたくないか？」

ニコはうめき声とともに頭をのけぞらせた。「ギデオン。もうたくさんだ《バスタ》」

「リビーはいなくなった」ギデオンがあらためていった。

ニコはふたたび目を閉じた。

「彼女はいなくなったんだ、ニコ。だが、おまえが消えることはないだろう」

「そのつもりはないさ、いっただろう――」

「ああ、おまえがそうなることはない」ギデオンはきっぱりといった。「なぜだかわかるか？　おれがそうさせないからだ。おれがおまえのために、母親に頼まれたことはなんでもやるからだ。もしおまえが消えようとしても、おれが追いかけてつかまえるからだ」

「ギデオン――」

「そこではおまえは安全じゃない。おまえはまださらに一年、この状況を生きのびなくちゃならないんだ、ニコ。そしておまえは自分で思っているのとくらべたら、全然安全じゃない」

「なんの話をしてるんだ？　結界は見てるだろう」ニコはそれを自分で修理していた。彼とリビーで。

「ああ、知ってる、だがおまえは準備不足だ」

「なんの準備だ？」準備はできてる。彼はあらゆることを確認していた。リビーはあらゆることを確認していた。

通り抜けられない。通り抜けられたはずがない。

リビーはいなくなった。

あり得ない。

「もしリビーが生きているなら――」ギデオンがいいかけた。

「生きてる」ニコは割りこんだ。

「ああわかった、彼女は生きてる。でも、どこにいるんだ？」「ぼくにあきらめろといってるのか？」

まるでニコが毎日欠かさずそう自問してこなかったとでもいわんばかりに。

ニコの一部はそうしたがっていた。いちばん小さくていちばん弱い部分だが、そうはいっても彼の一部だ。その一部はギデオンに、**もう充分だ、ばかなまねはよせ、帰ってこい、**といってほしがっていた。

「いいや」ギデオンの口が、考えられないほどの優しさにゆがんだ。「もちろんあきらめてほしいとは思ってない。おれはただ、おまえに協力しようとしてるんだ」

極度の疲労にニコの胸はつぶれた。

（**帰ってこい、ここならおまえは安全だ、帰ってこい。**）

「次元だよ、ニコラス、次元だ。とにかく大きなことは考えるな、形にとらわれるな。無限に考えろ」

「ギデオン、もうたくさんだ《バスタ》、無限なんてまやかしさ、偽りの概念だ」それはニコ自身にさえ、ぶつぶつとつぶやいているように聞こえた。「本気でやろうと思えば、砂粒や原子はすべて数えられる――」

「聞くんだ、ニッキー、おまえたちの結界には穴がある。大きな穴がな」

「それは――」

「あり得ないとはいうなよ」

かすんだ目で、ニコはギデオンの足が鉄格子に近づくのを見守った。

「これを見るんだ」ギデオンがいうと、ニコがまだ顔も上げないうちに、それはすでに起こっていた。

それは彼の頬に触れる、幽霊のような実体のない感触だった。

それはギデオンの感触だった。優しく、なだめるような。あり得ない。あり得ない。

ニコは目を閉じ、ふたたび安心感をおぼえた。あり得ない。

リビーはいなくなった。リビーはいなくなった。リビーはいなくなった。

あり得ない。

「それは記憶だ」ギデオンが説明すると、夢のような情景が切れ切れに噴き出してニコを少し震わせ、揺さぶって不安定にした。彼は足の下で大地が震えるのを感じ、その震動によって時間をさかのぼり、火のにおいを嗅ぎ、悲鳴を聞いた。

リビーはニコの部屋を出た直後に姿を消していた。彼女が出ていってから、五分？　せいぜい十分か？　ニコはナイフを置いて（悪さをするのが面白いのは、叱ってくれる誰かがそこにいてこそだった）眠りに落ちていて、大気のゆがみに起こされたときには、完全に目覚めてはいなかった。波動はリビーが干渉に使う手段だった。ニコは彼女がそれを感知する能力をあてにしていた――あてにしすぎていた――が、その瞬間は、彼女が波動になっていた。ニコが初めてその危険を理解したのは、すでに煙のにおいを嗅いだあとだった。

現実をいつものように把握できなくなり――自分が機能するため、存在するために使っていた制限という箱を失い――ニコは突然、猛烈な吐き気に襲われた。

次元だ、ニコラス、次元だ。

ニコは片手を顔まで持ち上げ、落ち着かないまどろみというどんよりとした停滞状態を通して理解しようとした。

「記憶？」彼はぼんやりと繰り返した。

「時間だ」ギデオンが肩をすくめていった。「いっただろう。別の次元だって」

時間。クソ。クソっ。クソったれ。ニコは感覚を麻痺させる眠気の波のなかで、それに逆らう鋭いピンのようなものが弾けるのを感じた。「きみは彼女がどこか別の時間にいると思ってるんだな？」

「おまえがまだ確認してないのはそれだけだろう」

もちろんそうだ。「時間の結界を破るのに必要なエネルギーの量は……とてもあり得ない、計り知れないものになるだろう」ニコはぶつぶついいながら、考えを整理しようとした。「それに、ほかの結界によって簡単につぶされてしまう。あまりに魔法が多すぎる」

彼の結界、リビーの結界。それだけで充分閉め出せたはずだ。

「そうかい、だがもしそうじゃなかったら？」

「もしそうじゃなかったらだって？　そうに決まってるだろう、ギデオン。保存則を適用するんだ。誰にもそれだけの量のエネルギーと力を自力で回復できるはずがない。ただし――」

「ただし、それが可能なら」ギデオンが彼にかわって答え、それからいいなおした。「ただし、それが可能な誰かが存在するなら話は別だ」

誰かがそれだけの力を持っているかもしれないと考えると、困惑するだけではすまなかった。それはニコの理解の範囲をはるかに超えていた。これまで彼は、自分より力のあるもの、あるいはリビーより力のあるものには一度も会ったことがなかったし、だとすればこれは、この〈協会〉にさえ知られていないどこかのメディアンの仕業だということに――

「彼らがおまえより強力であるとはかぎらない」ギデオンがいった。「きわめて特殊な能力だという可能性はあるな。なにかとても専門的な分野で、もしかしたら限定的なものだとさえ考えられる」

「やめろよ」ニコが不平がましくいったのは、ギデオンが彼の心を読んでいたからだ。それはパリサが彼の心を読むのとは違っていた。パリサは彼のことを心配していなかったし、魔法を使っていたが、ギデオンがそうするのは心配だからで、魔法はまったく関係なかった。それでもギデオンがニコの心を読めるのは、彼のことを知りすぎるほど知っているからで、ギデオンが自分を気遣ってやってくれていることすべてに、ニコはほんの少しうんざりし、少なくとも居心地の悪さを感じはじめていた。それはニコを毛布のように包みこんでおり、眠気を誘い、胸の痛みに心地よい温もりを与えてくれた。

「力を貸してくれ」突然どっと疲れを感じて立っていられなくなり、ニコはぐったりと座りこんだ。「彼女を探すのに協力してくれ、ギデオン、頼む」

「ああ、ニコ。わかった」

「力を貸してくれ」

「いいとも」

「約束だな？」

「ああ。約束だ」

ニコはふたたびそれを感じた。さっきは頬に触れた感触を、いま初めて濃厚に、丸ごと。

何年か前の記憶から引き出すと、それは突然、かつての彼を覆っていた薄織物の層のようにふたたびまとわりついてきた。

おまえはおれを助ける必要はないんだ、ニコ。おまえには人生が、計画が、未来がある――きみはそういうものをすべて手にするべきなんだ！

現実を見ろ、未来の時計はいまとは別の時を刻むんだ。

ギデオン、きみときみの時を刻む時計、それがぼくの未来だ。それがぼくのなんだ。

ギデオンの声は幻のようで、同時に二箇所から聞こえてきた。

「よく寝るんだ、ニッキー」遠くて。安全で。

ほっとしたニコはついに目を閉じて漂い、記憶の温もりは休息という深い谷底にゆっくりと消えていった。

パリサ

リビーが不在のあいだに、残った五人のメンバーは入会の誘いを受けた。その儀式——また別の儀式——は月の終わり、彼らが初めて〈協会〉員の地位を争う機会を与えられてから一年目となる日に行われることになっていた。

ダルトンとアトラスも含め、彼らは全員で三週間かけてリビーを探したが、なんの成果も得られていなかった。当初パリサは、トリスタンの確信になんらかの価値を見出そうという気になっていた。なんといってもリビーには死んでいてほしくなかったし、トリスタンの頑固なまでの合理性が気に入っている彼女としては、少なくともしばらくは、リビーは生きているという彼の確信に調子を合わせようと思ったのだ。しかし最終的には、パリサにはもはやリビーの思考の痕跡すら感じることも、感知することもできず、したがって彼女の身になにが起きたか知りたいとは思わないことがはっきりした。もしトリスタンが正しければ、もしトリスタンが間違っていれば……結局のところそれは理論上の話であり、したがって無益だった。あれからふたたび口にすることはなかったところを見ると、トリスタン自身、それがわかったか、わかっていたにちがいなかった。彼もパリサと同様、感じ取っていたはずだった。なにかはわからないがリビー・ローズに対して行われたことは、彼女を効果的に殺すのに充分だった、と。リビーは死んだ、彼女は生きている、ひょっとすると永遠に、その両方なのかもしれない——これは中身のない思考実験だった。パリサの頭のなかで唯一現実的な結論は、こうだった。もし〈協会〉に人の意識を地表から消し去ってしまえるような敵が存在するなら、なんであれそれが所有しているほかのものを自分たちに見せるよう主張する価値は明らかにあるということだ。

残った五人の候補者たちは次の課題が発表されるのを聞くため、居心地の悪さを感じながら天井画の間に落ちついていた。習慣で、リビーの椅子は空けたままになっていた。特に席順というものがあるわけではなかったが、彼らのあいだには決まった座り方があった。リビーはたいていニコの近く、彼の左側に座っていた。ニコは自分の隣の空席に目を向けようとせず、パリサには彼の心から、ほかのみなから聞こえるのと同じざわめきが聞こえた。切断された手足のような、失われた欠片の存在を受け入れたしるしが。

もし空いていたのがカルムの席だったら、同じことになっていただろうか、とパリサは思った。

「これは」ダルトンがいった。「ヴィヴィアナ・アブサロンだ」

彼が手を振ってきちんと保存された死体を招き入れると、ほかのものたちは緊張した。死体は弛緩した曖昧な表情を浮かべており、できれば死にたくなかったが、とにかくこういうことになってしまったのだ、とでもいっているかのようだった。その死体は、体裁よく縫い合わされた大きな切開の痕は別として、むごたらしいことはなにもされていなかった。明らかに比較的最近、検死が行われていたが、それ以外にはヴィヴィアナ・アブサロンは、まるで眠っているかのように、静かに穏やかに横たわっていた。

一瞬、リビーの死を思い出し、パリサは胃がむかつくのを感じた。彼らがリビーのものだと思った死体は、刺され、ねじ曲がり、見る角度によって色が変わる彼女の目の完璧な複製は、うつろに見開かれていた。あれはこの死体とは違ってむごたらしく、心が理解するのを拒んだ血まみれのパリサの両手はトリックにすぎなかった。見世物だ。

誰かがメンバーのひとりにそんなことをしたのだと思うと、彼女はひどく落ち着かなくなり、外の世界でなにが危険にさらされていたかを思い出した。力があることと死すべき運命は別の話だ。それは彼女が忘れてはならない教訓だった。

「ヴィヴィアナは四十五歳の女性で、フランス人とイタリア人の血を引いている。彼女は誤って常人に分類されていた」ダルトンはいった。「いろいろな意味で」

彼はスライド写真の一枚を引き出した。保存された死体とたいして変わらず、それらのスライドには分析的な性質があった。矢印の隣に控えめに走り書きされた手書きのメモは、死体を切り開いて得られた所見だった。少なくともダルトンの様子は、ふだんと変わりなかった。パリサが彼から感じ取ることができたのは、前兆、斧が振り下ろされるかもしれないという警戒心だけだった。

さらに深くダルトンの心を探ることができないうちに、天井画の間の扉が開いた。パリサは肩ごしに振り返り、アトラスが静かに滑りこんでくるのを興味深く見守った。リビーがさらわれる前は何カ月もほぼ不在だったのが、あのあとは頻繁に姿を見せるようになっていた。

実に興味深い。

パリサの好奇心を感じ取り、アトラスが彼女に視線を滑らせた。彼はにこりともせずに一度うなずきかけたが、ほかのものたちはそれに少しも気づかなかった。

それからアトラスはダルトンに、講義を続けるよう合図した。

ありがたいことにダルトンは続けた。「ほとんどのメディアンがすでに卓越した魔法の才能を示している十八歳になっても、ヴィヴィアナには人並み外れたところはいっさいなかった。考えられるどんな魔術の才能にも欠けており、二十一歳までには、彼女が発しはじめていた警報は公式に忘れられてしまった。メディアンの九十九パーセントは正確に識別される」ダルトンはあらためて彼らに指摘した。「しかし百億近い人口を考えれば、残り一パーセントには間違いが起きる余地が多くある」

彼は手を振って次のスライドを映した。「命を落としたとき、ヴィヴィアナはすばらしい健康状態だった。三十歳になるまでにすでに四人の子どもを出産していたが、彼女が暮らしていたユゼスの村では、いまだに大勢の人たちが彼女のことを、村いちばんの美人で夫を探している二十代の若い娘たちとくらべてもさらにきれいだと考えていた。不幸なことに」ダルトンはいった。「ヴィヴィアナは数週間前に車に轢かれた。即死だった」また手を振ると、別のスライドが現れた。今度は事故現場の様子で、その後、話はヴィヴィアナの特異性の詳細へと移った。「見てのとおり」ダルトンはふた組の同様な死体のスライドを横に並べて比較した。「ヴィヴィアナの内臓は二十一歳前後で老化が止まっていた」

彼は次々に、最初は二十一歳のときの、それから比較可能な四十五歳のときの、どこだかわからない（パリサには）肉体の一部をくらべていった。

「彼女の肌は張りを失っていなかった。面立ちは変わっていなかった。髪は白くなっていなかった。村人のほとんどは単純に、彼女は運動をして、食事に気をつけ、もしかしたら髪を染めているのかもしれないと思っていた。ヴィヴィアナ自身がなにか疑わしいことに気づいていたかというと、それはないようだ。彼女はたんに、自分はついている——並外れてついているが、間違いなく異常なほどではない——と思っていたようだ」

スライドが終わると、ダルトンは彼らのほうを向いた。

「われわれに推測できるかぎりでは、もしあの事故に遭っていなければ、ヴィヴィアナは自然な理由で死ぬことはなかっただろう」ダルトンは、すでにさんざんほのめかしてきたことの意図を明確にした。「彼女の死はどのような変性の結果でもなかった。われわれにわからないのは」彼は強調した。「もし彼女が早すぎる最期を迎えていなければどれだけ生きたか、ほかの診断がついていないメディアンたちのなかで、どのくらいの頻度でこういうことが起きているかだ」

「彼女は再生の兆候をなにも見せていなかったのか？」トリスタンが尋ねた。リビーがさらわれた夜以来、彼は変わっていた。いっそう静かに。それがもう少しでカルムに殺されそうになった結果なのか、それともリビーはどこかで見つかるはずだという著しく非現実的な（トリスタンにしては）信念のせいで疎外感をおぼえているからなのかは、はっきりしなかった。

「損傷が魔法でひとりでに修復される兆候を見せていたか、ということかな？　いいや」ダルトンは答えた。「彼女はただたんに、常人なら当然そうなるように変性しなかったんだ」

「彼女は病気にかかりやすかった、それともかかりにくかった？」（レイナ）

「はっきりと結論づけるのは難しいな。彼女の村はとりわけ均質だったんだ」

「なにか重い病気にかかったことは？」（ふたたびトリスタン）

「いや、だが定期的に予防接種を受けていたから、それは異常とはいいにくいだろう」

「ふつうの風邪はどうだ」カルムがぼそりとほのめかすと、ダルトンは肩をすくめた。

「ほとんどの人間は、ありふれたことには気づかないものだ。したがって、われわれの既存の研究は不充分だな」

「具体的に、ぼくらはこの件でなにをすることになってるんだい？」ニコが自分の脇腹をいらいらと指で軽く叩きながら尋ねた。「彼女の魔法の専門分野は……命だったのか？」

「彼女の遺伝的特徴のどこかに、衰えない、という能力がある」ダルトンは確認するように応じた。「その能力がどの程度ありふれたものなのかを知る術は、われわれにはない。それが研究の目的の一部だ。そういう人間はヴィヴィアナひとりだけなのか？」彼はグループに提示した。「歴史上、ほかにも存在したのか？　もし誰も特に目立って長生きでなかったのなら、長寿の体質に恵まれた人々は、致命的なことを招き寄せてしまうのがふつうなのか？　彼らが常に早死にするというようなことはあり得るのか、そしてもしそうなら、これは魔法の結果なのか？

　それとも」ダルトンは一瞬沈黙したあとで問いかけた。「それはどういうわけか、運命というものが存在する証なのか？」

　パリサはダルトンの投げやりな物言いに違和感をおぼえ、思わず目を細めた。概して彼らが研究している魔法の結果は、範囲が限られ、予測がつく、科学的なものだ。運命は本質的に違う。特定の結果に引き寄せられる磁石のような特性は選択の余地をなくすものであり、彼女はあまりの不快さにちくちくする痛みをかすかに感じたほどだった。パリサは自分でコントロールできないという感覚が苦手で、それは過剰な唾液のように口のなかを苦いもので満たした。

「生と死の魔法」レイナが小声でいった。「これは前からずっと次の課題になるはずだったの？」

　ダルトンがアトラスに目をやったが、彼は黙っていた。そこでダルトンは説明した。

「そうだともいえるし、そうでないともいえる。入会の儀式に続く単元は、いつも死だからな」

トリスタンが不快感にぴくりと動いた。カルムはまじめくさった顔をして動かなかった。

「この特別なケースは、見かけに反して幸運なタイミングであらわれたといえる」ダルトンは冗談めかしていった。「〈協会〉の仕事と目的は途切れることはない」

「そうなのか？」ニコが辛辣な口調でいうと、ダルトンは彼に視線を移した。

「どう考えてもそうだ。入会式は予定より前倒しされることになる。それに生と死の単元を終えれば、きみたちは書庫のリソースにより深くアクセスできるようになることもわかるだろう」

「そしてそれと引き換えに？」パリサは問いかけた。

その意味はこうだ。**最後の一年間に、わたしたちはどんな謎めいた新しい供物を書庫に捧げることになってるの？**

彼女の声の調子に反応して、ダルトンの肩にいつもの緊張の徴候があらわれた。それはあまり素早く反応しているように見られたくないと思い、はやる気持ちを抑えるうちに生まれた反射的な動きで、結局はためらいがちな痙攣のような形であらわれた。

それが、彼女が求めていたダルトンの答えだったが、彼らの後ろでアトラスが立ち上がった。

「きみたちは〈協会〉に借りがあるし、同様に〈協会〉はきみたちに借りがあるのだ」アトラスは無表情にいった。「口を挟んで申し訳ない」彼は去り際にそうつけ加えると扉のほうへ向かい、残されたダルトンは、ヴィヴィアナの診断未確定のメディアンという地位に関する詳しい話に注意を戻した。

　パリサは質問の残りを、ダルトンとふたりきりになったときのためにとっておいた。彼女が見つけたとき、ダルトンは閲覧室で一冊の本の上に覆い被さるようにして座っていた。そして彼女からは見えないところで、なにかをいじっていた。目に見えないものを。ダルトンがなにをしているにせよ、それは彼に極度の緊張をもたらしていた。パリサは自分の存在に気づいた彼から奮闘の気配が消えるのを見守り、前に進み出て彼のところにいくと、額に浮かんだひと粒の汗を拭ってやった。

「それは？」彼女はつぶやいた。

　ダルトンは頭のなかでは何キロも離れたところにいるかのように、ぼんやりと彼女を見上げた。

「どうして彼がきみを求めているか知ってるかい？」

「いいえ」彼にアトラスの名前を出させる必要はなかった。それは、リビーが姿を消すより前ではなかったとしても、あれ以来ずっとパリサを悩ませてきた問いだった。

「わたしは知ってる」ダルトンは彼女の手に頬を預けて目を閉じた。「それはきみが飢え方を知っているからだ」

　ふたりは無言で座り、パリサはその言葉が暗示することをじっくり考えた。そもそも適切な飢え方などあるのだろうか？

ある。うまく節約したものは、ほかのものたちが滅びるときに生きのびる。

　真の長寿の魔法だ。

「彼はわたしたちひとりひとりを、なんらかの理由があって選んだ」パリサはつぶやいた。

「もちろんそうさ。それが〈協会〉のやり方だ」

　パリサは頭を振った。「選んだのは彼で、彼らじゃない。すでにテレパスはひとりいるのに、どうして彼がわたしを必要とするっていうの？」

　彼女はいったん間をおいた。

「彼がもう必要としていないなら別だけど」アトラスの手にダルトンの頭から引きずり出されたことを考えながら、彼女は思い切って静かにいった。

　それに答えてダルトンの目がふわりと開き、それから閉じた。

　パリサは彼のうなじをなで、背骨の緊張をやわらげた。

「あなたはなにかを見た」彼女はほとんど無関係な話を持ち出した。「リビーの……あれのなかに。幻の」

パリサは彼の思考になにかが起こるのを待った。ちらつき、ダンス。
かわりに彼女は壁に迎えられた。「あれは幻じゃなかった」ダルトンの口調はうつろで、投げやりだった。

それは物事をより俯瞰的に見ればほんの切れ端だったが、パリサにはもっと大きな答えが形を取るのが感じられた。彼女はリビーの死体を見たときのダルトンの表情を思い出した。妙に空虚で、彼のなかでなにかがバタンと閉じたような表情。それはどんな真の反応よりも多くを、雄弁に物語っていた。

「でも、あれは本物の彼女じゃなかった」パリサは機会をうかがいながら、ゆっくりといった。「トリスタンの思い違いでなければ――」

「いいや。彼は思い違いはしてない」ダルトンは首を横に振った。「あれは幻ではなかったというだけだ」

パリサは彼の髪に指をくぐらせ、優しく分けた。「違うの？」

彼女に触れられ、ダルトンの呼吸が落ち着き、静かになった。

「あれは――」彼のあごの横で筋肉が脈打った。「被与命体だ」

「被与命体」パリサは繰り返した。まただ。以前の彼女にとってはなんの意味もなかったが、ダルトンにとっては大きな意味を持つ言葉。彼女はその重大さを、重力を感じることができた。それが彼を引っ張ってひざまずかせるのを。

「それはつまり？」パリサはふたたび尋ね、ダルトンと目が合った一瞬、見慣れたものをちらりととらえた気がした。ときどき彼女のベッドにいる男ではなく、彼女が火明かりのように求め、炎に惹かれる蛾のように引き寄せられる男。

「あれだけ説得力のある被与命体をつくれるものはひとりしかいない」

「誰？」

しかしそれは明らかだった。避けられない。彼が口にする前から、パリサには答えがわかっていた。

ぼくは与命術師だ。ダルトンの記憶が彼女に語っていた。**ぼくは命をもたらす。**

「わたしだ」

パリサはとても恐ろしいはずのなにかが閃くのを感じた。あらゆる判断基準に照らして、彼女は不安になり、心配し、もしかしたら怖がりさえしているべきだった。だが彼女は勝ち誇っていた。妥当性の確認、やはりそうだったという純粋な歓喜。ここにいるのはきわめて興味深い男——平凡きわまりない世界におけるダイヤモンド——であり、パリサにはそれがわかっていた。彼に目を留めた瞬間から、そうだろうと思っていた。これは、彼女以外の誰の目に映っているものも越えた男だった。謎めいていて、本人でさえ見失っている存在だ——もちろん、そんなことは前代未聞だ。とてもあり得ない。だが、これだけ多くのことを成し遂げ、こんなに遠くまできた彼らが、どうしていまさら可能性に縛られなくてはならないのだろう？

もしかしたらリビー・ローズでさえ、結局は見つかるかもしれない。

ダルトンに彼の知っていることや覚えていることを尋ねても、なんの意味もなかった。もしあの幻——被与命体——がほんとうにダルトンのつくったものだとしても、明らかに本人は知らないようだったし、いま彼は無言でパリサに懇願していた。不当な罪の意識を取り除いてくれと訴えていた。

パリサが机の上のものを脇へ押しやってそこにのると、ダルトンは前に身を乗り出して彼女を吸いこんだ。彼の喉から静かなすすり泣きのような悲痛な声が漏れた。彼はパリサのドレスの生地に顔を埋めた。

これが人生と長生きの違いだった。交通事故で死ぬか、引き裂かれた魂を抱えて生きるかの違い、といったところだ。

「わたしが連れ出してあげる」パリサは彼にささやいた。少し離れたところにいる彼に、彼の小さな亀裂に向かって。解決策がはっきりと頭に浮かびかけてきた。

もし彼がばらばらになっているなら、パリサは残ったどんな破片でも自分のものにするだろう。

レイナ

「ちょっと手伝ってほしいことがあるんだけど」

ニコが遠くで顔を上げた。レイナの知るかぎりでは、新しい課題の発表は彼の気を紛らすことも罪悪感をやわらげることもなかったはずだが、それでもなにかあったにちがいない。いまの彼はあてもなく漂っているような感じが薄れ、以前よりしゃんとして、またきちんと睡眠を取るようになっていた。じれったそうに待っているが、とにかく待っていた。

「手伝ってほしいことって？」

「ひとつ思いついた理論があるんだ」

レイナが彼の向かいに座ると、草がいつものように抗議した。今回ばかりは、彼女はその声を聞くのが嬉しかった。それはある種の承認の働きをしていた。

「いいよ。なにについての？」

「ちょっと考えてたことがあって」カルムとパリサのあいだで――すでに充分奇妙な組み合わせだ――交わされるのを偶然耳にしたことについて。奇妙といっても、トリスタンがカルムを殺し損ねたあの日以来、パリサ以外の誰も進んでカルムと目を合わせようとはしないようだったが。

「被与命体に感覚はあるのかしら？」パリサはどちらとも取れるような口調で、彼に尋ねていた。

「ある程度は」というのが、カルムの穏やかな返事だった。どうやらおたがいに殺しあう必要がなくなったいま、よく似た専門技能を持つ彼らは、ようやく専門知識を補いあえるようになったようだった。「幻には感覚はないが、被与命体には……少しある。厳密にいえば感覚ではないんだが」カルムは自分の言葉を訂正した。「それは命に似たもの。ある種の……ナチュラリズム的精神だ。意識と呼べるようなものではないが、ほぼ間違いなく生きているといえるレベルには達している」

それに関する神話があることに、レイナは気づいていた。古代に書かれたものだ。幽霊のような存在、命を吹きこまれはしたが感覚を持たない、ある種のクリーチャーたち。

（与命術はダルトンの専門技能でもあったが、その情報はまだ関連があるとは証明されていなかったので、いまのところなにもいうことはなかった。）

「ナチュラリズム」レイナはそうニコに切り出し、カアサンカアサンカアサン、というささやきのほうを無言で示した。それは彼女の掌の下で、小さくしなやかな葉をうずかせていた。「あのメディアン、長寿が専門技能だった彼女のことを考えてたの」

「それのなにについて？」ニコはいきなり好奇心をかき立てられはしなかったが、充分関心を示していた。

「命は」レイナは仮定した。「基本要素のひとつにちがいない。わたしには無理だけど、誰か使えるものがいるかもしれない」彼女は注意深くニコを見据えた。「あなたならできるかも」

「なにができるって？」彼はぎょっとしたようだった。

レイナはため息をついた。「それを使うことが」

「それを使う？」ニコが繰り返した。

「そう」もしかしたらもっといい説明のしかたがあったかもしれない。なかったかもしれない。「あなたならほかのどんな力とも同じように、それを操り、形づくることができるかもしれない。重力みたいに」レイナは間をおいた。「ひょっとしたらつくり出すことさえできるかもしれない」

「ぼくが命をつくり出せると思ってるのか？」ニコはわずかに背筋をのばして座りなおし、

顔をしかめた。「もしそれが物理的な要素なら、理論的にいえば可能だろう。たぶん」彼の眉間にしわが寄った。「でも、たとえ可能だったとして――」

「エネルギーは無から生まれることはない、それはわかってる」レイナはすでにそれについて、充分考えていた。「そこでわたしの出番というわけ」

「だけど――」

「理論はかなり単純。仮に命は、それ自体が基本要素だとする。もしヴィヴィアナ・アブサロンの専門技能がほんとうに命を、生きている状態を保つ能力だったら？」彼女はそういって、ニコが話についてきているかたしかめるために待った。「命と感覚は同じじゃない。微生物、バクテリアなどなど、感覚がなくても生きられるものは存在するんだから、もし魔法がある意味で生きられるなら……命をつくり出すことだって可能なんじゃない？」

ニコは相変わらず眉間にしわを寄せて彼女を見つめていて、レイナはため息とともに手をのばし、荒々しく彼の肩に置いた。

「とにかくやってみて」彼女がいうと、ニコは尻込みした。

「やってみるって……正確には、なにを？」

ハハハ、草が笑い声をあげ、楽しそうにカサカサ音を立てた。カアサンハカシコスギル、ズットカシコイ、カノジョハミルソシテミルソシテミル、ハ、ハハハ――

「とにかくやるの」レイナは繰り返した。

手の下でニコの肩が強ばるのを感じたが――ニコは口論に備えていた――やがて力が抜けた。自分から降参したか、それとも自身の意志に反して彼女が差し出しているなにかに反応したかで、譲歩したにちがいなかった。レイナのなかを魔法が駆け巡るにつれ、これが初めてではなかったが、いまのニコには自分と同じものが聞こえているのだろうか、それともこれはまだ個人的な悩みの種なのだろうか、という思いが浮かんだ。少なくともニコがそれを使っているあいだ、レイナは一時的に解放されて、それをなにかに向けてほとばしらせることができた。その感覚は、勤めていたカフェにアトラスが入ってきたときのように、自然そのものに自分から奪うことを認めたときにくらべれば、漠然としていた。

セイチョウシテ、あのときレイナは種にそういい、種は育っていた。

いま彼女はニコに、やってみてといった。そして彼の力が喜び勇んで、がつがつと自分の力を受け入れるのを感じることができた。それにはほっとしたのと同時に解放されたような感覚があり、ニコが掌を持ち上げると、その拍子にレイナはからだ全体で喘ぐようにふらっとよろめいた。

それは、火花という以外に表現のしようがないものだった。ふたりがそれを見たのか、感じたのか、それともたんにその存在を直感したのかは、まったくたしかめようがなかった。レイナにわかったのは、以前は存在していなかったなにかが、ほんの一時《いっとき》存在していたということだけだった。ニコもそれがわかっていて、彼の黒い目は驚きと遅れてやってきた警戒心、用心深い不安の余波に見開かれていた。

ニコはなにも期待していなかった。もしレイナがそれ以上のことを期待していたとすれば、その理論を持っていて、その思いつきを活用したのが彼女だったからにすぎなかった。

それはほんとうに単純なアイデアで、滑稽といってもいいほど複雑なところはなかった。もし命が無から生じることが可能なら——もしそれが生まれることが、宇宙それ自体のようにつくり出されることが可能なら——それが彼女から生まれたとしても、なんの不思議もないはずだ。

カアサン、近くの木が枝を揺らしてため息をついた。

彼女もニコも、相手に確認しなくても、自分たちがなにをしたのかわかっているようだった。

「つまりどういうことなんだ?」ニコが尋ねた。「あれは——?」

命そのものだ。

「わからない」レイナはそういったし、わかっていなかった。いまはまだ。

「それを使って、きみにはなにができるんだ？」

「わたしに？」レイナは驚いてニコのほうを向いた。「なにも」

彼は理解できないというように、顔をしかめてレイナを見返した。「なんだって？」

「わたしにはなにもできない」

「でも――」

「使ったのはあなた」

「だけど、きみがぼくに与えたんだろう！」

「だから？　電球がなかったら電気がなんになる？　役に立たない」

「それは――」

だがそれから、それ以上口論しても意味はないと思ったようで、ニコは頭を振った。

「もしローズがここにいれば」彼は早くも敗北感に胸をしぼませていた。「それなら、ぼくにはそれを使ってなにかできるかもしれない。だけど実際は……あの程度のことさ」火花。「あれがなんだったにしても」

「すると、もっと力が必要ってこと？」

「あれよりもっと。もっともっとだ」ニコは指で草をとんとん叩き、一瞬ふだんの落ち着きのない彼に戻った。「量の問題じゃない、どれだけ……良質か。どれだけ純粋か」

「それなら、もしリビーがここにいれば、それはなにかになるだろうってこと?」

「そうだ」ニコの口ぶりは自信ありげだった。彼はいつも自信ありげだったが、あの特別な自信は、うぬぼれよりも説得力があった。「なにかはわからないが、なにかにな」

「そうか」頭上を覆う雲の切れ目から太陽が顔を出し、まぶしい光の波に包まれたとき、レイナはいったん言葉を切って、目の上に手をかざした。「だったら、わたしたちは彼女を見つけないとね」

緊張が走り、ニコはふたたび身構えた。

「わたしたち?」ああ、するとニコは、レイナが彼の言葉を信じているとは思っていなかったわけだ。そしてたしかに、彼女は信じていなかった。それほどは。だがそのことは、とにかく彼女がそれを成功させる可能性を排除するものではなかった。特にそれが、なにかはわからないがたったいま彼女が見つけたものを探究することを意味するなら。

「もしわたしに協力できるなら、そうよ」レイナはちらりと彼を見た。「当然あなたは、もうなにかやってると思ってたけど」

「まあね――」ニコは言葉を切った。「ぼくはやってない。ぼくには打つ手がないけど――
――」

「あなたの友だちでしょう」レイナはいった。「夢のなかを動きまわれる」

ニコは黙っていた。

「あなたはいっさい彼の話をしなかった」レイナは気づいたことを声に出した。「名前もそうだけど、彼になにができるかも、けっして」

ニコはいまさらながら罪悪感をおぼえたようで、草むらに足を蹴り出した。「けっして誰にも話すつもりはなかったんだ」

「それは彼が……秘密主義だから？」

「彼が？　それほどでもないさ。でも、彼になにができるかは……」ニコはため息をついた。「みんなが知らなければ、それがいちばんだっていうだけのことだ」

不愉快なことに、レイナはその答えに自分がふだんよりいらいらしていることに気づいた。

「あなたはわたしたちを信じるべき」われながら驚くほど、彼女はひどくむきになっていた。「そう思わない？」

それに対してニコは、まったく理解できないほど開けっぴろげな表情を浮かべた。パリサが、彼にはとても悪巧みはできないといっていたのは正しかった。

「どうしてさ？」

レイナはじっくり考えた。ニコはまともな答え、完璧な答えをほしがるだろうし、おそらく利己的な理由から、レイナは彼を説得する必要があった。「ひとりきりのときと一緒になったときとでは、わたしたちは別物だって」

「あなたはわかってる？」彼女はゆっくりといった。「ひとりきりのときと一緒になったときとでは、わたしたちは別物だって」

一瞬の沈黙。

それから「ああ」

「だったらむだでしょう。あなたが持ってるリソースを利用しないのは」これもまた単純な概念だ。

「きみはカルムを信用するのか？　それともパリサを？」

ニコの口調が疑わしげなのには、それなりの理由があった。

「わたしは彼らが有能だと信じてる」レイナはゆっくりと認めた。「わたしは彼らの腕を信じてる。おたがいの利益が一致しているときには、彼らは役に立つと信じてる」

「それで、もし一致していなければ？」

「そのときは一致させる」レイナにとってそれは、もしこうなれば次はああする、という論理的な思考の流れだった。「偉大になるためでなかったら、どうしてわたしたちはこれに参加してるの？　あなたもそうだけど、わたしはひとりでも優秀になれる」彼女はニコに思い出させた。「善良さだけに甘んじていたければ、いまごろわたしたちはここにいないはずでしょう」

「きみは——」ニコは口ごもった。「きみはほんとうにこれについて、そこまで確信があるのか？」

〈協会〉について、という意味だ。

「ある」レイナはいった。

その時点ではそれは事実ではなかったが、レイナにはそうするための計画があった。彼女はそこまで確信するつもりだったし、そのためにはいくつかの答えさえあればいい。

そして彼女に満足のいく答えを与えられるのは、ただひとりの人物だった。

レイナはアトラスを捜しにかかり、ふたりきりになれる機会をうかがった。彼女が着いたとき、これまで一度も自分から捜しにいったことはなかったにもかかわらず、アトラスは彼女を見ても驚いた様子は見せなかった。これまで誰も午前の間の隣にある彼のオフィスにたいして興味を抱いたことがなかったのは、おもにじっくり眺める価値のあるものがなにもなかったからだ。アトラスその人だけが、その控えめさという点で興味深い存在だった。彼は常に永遠の忍耐力を漂わせていた。

「入会式って？」レイナが前置きなしに尋ねると、書棚の本を探していたアトラスはゆっくりと動きを止めた。

「儀式だよ。すべてがそうであるように」最近そういう姿を見かけることがよくあったが、アトラスは疲れた様子だった。彼はいつものようにオーダーメイドのスーツ姿で、青みがかった濃い灰色のこのスーツは、なぜか彼の学問的な喪の状態を反映していた。「誓いの言葉は特に複雑なものではない。きっときみたちは、もうどこかで学んでいるはずだ」

レイナは学んでいた。「儀式はまだ有効なの？ もし彼女を殺したのがわたしたちではなくても」

「有効だ」

アトラスは自分の机の前に座るとレイナにも座るよう身振りで促し、ポケットからペンを取り出して、手のすぐ右側に注意深く置いた。「亀裂は入っているかもしれない。だが、結合を強化するために二千年にわたって生け贄の儀式が行われてきたのだ。安心したまえ」彼はどこか皮肉めいた口調でいった。「魔法は持ちこたえるだろう」

レイナは机に視線を落として待った。

「きみが入会の儀式の段取りについて尋ねにきたとは思えないね」アトラスがいった。彼はある種の用心深い好奇の目で彼女を見ていた。

「ほかにあなたに尋ねたいことがあったの、たしかに」

「かまわないよ」

レイナは彼と目を合わせた。「答えてもらえるの?」

「答えるかもしれない。答えないかもしれない」

慰めになるな、とレイナは思った。

「ほら、カフェでいってたでしょう。わたしが〈協会〉の誘いを断った場合は、別の候補者がいるって」

「ああ、いったな」アトラスはなにも否定するつもりはなさそうだった。「それがそんなに気になっていたのかね?」

「ある意味では」

「それは、ここでの自分の立場を疑っているからかな?」

「いいえ」レイナはそういったし、疑っていなかった。「わたしが望めばそれが自分のものになるのはわかってた」

アトラスは椅子の背にもたれ、じっと彼女を見つめた。「それならなにを考えるというんだ?」

「ほかの人たちが存在するという事実」それは脅威というより、好奇心だった。「あと少しで合格を逃した人たちがいるということ」

「彼らのことなら心配する理由はない。もしきみがいっているのがそういう意味ならね」

アトラスはいった。「ほかにも職業は、立派な職業はたくさんある。誰もが〈協会〉への招待に値するとはかぎらないんだ」

「彼らは〈フォーラム〉のために働いてる？」

「〈フォーラム〉は構造的にここと同じではないんだよ。より企業に近い」

「なにが違うの？」

「そのメンバーは利益を得る立場にある」

「なにから？」

「われわれの損失からだ」アトラスは単純にそういって、空のマグカップの上で手を振った。すぐにそのなかにお茶が現れ、ラベンダーとベルガモットの香りがふわりとふたりのあいだに漂った。「しかしそれが物事の本質というものだ。釣り合いだよ」彼はそういって、カップを唇に運んだ。「失敗なくして成功はあり得ない。不運なくして幸運はないのだ」

「死なくして生はない？」レイナは尋ねた。

アトラスはうなずいて同意した。「するときみは儀式の目的に気づいているわけだ」

もしかしたら自分はこれを求めすぎているのではないか、とレイナは思った。その言い訳をしたい、そこまで求めてはいないと信じたいのはやまやまだった。飢えから生まれた有毒な愛。

もう手遅れだ。「リビー・ローズの身になにがあったか知ってる？」

「いいや」その答えは躊躇なく返ってきたが、素早すぎることはなかった。アトラスの額には懸念が明確に表現されており、それは充分本物らしく見えた。「そして残念ながら、ミスター・ケインがいなければ、わたしは簡単に彼女の死を信じていただろう」

「〈フォーラム〉の仕業だと思う？」

「その可能性はあるだろうな」

「ほかにどんな可能性が？」

レイナには彼が言葉を呑みこみ、それまで働いていた仕組みがぴたりと止まったのがわかった。

「無数にある」

すると彼は、自分の理論を彼女と分かちあうつもりはないわけだ。

「わたしたちはあなたを信じていいの？」レイナは尋ねた。

アトラスは父親然としたかすかな笑みを浮かべた。

「きみにはこういっておこう。もしこの手でエリザベス・ローズを取り戻すことができるなら、そのためには全力を尽くすつもりだ。わたしには彼女の追跡をあきらめる理由はないだろう。彼女を失ったことで、わたしにはなんの利益もない」

レイナはしぶしぶそれを信じた。彼を疑う理由はなさそうだ。リビーの価値は誰にでもわかるだろう。

「しかしこれはどれも、きみがここにきた理由ではないな」アトラスが見透かしたようにいった。

レイナは自分の手に視線を落とし、一瞬、どうしてここではこんなに違和感があるのだろうと思った。そしてようやく、屋敷のほかの部屋と違ってここには生きているものがなにもないから緊張していないのだ、と気づいた。植物はなく、古い本と死んだ木があるだけだ。

興味深い、とレイナは思った。

「旅人がひとりいるといってたでしょう」彼女はいった。「それがニコの友だちかどうか知りたかったの」

「ああ、ギデオン・ドレイクか。彼は最終選考に残っていた。最後の十人には入っていなかったが」

「彼の友だちが夢の領域を旅することができるというのは、ほんとう？」

「潜在意識の領域だ」アトラスはうなずいて、はっきりさせた。「間違いなく魅力的な能力だが、〈協会〉の評議会は結局、ミスター・ドレイクがそれを制御する能力に確信が持てなかったのだ。ミス・ローズでさえ、彼が不治のナルコレプシーを患っていることだけは知っていたと思うよ」彼は内にこもった小さな含み笑いを漏らした。「ＮＹＵＭＡの教授陣で、彼をどう扱えばいいかわかっているものはほとんどいなかった。ある意味では、彼は訓練されていないも同然だったのだ。それに彼の母親はきわめて危険で、干渉してくる可能性が高かった」

「何者なの？」

「特にどうということはない。スパイのようなものだ。どういう事情でそんなことになったのかはわからないが、どうやら借金があるか、少なくとも新しく借金をするのが好きなようだね」

レイナは顔をしかめた。「それで彼女は……正確には、なにをしてるわけ？」

「彼女は犯罪者だが、忘れてもかまわない存在だ。ミスター・ケインの父親とさして変わりはない」

「ああ」なぜかそれを聞いたレイナは、深い悲しみにとらわれた。ひょっとするとアトラスがギデオン・ドレイクの母親を忘れてもかまわない存在と呼んだのは、記憶は贅沢品で無価値なものに浪費するべきではない、ということを一瞬でほのめかしたのかもしれなかった。「それでギデオンは？」

「もしミスター・ドレイクがニコ・デ・ヴァローナに出会っていなければ、おそらく彼の人生はかなり違ったものになっていただろうね。ほんとうに彼が、ニコの助けなしにまだ生きていればの話だが」

　レイナは椅子の上で身じろぎした。「するとこういうこと？」

「どういうことかな？」

「目立たないものは、目立たないがゆえに罰せられる」

　アトラスは紅茶のカップを置き、無言でその瞬間に浸っていた。

「いいや」ついにアトラスは、ネクタイを整えながらいった。「苦しむのは目立つものだ。たしかに目立たないものは見過ごされるが、偉大さにはそれなりの痛みがつきものだ」彼は重々しい目つきでレイナを見据え、つけ加えた。「もしできるものなら、最終的に目立たず幸せになる道を選ばないメディアンは、ほとんどいないだろうね」

「でもあなたは、そちらを選ぼうとしないものを何人か知ってる」レイナは指摘した。

　アトラスの口角が上がった。

「ああ。何人か知っているな」

　アトラスはいまにも彼女を追い出しそうな様子で、彼が一時的に見せた率直さは消えかけていたが、レイナは満足のいく結果が得られなかったことについて考えこみながら、もうしばらくぐずぐずしていた。ニコの友だちという確証が得られれば自分のパズルは解けるだろうと思っていたのだが、そうではなかった。質問に答えてもらえるという最初の満足感は安っぽい陶酔で、いま彼女はふたたび、満たされない思いを抱えていた。

「例の旅人」レイナはいった。「あなたがわたしを選ぶために不採用にした。あれは誰だったの？」

これが尋ねるのを許された最後の質問になることは、間違いなくわかっていた。

「彼は不採用にはなっていない」アトラスはそういうと、首を傾けて退室を促しながら立ち上がり、きっぱりと彼女を扉まで案内した。

エズラ

エズラ・ミハイル・ファウラーは、地球が死にかけているときに生まれた。ニュースでは何年も前から、二酸化炭素がもたらす気候変動や、オゾン層があとどれだけ持つかといったことがさんざん騒がれ、全世代がセラピストに頼り、広範囲にわたる実存的絶望をいっせいに宣言していた。アメリカ合衆国は何カ月間も火災と洪水に見舞われ、その破壊に自分たちが荷担していると信じているものは国民の半分しかいなかった。いまだに復讐に燃える神を信仰していたものたちでさえ、その兆しを見落としていた。

それでも事態が好転するには、もっとひどい状況になる必要があったのだろう。時間や呼吸可能な空気、飲料水が尽きかけて初めて、どこかの誰かが自分たちの姿勢をあらためる決心をしたのだ。かつては政府によって密かに売り買いされていた魔法テクノロジーが民間に移行され、企業秘密を介して売買することが認められた。一九七〇年代の終わり頃までには、機関や法人が所有する魔法が地球を冒したウイルスの一部を癒やし、再生可能エネルギーをいくらか提供して、インダストリアリゼーションやグローバリゼーション、その他すべての〇〇ゼーションによってもたらされた被害は充分修復されていた。世界はなんら意味のある行動変容なしに、首尾よくもう少しだけ長くやっていけるようになったのだ。政治家は相変わらず政治に携わっており、つまりは徐々に前進するごとに、相変わらず終わりが不気味に迫っているということだった。しかしそれは先のばしにされており、それこそが重要なことだった。議員なら誰でもそういうだろう。

一方エズラは、ロサンゼルスの貧しい地区で育った。ロサンゼルスといってもはるか東の端で、住民は海を見たこともなく、川というのはコンクリートの上をゆっくりちょろちょろ流れるものにすぎないと疑いもせずに受け入れるようなところだ。エズラが暮らしていた地区は、おおむね母子家庭の集まりで、子どもの世話も、家計《ブレッドウィナー》を担うのも——実際にはパン《ブレッド》はほとんどなかったにもかかわらず——おもに母親という、不運な共同体だった。エズラは地元の多世代にわたる家母長制社会の一員として育ったが、十二歳のときに礼拝所で起きた銃撃事件で母親を亡くしていた。

エズラはその場にいたが、同時にいなかった。

母の死にもかかわらず、彼がそのときのことを事細かに記憶しているのには、いくつかの理由があった。ひとつは、あの日の朝、エズラ自身はそんなことはしていないと断言していたが、前日に彼がどこかに遊びにいっていたと母親に叱られ、口論になっていたこと。ふたつ目は、それが彼にとって初めての「扉」の経験だったことだ。

礼拝中に自動小銃の音を聞いた彼は、ほんとうに撃たれたのではないかと思うほどの勢いで後ろに倒れこんでいた。学校で訓練を受けていたので本物の銃撃犯という考えには馴染みがあったが、幼い彼にとって死そのものは無縁の概念だった。エズラのなかでは、体のどこかを一発の弾丸に貫かれるというのは、まさしくこんな感じだった。耳がガンガンして、一瞬、世界全体が傾き、突然倒れる。当時のエズラは年のわりにひどく小柄だったから、彼を救ったのはその小ささだったのかもしれない。ここぞというとき、彼は人間の欠片にすぎなかった。ちっぽけな隙間、ごく小さな割れ目に充分隠れられるくらい小さかった。

長い落下で、激しい衝撃があった。しかしその感覚がなくなったとき、エズラには自分が死んでいるか、ぴんぴんしているかだとわかった。目を開けてみると、礼拝所は静かだった。不気味なほどに。部屋には誰もいなかった。彼の母親も。銃撃犯も。彼は母親がいた場所に歩いていき、木材の縁を手探りして弾丸の痕跡を探した。なにも見つからず、エズラはひょっとしたら自分が魔法でそれを起こしたのかもしれないと思った。もしかしたら彼がなにもかも修復し、やりなおして、もうすべてが大丈夫になっているのではないだろうか？　家に帰ってみると、母親が看護師の制服を着たままソファーで眠っていた。彼はベッドに入った。目を覚ました。太陽が輝いていた。

　それから奇妙なことが起こりはじめた。エズラは朝食に、昨日と同じ焦げたトーストを食べた。毎日の朝のニュースでは、同じひどいジョークが流れた。母親は彼が前日に家を抜け出し、彼女が眠ったあとで帰ってきたといって怒鳴りつけた。彼女はエズラを浴室に引きずっていき、髪を洗って礼拝用の服に着替えるように大声で命じた。だめ、だめだ、彼は即座にいった、だめだよ、ぼくらはあそこにいっちゃだめだ、母さんぼくの話を聞いて、大事なことなんだ、しかし彼女は耳を貸さなかった。上等な靴を履いて、エズラ・ミハイル、髪を洗って、さあいくわよ。

　ふたたび銃撃犯が現れたとき、ついにエズラはそうではないかと思っていたとおり、自分はどういうわけか過去に——具体的には昨日に——入りこんでしまったのだと確信し、最初はそれを祝福と受け取った。彼は別の時間に通じる非常口を呼び出していた。そこはそれ自体が別の場所だった。より安全な場所だ。エズラは遠くまでいったわけではなかったが、自分の命を救うには充分だった。

　のちにエズラは古典動力学について学ぶことになる。一般相対性理論。決定論的プロセス。彼の魔法は「扉」を開くことだと学ぶのだ。その「扉」は実際にはワームホールで、空間内のふたつの異なる地点、実際には時間のなかのふたつの別個の点をつなげていた。エズラは「扉」を出現させられるようになり、それを開くと、いまいる時間から踏み出して、瞬時に一秒も年を取らずに別の時間に入りこめるようになる。

充分な力を使えば、彼はどんな「扉」でも開けることができるだろう。訪れた過去の世界は単純に、エズラがたったいまあとにしてきた未来に合うように再調整される。

もちろんこのことは問題だった。いくらエズラが母親の死を阻止しようとしても、彼女はすでに死んでいて、それゆえ常に死ぬ運命だった。

彼が何度も母親を救おうとしなかったわけではない。十二のとき、エズラは彼女の命を救うことは神に与えられた使命だと思った。だから彼は戻った。トーストを焦がした。下手なジョークを聞いた。銃撃を見た、何度も何度も。毎回、物事は前と同じように繰り返され、状況は、ジグソーパズルのピースのように変化した。三度目。ママ、ぼくらはいけないよ、ママが死んじゃうんだ。エズラ、お黙り。四度目。ママ、ぼくらはいけないよ、気分が悪いんだ。エズラ、言い訳してもだめだよ。ほかのときもすべて。ママ、車が壊れたよ、ぼくの足が折れちゃった、ママ、お願いだよ、ママがいけば世界が破滅するんだ。

おまえはニュースを見るのをやめなくちゃね、と母親はいった。おまえのためにならないわ。

最後にエズラが母親の死を目にしたとき、彼女の体はいつもどおり、同じように倒れてきた。彼の上に、彼をかばって。そこにはいないエズラをかばって。なぜなら彼は常に安全で、彼女は永遠にそうではなかったからだ。疲れ果てたエズラは時間のなかの小さな隙間を落ちていきながら考えた。だったらいいさ。もうおしまいだ。

　これで最後にしよう。

　エズラは髪を洗い、上等な靴を履き、自分ではもうそんなことをするほど子どもではないと思っていたが、母親と手をつないだ。ひどく気が散っていた彼女は戸惑うことはなく、それでちょうどよかった。

　自分が必要とすれば「扉」が現れることを知ったいま、エズラは別の作戦を試してみた。まだやり方を理解していなかったにもかかわらず、自分自身のために別の裂け目を開こうとしたのだ。彼は昨日という制約を越えたどこか別の場所へ連れていってくれる、新しい「扉」に意識を集中した。

　外に踏み出すと、そこは母親の葬儀から三週間後だった——当時彼が持っていた未熟な能力で到達できる、いちばん遠くの異なる地点だ。理屈の上ではエズラは、持って生まれた力がゆっくりと花開きつつあるメディアンの卵だった。だが実際の彼は、どこかよそへ連れていってほしいと必死で宇宙に懇願している少年だった。

　まもなく社会福祉課が彼を保護しにやってきた。すでに母親の死を十二回も目撃していたせいかもしれないが、エズラは無感覚に従った。

　アメリカの里親制度に不充分な点が多いことは、周知の事実だった。エズラは二度と逃げない、自分が見たこと、やったことを誰にも話さない、と誓っていたが、人生は子どもたちとの約束を破るものだ。一年もたたないうちに、エズラはかなり定期的に「扉」を使い、その結果を安全に操る術を身につけつつあった。自分でそうすることを選ばないかぎり、時がたつにつれて年を取ることはなく、かわりにそのなかを流れるように移動した。そして十六歳の誕生日を迎えたとき、そうしなければ耐えることができなかった時間を累積で三百六十四回飛び越えていたため、彼はほんの十五歳と一日だった。

　十七歳（くらい）のとき、エズラはニューヨーク魔術大学への奨学金を提供され、自分と同じことができるものがほかにもいることに気づいた。実際には、具体的に「扉」にアクセスしていたのは彼ひとりだったが、エズラは初めて、自分がこの世でただひとりの魔法使い――メディアンだ、と彼らは訂正した――ではないことを理解したのだ。当時それは新しい言葉で馴染みがなく、声に出していうのは難しかった。

　それでは彼は何者だったのか？　物理術師ではなかった、正確にいえば。エズラサイズの小さなワームホールを開いたり閉じたりして、時間のなかを移動していたのは間違いない。それだけはたしかだが、エズラの魔法は限定的かつ利己的だった。それはほかに類を見ない力だった。危険な力だ。

それは秘密にしておきなさい、と教授たちは忠告した。どういう種類の人たちが時間に干渉しようとするか、わからないからね。けっして善意の人とは限らないだろう。

エズラはいわれたとおり、自分の能力を秘密にしておいた、いや、そうしようとした。〈アレクサンドリアン協会〉に見出されるまでは。

それは魅力的な申し出だった（力というのは常に魅力的なものだから、〈協会〉の申し出は常に魅力的だった）。だがエズラにとって特に興味深かったのは、ほかのものたち、仲間の研修生の存在だった。というより、彼らのうちのひとりが排除されたあとでともに新入会員となる、四人の存在だ。エズラはもともと内気なたちだったが――貧乏と不可解な力、それに母親の早すぎる死が相まって、どちらかといえば無愛想な性格になっていた――ほかの研修生のひとりとは、すぐに絆で結ばれた。

アトラス・ブレイクリーはひどい癖毛で、いつもにやにや笑いを抑えられない様子の、粋な放浪者だった。彼らが出会ったとき、アトラスは冗談めかして「自称、ロンドンの荒くれ者」と名乗った。あまり大声で笑うので、彼はしょっちゅうハトを驚かせていた。彼は貪欲で、潑剌とし、ときにはほかのものたちが落ち着かなくなるほど頭が切れたが、エズラはすぐに彼が好きになり、アトラスも彼が好きになった。ふたりには共通するなにかがあり、最初のうちははっきりしなかったが、徐々にわかってきたところでは、それは飢えのようだった。エズラの考えでは、彼らはたんに似たものどうしの貧乏人で、瀕死の地球の望まれない不要な存在だった。ほかの四人の候補者たちは教養があり、裕福な家の生まれで、したがって暮らしに余裕があるものの冷笑的態度、上流階級らしい憂鬱を醸し出していた。一方で、エズラとアトラスは太陽の黒点だった。彼らは消滅するのを拒む星だった。

〈協会〉に入会するための「死の条項」を最初に明らかにしたのは、アトラスだった。誰かの思考のどこかで読み取ったか、なんであれアトラス本人は実際に心を読んでいるわけではないと主張していることを行ったのだ。「まったく完全にイカれてるな」ふたりで絵が描かれたドームの下に仰向けに寝転んでいたとき、アトラスはぶっきらぼうにいった。「誰かを殺すことになってるって？　ありがたいね、相棒、遠慮しとくよ」

「だけど、あの本」エズラはほろ酔い気分で静かにいった。彼とアトラスは酒類や、手に入るときには常人のドラッグが好きなところも気が合った。エズラにとってそれは「扉」へのアクセスをより簡単にしてくれるものだったし、アトラスはほかの人たちの思考を聞くのにうんざりしていた。ひどい片頭痛がするんだ、と彼はいった。

「あのいまいましい本」エズラは繰り返した。「図書館丸ごとだぞ。あれだけの本が全部」

その頃にはひどく朦朧としてまともに目を開けられなくなっていたアトラスが、おどけて指摘した。「本だけじゃ足りないな、相棒」

だが、エズラは基本的に反対だった。「この〈協会〉はたいしたもんだ。本のことだけじゃない、問い、答え。すべてが無以上だ」（ドラッグのせいで、この理論を伝えるのが難しくなっていた。）「おれたちに必要なのは内部に入りこんで、それからどうにかしててっぺんに立つことだ。力は力を生むとか、そういうことさ」

アトラスにいいたいことが伝わっていないのは明らかだったので、彼は続けた。

「ほとんどの人たちは飢え方を知らない」エズラは説明を続けた。実際に時間を、そしてそれがどれだけあるかを理解できるものがどんなに少ないか、もし彼らが少し長く持ちこたえられれば、それだけでひとりの人間がどれだけのものを手に入れられるか。もし彼らがほとんどないに等しいものによって充分長く飢えることができれば、もし彼らが自分に与えるものをほんの少しずつにすれば、最終的には彼らが生き残ることになる。我慢強いものが地球を受け継ぐ、といったようなことだ。たしかに殺すのは悪いことだが、もっと悪いのは不必要なこと、非効率なことだ。生命そのものの本質に繰り返し現れる抜け穴であることを別にすれば、エズラの存在とはいったいなんだったのだろう？

エズラは自分の死を感じ取り、それが不幸なものだと知っていた。これは魔法ではなく、前兆の問題だった。それはすでに行われていて、彼はそんなふうに生まれつき、長く陰惨な最期へと向かっていた。彼の関心事は、そのあいだになにをするかだった。それに彼らは、いまいましい本もまだ手に入れたかったので、そこからひとつの計画を立てた。すなわち、アトラスが待機し、エズラは姿を消すというものだ。エズラは自分の死を偽装することを提案した。そうやってひとりが競争から脱落すれば、どちらも誰かを殺す必要はなくなるだろう。とにかく、ほかの研修生たちはエズラを嫌っていた。彼はあまりに秘密主義で、信用されていなかったのだ。それに彼らはエズラになにができるかを完全に理解していたわけでもなく、結局のところ、それがかえってよかったのは明らかだった。

だから、ほかのものたちが彼を殺すことに同意した夜、エズラは別の「扉」を開いた。

その頃には彼は、三週間よりもっと先へいくことができるようになっていた――何年でも、その気になれば何世紀でも。エズラは自分たちが採用された日から五年後の二〇〇五年を選び、彼が旅立つ前に待ち合わせ場所に決めていたカフェで、アトラスを見つけた。エズラにとっては数時間の出来事だったが、そのあいだにアトラスは二十八になっていた。

ドラッグをやる習慣はなくしていたが、偉そうなところはなかった。彼は二十一歳のエズラが座っている向かいの席に滑りこみ、にやっと笑った。「おれは入ったぞ」彼はそういいながら、偽造書類をテーブルの向こうからエズラのほうへ滑らせた。

「それじゃあ彼らは信じたのか？」エズラはファイルをさっと開きながら尋ねた。〈協会〉は彼になにができるか知っていたが、それでも。彼は死んでいないというものが、誰かいるだろうか？

「ああ」ファイルの中身は、ニューヨーク州発行の運転免許証、新しい社会保障番号カード、それにアトラスの趣味らしい、近くのパンケーキ店の途中まで埋まったポイントカードだった。一瞬エズラは、アトラスがどうやって自分名義の証明書類を手に入れたのか尋ねようと思ったが、考えてみれば人を殺してでも〈協会〉に入る価値があるのには、それなりの理由があるのだ。

「それで彼らはどうしたんだ……？　ほら、おれを」

「すべての排除された候補者にするのと同じことさ。消したんだ」アトラスは肩をすくめていうと、声をあげて笑った。「俗世間から離れた研究者の一団が十年ごとにメディアンを殺していると世間が知ったら、どうなると思う？　いいや、相棒、おまえは消えてなくなった。存在したことなんかなかったみたいにな」

好都合だ。「それで、葬式もなしか……？」

アトラスはグラスを上げた。「〈協会〉はもう終わり《デッド》だ。〈協会〉万歳《ロング・リヴ》」永久に続いていくもの。時間は相変わらず流れていた。

「それで、次はどうする？」これからのことを思うと胸が熱くなり、エズラは尋ねた。

彼らは控えめに、年に一度会うことを続け、エズラはいつも瞬時に「扉」を抜けて移動した。ふたりともエズラが不必要に年を取ることは望まなかった。アトラスが年を重ねていく一方で、エズラは二十一のままだった。彼にとって時間の流れ方は異なっていたが、それでもまだ流れてはいた。おれたちは六人そろうのを待っているんだ、とアトラスはいった。理想の六人、エズラを含めた完璧なメンバーがそろうのを。その一方でアトラスは、確実に書庫の次期〈管理人〉になれるように、出世の階段を徐々に上っていかねばならないだろう（いまの〈管理人〉はすでにかなりの高齢で、莫大な退職金はさておき、そのことは早期退職には願ってもない前提条件だった）。そしてひとたびそれに成功すれば、アトラスは自らの手で候補者選びに取りかかれるようになる。彼は完璧な五人のチームを選び——もちろんひとりは新規入会者の選考で死ぬべき人間だが、その不幸なものでさえ慎重に用心深く選ばれることになる——それから六人目のエズラが、その舵取り役になるのだ。

なんのための完璧なチームか？

「なんだっていいさ」アトラスはいった。「なんだってできる」

「つまりこういうことだ。**この血なまぐさい組織と、そこにあるいまいましい蔵書をすべて手に入れて、まったく前例のないことをやってやろう。**

ふたりはそのために、想像上の計画の詳細な設計図を描いた。エズラと似たような、ただしもっと大きなことができる物理術師。ワームホール、ブラックホール、スペーストラベル、タイムトラベル。量子が見え、それを操り、理解し、利用することができる誰か（果たしてそんなことが可能なのだろうか？　きっと可能にちがいない、とアトラスはいった）。彼らに協力して力を供給する、バッテリーのような誰か。アトラスがようやく休むことができるように、彼の右腕に、彼の目や耳になるべき、もうひとりのテレパス。彼らはなにを築いていたのだろうか？　ふたりともよくわかっていなかったが、自分たちには本能と度胸、忍耐強い慎重さがあることはわかっていた。

「なかなかのやつを見つけたぞ」予想していたよりも早く、アトラスがいった。「ひとりだけ、与命術師だ」

（与命術師？）

「いいからわたしを信じろ」アトラスはいった。いまや彼は三十代のなかばにさしかかっていて、スーツを着るようになり、上流階級のしゃべり方と上等な服の陰に真の出自を隠していた（もちろんエズラは、まだ二十一だった。二十二だったかもしれないが、軽々と時間を飛び越えていく彼を、誰がずっと追いかけていられるだろう）。「こいつはものになりそうな気がしているんだ」

　計画の当初の多幸感が薄れはじめたのはこの頃で、エズラは自分がなんの役に立つのだろうと疑問を抱きはじめた。計画はおもにアトラスの直感頼りで、エズラはそれを信頼していたが、これだけ素早く時間を出たり入ったりして、この世界のどこにせよ、たまたまアトラスがいる場所で会うことと存在することは、まったく同じとはいえなかった。エズラはなんの貢献もしておらず、実際のところ参加していなかった。ＮＹＵＭＡに戻ってなにが見つかるかやってみればいい、とアトラスは提案した。いまのきみはほんの二十三（かそこら）だし、まだ若く見える。そのうえ、とアトラスは笑い声をあげていった。ほかのどこかに溶けこむには、きみはあまりにアメリカ人だからな。

　だからエズラは戻った。

　あいにく、エズラがなにか見つける価値のあるものを掘り出すためには、時間をゆっくりにする必要があった。彼はふたたび時間を直線的に体験し、年代順にひとつの場所にとどまって、あえてふつうの速さで歳を取らねばならなかった。まずまず無愛想でない人格の、あまり気乗りしない根っこを下ろすために。いつも当たり前のように感じていたことがなくなると、なにもかもがわずかに退屈さを増して、最初は腹立たしかったが、努力を放棄して先へ進んでしまう前に、偶然にも彼の暮らしの退屈さがＮＹＵＭＡの寮監という地位へと導いてくれた。

思いがけずなにかを見つけたのは、そのときだった。

「きみにはあのふたりがどっちも必要だよ」リビー・ローズとニコ・デ・ヴァローナの世紀の対決を目撃したあとで、エズラはアトラスにいった。「ときがきたら、絶対にふたりとも手に入れなくちゃだめだ」

「しかし彼らは専門分野が同じだ」アトラスは疑わしげに指摘した。彼の髪は数年前にこめかみのあたりが白くなりはじめていたので、それまでには剃り落とすことに決めていた。「きみは入会したくないのか？　きみはずっと六人目になるはずだっただろう」

エズラは間をおいて、よく考えた。ずっといつかは入会するつもりでいたが、形式は重要ではないように思えた。アトラスを通じて、彼にはアクセス権、機会、展望があった。それに彼らがひとりのメディアンを使って成し遂げられる可能性があることは、ふたりを使ってできることにくらべれば、突然色褪せて見えた。

「きみはふたりとも手に入れる必要があるだろうし」エズラはそう繰り返して続けた。

「片方だけを手に入れることはおそらく無理だろう」それだけは確実にわかるほど、彼はふたりの競争意識の力学を理解していた（それは理解するのが難しいような複雑な力学ではなかった）。

　アトラスは思案し、そのアイデアをあらゆる角度から検討した。

「そのふたりは……物理術師だといったな？」

「あれは突然変異体だ」エズラはいった（彼の評価基準では絶賛だ）。「まったくの突然変異体だよ」

「そういうことなら、彼らから目を離さないでおこう」アトラスは考えこんでいる様子でいった。「いまはちょっと、ほかに取り組んでいることがあるのでね」

　それを実行するのは簡単なことだった。彼らより二年上の学生（彼らより二十年以上前に生まれていたにもかかわらず）という平凡な役目を引き受けたことで、特にリビーはエズラにとって興味をそそられる存在になった。驚いたことに、エズラは彼女を求めた。あるいは人生を。そのごく小さな欠片であっても。結局のところ、それはまったく同じことだった。しかし最終的にどんな終わり方をするかを考えると、それは面白い話ではなかった。

　ニコに関しては、彼とエズラはまったくそりが合わなかった。エズラはすでに、ニコか、それとも誰であれアトラスが六人のなかでより不可欠な役割のひとつを果たさせるために見つけたものに、自分の場所を譲ろうとしているのがわかっていた（ナチュラリストなんだ、とアトラスはいった。なんのために植物が必要なんだよ、とエズラはばかにしたようにいったが、**植物のことは気にするな、わたしは感じるんだ、いまにわかるさ**、と返されただけだった）。少なくともニコは、リビーが申し出を断れなくすることで物事を容易にしてくれるだろう。

　彼らの入会まであと一年という年になって、ついにエズラは自分が絶食したほどの飢えを感じていない可能性に目覚めた。リビーとニコが去ったいま、残されたエズラは誰もいない客席に向かって、洗練された凡庸さを披露していた。リビーがいなければ、彼は使いものにならず孤独で、疲れ、引きこもり、退屈していた。それにエズラは、自分がもはやアトラスの計画にとって不可欠な存在ではなくなることの不安を甘く見ていた。

「ばかをいうな、もちろんきみは役に立つさ」アトラスはいった。「きみが思っている以上に役に立つ」

「どうやって？」エズラは苛立って尋ねた。退屈が身に染み、ふくらはぎがつったような、どこかつかみどころのないむずむずするような感じがした。「きみは必要としていた専門家をすべて手に入れてる」

「ああ、だがパリサについては、間違いだったんじゃないかと思っているんだ」アトラスはいった。

エズラは顔をしかめた。「きみが思っていたほど優秀じゃないのか？」

「いいや、能力の点ではまさしく期待どおりだ」間。「しかし彼女は問題になりそうな気がする」

「どういう種類の問題だい？」エズラはアトラスが少しでも問題を抱えているとは気づいていなかった。エズラの知るかぎり、なにもかもが彼抜きで順調に進んでいた。だから退屈なのだ。

「問題だ」アトラスは紅茶を少し飲んだ。「少なくともわたしは彼女を説得して、ほかのものたちにカルムを殺させることができる」

「どれだ、エンパスか？」

「ああ」誰かが死ぬことになっているのはいつものことだった。完璧な候補者グループでさえ、結局はメンバーをひとり失わねばならないのだ。アトラスにいわせれば――そしてエズラも同意見だった――カルムは核兵器の発射コードに匹敵する存在で、世界から彼を取り除くことは人類のためだった。「そうすればわれわれはパリサを処理できる」

「ああ、もちろんそうだ、彼女を処理するだけで問題は解決、すべてがきちんと整う」エズラはつぶやき、笑い声を待ったが、それは聞こえてこなかった。

気がかりだ。とても気がかりだ。

「きみが処理というと――」エズラはいいかけた。

「冗談だよ」アトラスが、一拍おいてから請けあった。「ただの冗談だ」

「そうだよな」エズラはほっとしていった。「そうだよな、もちろん――」

「もちろん」アトラスは間をおき、ひと口飲んだ。

エズラは顔をしかめて自分のカップを見下ろした。

「それで、ちょっとはっきりさせておきたいんだが――」

「今期、きみがもう少しで候補者になるところだったのは知ってたかい？」アトラスはほとんど関係のないことを持ち出した。アトラスのひどく愉快なユーモア感覚をいまだによく理解していないエズラは、驚いて目を上げた。「あらゆることを考慮に入れると、以前はわたしがきみをこっそり連れ戻さなくてはならないだろうと思っていたんだが――」アトラスがいっているのは、エズラが前にも採用されていること、あるいはもっとお世辞抜きにいうと、エズラがゼロ年代以降、特別なところのない存在になっていたことを考慮すれば、ということだ。「――評議会が実際に書庫以外のなにかに関心を抱くことがいかに少ないか、ということだな。彼らはきみのささやかな魔法の出力を見て、よく考えた。これは興味深い、これまで誰もきみのことを見たことも聞いたこともないのはいいことだ——」アトラスはお茶を少し飲んで肩をすくめた。「そして彼らは先へ進み、きみをリストに載せたんだ。おかしいだろう？　彼らがいかにわれわれを人間扱いしていないかということだ」アトラスはひとりごとのようにいった。「ただの動力源だと思っているのさ」

アトラスはふたたびお茶を少し飲み、エズラは腹の奥で反発心のようなものが渦巻くのを感じて顔をしかめた。

「彼らにやめておけといったんだろうな？」

「もちろんだ」

「ほかのものたちのひとりを採用するほうがよかったから？」

アトラスがゆっくりとカップを置いた。

「ああ。ふたりで話しあったように。そうだろう？」

「そうだ」エズラは同意して目を伏せた。

彼のコーヒーは冷めてしまっていた。

「不審げな口ぶりだな」少ししてアトラスがいった。

「もちろんそんなことはないさ」不審げというのは、まさしくいまのエズラのことだった。

「ただ、ぼくが〈協会〉に勧誘される可能性に、きみは触れてなかったな」彼は間をおいた。「つまり、再勧誘ということになるんだろうが」

アトラスがまた紅茶のカップを取り上げ、試しにかき混ぜた。「うっかりしてたよ」

考え得るすべての説明のなかで、それはあまりにも見え透いた言い訳で、もうほとんど侮辱といってもよかった。「うっかりしてた？」エズラは徐々に軽蔑をにじませた口調で繰り返した。かつてない緊張感がふたりのあいだに、あるいはもしかするとエズラの胸のなかだけのことだったのかもしれないが、高まっていった。「一緒に魔法を使うもののことを――うっかり忘れてたって？」

「それが問題だったかい？　きみは勧誘を受け入れることはできなかったんだ」アトラスは平然とひと口飲んだ。「それにわたしの印象では、きみは気にしてなかったしな」

「気にしてないさ、当然だ」どうしてそんなことができただろう？　これまでそんな選択肢はなかったのに。「だがそれでも、ぼくは――」

「ミス・ローズはきみが嘘をついていたのを知ることになっていただろう」アトラスに指摘され、わざとリビーのことを持ち出されたエズラは、断固として怯むまいとした。「当然それも、きみは気にしていなかった、そうだな？　それで、またミス・カマリの話になるんだが」

「どうしてそういうことになるんだ？」エズラは不意に苛立ちをおぼえた。

「ミス・ローズが、きみたちふたりの共通点だからだよ」アトラスが自分のカップに向かってぽつりといった。

リビーとエズラのあいだのすべてが偽りの上に築かれたのではないことをアトラスが充分に承知していることを考えると、それは明らかに彼を傷つけることを意図した言葉だった。しかしそれを認めたところでどうしようもないので、エズラは目を丸くしてみせた。

「リビーはぼくについてなにも知らないんだ。もしそんな火遊びをしたからといってぼくが彼女を責めたら、少々偽善的だとは思わないか？」

「きみがそうするべきだとはいってない」

この会話は堂々巡りだった。「それで、そのテレパスのことできみが抱えてる問題っていうのはなんなんだ？　きみが彼女を選んだんだろう」

エズラは選んだ、ではなくきみが、というところを苦々しく強調した。

「そうだ」アトラスはいった。「そして彼女は、まさにわたしの期待どおり優秀だ。しかしわたしが考えていたよりも、はるかに危険な存在なんだ」

パターンが見えてきたな、とエズラは落ち着きなく考えた。「彼女をうまく扱えるとは思えない、なんていわないでくれよ」

アトラスのカップが唇の手前で止まった。「わたしにはできるだろう」彼は同意した。

できるだろう。できる、ではなく。「だが、きみはやるつもりはない」エズラは推測した。「だから」彼は強ばった口調でつけ加えた。「ぼくがきみのかわりにやることになるのか？」

「わたしが自分の選んだ研修生のひとりと闘うわけにはいかない。それはわかるだろう」アトラスは肩をすくめた。「だが同時に、われわれの計画を積極的に損なうものを巻きこむわけにはいかないことも、わかるはずだ」

われわれの計画、いまもそうなのか？「不必要に誰かを殺すことは、ぼくの計画には含まれてないぞ」エズラは語気鋭くいった。

「この件がそれにあたるとはいっていない」アトラスは穏やかに答えた。「それに、たとえそうだったとしても――」

「ああそうか、ぼくはばかだな」エズラはつぶやいた。「きみは冗談をいってただけ――」

「――もしかしたらきみは、なにが必要かを誤解しているのかもしれないな」アトラスは最後までいいおえて、カップを脇に置いた。

その異質な動きには――アトラスはけっして紅茶が好きではなく、とことん酔っ払うほうを好んでいた――どこか、そもそも自分はほんとうにアトラス・ブレイクリーを知っているのだろうか、と思わせるなにかがあった。たしかにある時点では知っていたが、その期間はほんの……一年か？　それから二十年以上がたち、エズラは機能上それを経験し損ねていた。アトラスの心に――彼の信念、彼の魂に――なにが起こったというのだろう？〈協会〉への入会は、彼になにをもたらしたのだろう？

　そこでエズラは、それまでわざわざ一度も試していないことを実行してみることに決めた。遠い未来――彼の手が届く時間のなかでいちばん遠い地点――に「扉」を開いたのだ。

　これは、実際にはそれほどわくわくすることではなかった。なぜなら未来は、まだ起こっていないかぎり、いつでも変えることができるからだ。たしかに、なかには変えられないこともあるが（たとえばエズラの母親のことのように）、基本的にエズラは自分の遠くの「扉」を、信頼できる占星術もどきとして受け止めるようになっていた。起こる可能性が高いが保証はない。自分が足を踏み入れた未来にとどまらないかぎり、彼は目にしたどんな結果にも縛られなかった。なにも混乱させなければ、エズラの存在は砂ひと粒の動きと同じくらい記憶に残らなかった。

　しかしそこで発見したことは、彼を激しく困惑させた。なぜならエズラが見たもの――彼とアトラス・ブレイクリーの計画の結末――は、聖書に書かれているようなものだったからだ。わずかに開いた入口を通して、エズラは疫病と征服を垣間見た。昔ながらの、うんざりするような暴力のざわめきを。空は灰と煙で深紅に染まり、大変動の前触れは、赤く縁取られた見慣れたものだった。神聖な扉からのぞく焦点が定まらない殺し屋の目のように、ひとりきりで残されたエズラは、いまいちど最低な世界の終わりを目撃したのだ。

「新しいのをつくろう」かつてアトラスはいっていた。エズラの記憶のなかではそれほど前のことではない。アトラス・ブレイクリーの記憶のなかでは二十年前だったから、もしかしたら彼にとっては、エズラが自分のいったことを忘れているかもしれないと思うには充分な長さかもしれない。「こいつはクソだぞ、相棒、完全に支離滅裂だ。これ以上修理も、壊れた部品をいじくりまわすのもなしだ。ひとつの生態系がだめになれば、自然は新しいのをつくる。自然か、誰にせよ責任のあるものがな。そうやって種は生きのびるんだ」

アトラスは首を巡らせ、黒い目でエズラの目をじっと見つめた。

「クソったれ。神になろうぜ」アトラスはいった。

あのときエズラは、それをドラッグのせいにしていた。

だがそれから、「扉」のひとつのなかでトリスタン・ケインを見かけた。エズラもそれを張るのに協力した結界上で、彼が時間そのものを越えるのを目にしたのだ。そして彼は、アトラス・ブレイクリーがすでに自分抜きで完璧なチームをつくりあげていることを初めて理解した。アトラスは新しい世界をつくりたがっていて、それがなにを意味していたにせよ、いまの彼にはそれが可能なのではないかとエズラは思った。

「トリスタンにはなにができるんだ？」次に会ったとき、エズラは何気なく尋ねた。「一度も話してくれてないだろう」彼はトリスタンのことをたんにもうひとりの旅人だろうと思っていたのだが、次第にそれは違うのではないかと思うようになっていた。

「そうだったかな？」アトラスはそういって、カップを唇に運んだ。

すでに苛立っていたエズラは、彼の手からお茶のカップを叩き落とした。「欠けてる駒はひとつだけだ、アトラス」量子を操るもの、暗黒物質を利用し、真空の意味を理解するもの。それは、神の目を持ち、ほかのものたちに道を示す客観的な存在でなくてはならなかった。彼らの研究に欠けていた明確さをもたらすものだ。

だがそのような力はあり得ないし、たとえあったとしても、それだけの才能を持つメディアンは、手に負えない、無限の存在でなくてはならないはずだ。エズラが出会ったのは、そんな人物ではないだろう。

「たとえきみが自分の探している駒を持っていたとしても、それだけでは不充分だ」エズラは続けた。アトラスが本気だとすればだが、新しい宇宙を爆発的に誕生させるなど、途方もない話だった。それには宇宙の自発性が必要で、人間がどうこうできることではない。

「ビッグバンを無理やり起こすことはできない」エズラはいった。それは彼自身にさえ、うわごとのように聞こえた。「それにたとえなんとかしてできたとしても、それはどの程度の規模だ？　この世界は何十億年もかかって形成されたもので、おそらくきみにはそんな時間はない。きみがつくり出したものがなんであるにせよ、それは――」

完璧でなくてはならない。不完全でも、完璧な条件下でつくり出されたものでなくては。それは不可能だ。

いや、そうなのか？

エズラの思考はショートし、沈黙のなかで熱を帯びた恐怖にがっちりとつかまれた。アトラスの計画とはなんだったんだ？　エズラはいままでずっと、これはある種の賠償金で、ほとんど学究的エリートに対するいたずらのようなものだと思っていた。〈協会〉を乗っ取る、ハハハ。自分たちが実際に全能の創造神のようなことをやり遂げるという案は、一度たりとも検討されたことがなかった。

とはいうものの、これがその計画だったのかもしれない。アトラスは才能にあふれていた。あるいは常軌を逸していた。もしかしたら頭がおかしいのか（イエス）、それとも天才なのか（イエス）。もしかしたら彼はずっとそんなふうだったのかもしれない。もしかしたらそれは、アトラスにできることではなく、思い描けることなのかもしれない。彼が使い方を知っている駒。彼が遊び方を知っているゲーム。

　アトラスと握手をした日、エズラはなにに対してイエスといったのだろう？

「おじけづいたのか、友よ？」アトラスはつぶやき、エズラに薄笑いを浮かべてみせた。「おそらくきみは、自分がかつてほどわれわれの目標にのめりこんでいないことに気づいているのかもしれない。ひょっとすると」彼は女王でもころりとだまされそうな、あまりに貴族的な英語でいった。「ここまでたどり着くのになんの犠牲も払っていないからかもしれないな」

「ぼくがか？　アトラス」エズラは食ってかかった。「これはずっと計画の一部だった――」

「たしかに」アトラスは同意した。「しかしわたしはこの四半世紀で年を重ねてきたが、きみは子どものままだった、そうだろう、エズラ？　われわれはきみを消し去り、つくりなおした。きみの利害関係が存在しなくなるところまで。きみは」アトラスは非難するような、あるいはことによるとがっかりしたような口調でいった。「ゲームが変化してきたことがわかっていないんだ」

「ぼくが子どもだって？」エズラは愕然として繰り返した。「ぼくがきみのために汚れ仕事をしたのを忘れてしまったのか？」

「そのことについては何度も礼をいったはずだ」アトラスは彼に指摘した。「それにきみのために席を用意するといってきただろう？　実際、何度も」

アトラスの不充分な答えに針で突かれたような感覚をおぼえ、エズラは彼をにらんだ。

「ぼくらがこのすべてをはじめたのは、この〈協会〉はクソだと同意したからだ」エズラはきっぱりといった。

「そのとおり」アトラスは同意した。

「それでいまは？」

「きみがいうように、相変わらずクソだよ」アトラスはいった。「しかし今回は、わたしがそれを解決できる。われわれが」彼はいいなおした。「もしきみが、わたしが見ているように物事を見る気になってくれれば、われわれはそれを解決できるんだ」

ひとつの生態系がだめになると、自然は新しいのをつくる。そうやって種は生きのびるんだ。

ふたりのあいだの沈黙に空洞が生まれ、それが触覚で感知できる新しい疑惑の波で満たされた。

アトラスがそれを終えたとき、この世界はどうなっているのだろう？

もっともエズラは知っていた。彼はすでに見ていたのだ。

火災、洪水。疫病、暴力。

「訊きたいことがあるんだろう」アトラスが穏やかにいった。

一瞬、エズラはもう少しで尋ねそうになった。

きみは本気でやり通すつもりなのか？

きみはほんとうに、自分にそんな権利があると信じるくらい傲慢で、思い上がっているのか？

エズラの一部は、自分がそこまで間違っていたはずはないと確信していた。いくらアトラス・ブレイクリーでも、不可能なことを意のままにしようとするほど力に狂ってはいないだろう、と。もしかしたらエズラが目にした結果は意図されたものではなく、ひとりでにそうなったのかもしれない。彼らは関係すらしていなかったのかもしれない。エズラは自分がこう尋ねるところを思い浮かべた。**きみはなにか新しいものを築くだけのために、本気ですべてを破壊するつもりなのか？　ちょっと訊いてみただけなんだが。**そしてアトラスはこういうだろう。**いやいや、もちろんそんなことはないさ。**かすかににやにや笑いを浮かべ、頭を振る。**エズラ、頼むよ。大量破壊がわたしの流儀じゃないのは知ってるだろう。**彼らは声をあげて笑うだろう、おそらく。

しかしその一方でエズラは、アトラスがこともなげに、カルム・ノヴァをあっさり排除し、パリサ・カマリを処理することを提案したのを覚えていた。やむを得ないことだ、と彼はいった。

それでは、エズラがもう必要なくなったときにはどうなるのだろう？　それが尋ねる価値のある唯一の問いだった。そしてその同じ瞬間、彼らはすでにその答えを知っていることがはっきりした。

「書庫はきみが求めるものをけっして与えようとはしないだろう」エズラはついにいった。「図書館そのものから自分の意図を隠すのは無理だ」

沈黙。

「ほかの誰かを使ってやらせてるのか？」

「エズラ、きみは仲間か、そうでないかだ」アトラスは低い声でいった。

ふたりはおたがいをじっと見つめた。

どこかで時計が時を刻んでいた。

それからエズラは笑みを浮かべた。

「もちろん仲間さ。そうじゃなかったことはない」

それはそのとおりだった。

それまでは。

「だったらことは単純だろう？　彼らにいったいなにができるのかを、きみは見ることになる」アトラスはいった。「なにも隠すつもりはないよ」

　エズラは頭のなかでさえ、彼に尋ねるほどばかではなかった。

「わかった。いいだろう、カルムはパリサに殺させて、あとはぼくが対処しよう」

「ミス・ローズはなにも怪しんでいないか？」アトラスが尋ねた。

　いや。いいや、エズラは間違いなく怪しまれないようにするつもりだった。

「ぼくはリビーから離れないようにするよ」彼はそんなことが可能だと思い違いをしていた。

　だが正直にいえば、それが無理なのはわかっていた。彼女は愛されたがるものと決めてかかって、無理押しし、機嫌を取り、徹底して彼の献身を信じこませようとすればするほど――リビーの信頼を維持することでアトラスの信頼を保ちたいと願えば願うほど――彼女はエズラから離れていき、話をするたびにふたりの距離は開いていった。エズラはある種の同盟関係を望んでいた。たとえ〈協会〉の規則に邪魔されても、アトラスの計画を充分見抜けるだけのことを教えてくれるくらい、リビーが自分を信じてくれるだろうと期待していた。彼はふたりがつきあってきた年月に、しばしば彼には本物のように思えた一方的な信頼にしがみついた。たとえそれが、自分がつくり出した蜃気楼だとわかっていても。

エズラは、たとえふたりの関係は変わっても、その倫理観はいつまでも変わらないと信じていた人物をあてにして、離れたところからのスパイ活動に取りかかった。しかしリビーは押し返し、むだに不信感を抱き、わけもなく腹を立てた。

「わたしはあなたのものじゃない」彼女はそういってふたりのあいだに線を引き、エズラが彼女の人生に近づくための扉を閉じてしまった。

だからリビーがいないいま、あるいは彼女が協力してくれる見込みさえないいま、エズラはなにか思い切った手を打つ以外になかった。アトラス・ブレイクリーの計画が実現するのを確実に阻止したければ、自分の手で〈協会〉を無力化しなくてはならない。

まず必要なのは、アトラスの駒のひとつを盤面から取り除くための手段だった。

侵入するのは容易なことだ。二十年前、大きさも形もエズラとぴったり同じ安全装置を、結界にこっそり組みこんでおいたのだ。その後の研修生クラスがその防ぎ方を知ることはないだろう。エズラにはそれを楽々とすり抜けて、ほかの誰にも見えない唯一の次元を通り抜けることが可能だったが、到着してなにをするかは別問題だった。厄介な問題だ。

エズラは六人のうち誰がアトラスにとって重要か、そして誰がそうでないかをある程度は把握していた。リビーとニコ、それにレイナは、三人ひと組で力を発揮する存在であり、したがってアトラスには三人全員が必要なはずだ。トリスタンは……トリスタンに関しては、アトラスが彼に話していないことがなにかあり、おそらくそれがトリスタンをアトラスの計画の要にしていた。

エズラがどの候補者を選ぼうと、アトラスには彼らが死んだと信じてもらう必要がある。消えたと。

幻？

いや、もっといいもの。説得力のあるものだ。

なにか高価なもの。

「あんたの力になれるやつを知ってるよ」ひとたび順法精神の低い界隈に手当たりしだいに探りを入れると、そういう答えが返ってきた。人魚だ。そう彼らはいったが、放り出すように発せられたその言葉には見下したような後味があった。「費用はかかるが、もし払えるなら……」

「払える」エズラはいった。

その人魚を介して、彼はプリンスという名で知られているものから、被与命体を手に入れた。それは胸が悪くなるような、顔も表情もない、ぐんにゃりした代物だった。暴力的な最期を遂げた死体の、ごくありふれたつまらない立体模型だ。

「あんたはその被与命体に顔を与えなくちゃならないだろうね」そういった人魚の声は、

ガラスが割れるようなけたたましく甲高いものだった。その声が内耳でなにかを引き起こし、エズラは一時的にバランスを取るのに必死になった。「その被与命体を完成させるには、あんたが充分よく知ってる誰かを再現しなくちゃならないよ。表情や動きを全部再現できるだけ親密な誰かをね」

それを聞いたエズラは一瞬、身を強ばらせ、選択肢がかなり絞られたことに気づいた。だが、もしアトラスの獲物のひとりをさらうつもりなら、アトラスにとってなくてはならないとはっきりわかっているものにしたほうがいいだろう。彼女とニコは鍵と錠前だったし、「扉」を通って往来しているエズラには、どちらも相手がいなければ使いものにならないことがわかっていた。

リビーは部屋に彼がいることを、目で見る前に直感で察していた。彼女の耳は鋭かったし、いつもなにかがエズラの存在を彼女に警告していた。ほとんど反響定位《エコーロケーション》だ。リビーは彼が屋敷に入ったのがわかっていたし、彼が引き起こした時間の乱れを感じ取っていた。一瞬、彼女の目つきが変わるのを見て、エズラは良心の呵責に胸が痛んだ。

ほんの一瞬だけ。

リビーを連れていくのはひと苦労で、エズラの移動能力の限界を考えると、かろうじて可能なことだった。彼女がとても小柄で、すっかり不意をつかれていたのは好都合だった。

ふたりが「扉」を抜けるときに立てた唯一の音は彼女の悲鳴で、それはエズラが意図した場所に着くまで、彼らがあとにしてきた場所からこだまし、それからマッチがぱっと燃え上がるような火花とともに消えた。

リビーはくるりと振り返ってエズラの手を振りほどき、彼をにらみつけた。ひどく驚いたことに、エズラはそのとき、彼女がいなくて寂しかったことに気づいた。

「エズラ、これはいったい——」

「これはきみが思ってるようなことじゃないんだ」彼が素早くいったのは、たしかにそうだったからだ。もしほかの誰かをさらうことができれば、そうしていただろう。これは彼女がどうこうという話ではなかった。

「だったらどういうことか教えてよ！」

エズラは彼女のために、基本的なことをかいつまんで話した。アトラス・ブレイクリーは悪、〈協会〉は悪、ほとんどすべてが悪で、リビーは彼女自身のために消えたのだと。

彼女はそれを悪く受け取った。「わたし自身のため？　わたしたちがつきあってたとき、勝手に決めないでっていったでしょう」リビーは彼に向かってうなった。「いまそれを決めるのは、絶対にあなたじゃない！」

実のところ、元彼女とまたけんかをして時間を過ごすのは魅力的だったが、目下エズラには腹を割って話をするだけの忍耐力はなかった。「いいかい、ぼくらの関係については変えたいことがたくさんあるんだ」彼は請けあった。「特にそのはじまりを。だけどそれは無理だから――」

「全部嘘だったんだ」リビーは口元に手をやった。「あんまりよ、あなたを信じてたのに、あなたをかばって――」

「あれは嘘じゃなかった。ただ――」エズラは間をおき、咳払いをした。「完全に真実じゃなかっただけだ」

リビーは唖然として彼を見つめた。彼女を擁護するためにいうと、それは実際ひどい答えだった。彼女とニコの対立を煽ることを別にすれば、彼女が聞きたがっていることをいうエズラの能力は、相変わらずお粗末なものだった――しかし言い訳をするなら、そもそも彼は実際になにをいうべきかわかっていたことは一度もなかったのだ。

次第にリビーは、ふたたび声を取り戻した。

「だけどあなたは……」間。「わたしのことを全部知ってる。なにもかも」

エズラはその話にならないことを願っていた。「ああ」

「あなたはわたしの恐怖、夢、後悔を知ってる」彼女の顔が青ざめた。「姉さんのことを」

「そうだ」彼女もエズラのことをなにも知らないわけではなかったが。

「エズラ、あなたを信じてたのに」リビーがうなった。

「リビー――」

「わたしにとっては現実だったのよ！」

「ぼくにとっても現実だったさ」

ほとんどは。

いくらかは。

告白するのはまずいと感じる程度には。

「あんまりじゃないの、エズラ、わたしは――？」

リビーが、自分は彼にとって大切な存在だったことはあるのかと尋ねようとして思いとどまるのを、エズラは見守った。彼にいわせれば、それはすばらしい考えだった。たとえ彼の答えにリビーが満足することがあったとしても（それはないだろうが）、そもそもそれを尋ねることで彼女は取り返しがつかないほど傷ついてしまうだろう。リビー・ローズはもともと、それがなんであるにせよ感情面の欠点と格闘してきて、自分の限界はわかっており、それを生傷のように卑屈な優しさで受け止めた。

「それで、どうしてわたしを誘拐したわけ？」リビーはなかば言葉を詰まらせながら詰問した。

「アトラスのせいだ」エズラはため息をついた。また堂々巡りの議論だ。「いっただろう。これはきみがどうこうという話じゃないんだよ」

「でも、だったら――」また間。「あなたはわたしをどこに連れてきたの？」囚われているという感覚。さらわれたという最初の衝撃は薄れかけていて、じきにリビーは脱出の可能性を検討しはじめるだろう。

「これは」エズラは説明しはじめた。「場所とはまったく関係ないことなんだ」

彼はさらに続けようとしてやめた。なんといってもリビーはあまりに賢すぎたし、それを迷宮のままに、彼女には見えない迷路の一部のままにしておかないかぎり、間違いなく抜け出す道を見つけずにはおかないほど強力だった。人が一般的に知っている世界の見方はひとつだけ、すなわち三次元の世界だ。彼らにとって、時間はもっぱら直線状で、ひとつの方向に流れ、けっして混乱したり止まったりすることはない。

誰かを捜していて、その人が地球上のどこかにいることだけはわかっているとしよう。今度は、誰かを捜していて、その人が地球上の屋内トイレが存在する時代にいることだけはわかっているとする。要するに、誰も彼女を見つけられないということだ。理想をいえば、リビー・ローズは自分自身を見つけるのにさえ苦労するだろう。

「わたしをここに閉じこめておくのは無理よ」彼女の口調は平板で、抑揚がなく、辛辣だった。「あなたはわたしのことがわかってない。ずっとそうだった」

「ぼくはきみのことを理解してるよ、リビー。しばらく前からわかってた――あのエンパスはもう死んだのか？」

　リビーはぽかんと口を開けて、彼を見た。

「それはイエスということかい？」エズラは返事を促した。

「わたしは知らな――どうして――？」リビーは素早く瞬きをしていた。「カルムのことを知ってるの？」

　エズラはそれを修辞的な質問と受け取り、あごを引いた。明らかに彼は、すでにかなり明確な答えを与えていた。「イエスかノーか、どっちなんだリビー？」

「知らない」彼女は落ち着かない様子でぴしゃりといった。「そうね、たぶん――」

　もう遅刻しそうになっていたが、エズラにとって時間厳守はけっしていちばんの関心事ではなかった。彼は時間というものを動きの恣意的な基準だと思っていて、よく遅刻した。子どもの頃でさえ、それは巨大であると同時に物事のたんなる切れ端にすぎず、エズラは予定どおりの時刻にどこかに到着しなくてはと考えたことは一度もなかった。母親はそのことで彼に長々とお説教をして、数え切れないほどの時間をむだにしていた。その最後の日にすら。

だが、ひょっとすると彼をアトラスに引き寄せたのは、結局それだったのかもしれない。

エズラは飢え方を知っていて、アトラスは待ち方を知っていた。

「また戻ってくる」エズラはリビーにいった。「どこへもいくなよ」たとえやろうとしても、彼女には無理だったが。エズラはその結界を特に彼女向けに、水溶性の分子を土台にして築いていた。それを破るためには、自分が置かれた環境を変化させなくてはならないだろう。元素そのものを個々に変化させ、一歩前進するごとにさらに消耗していく。一歩進んで、二歩後退。

鍵と錠前。

「わたしをここに閉じこめておくつもり？」その口調には感覚が麻痺したような、信じられないという響きがあったが、それは変化するだろう。痺れは過ぎ去り、確実に痛みがやってくる。

エズラはそれを嘆いた。「きみ自身を守るためだ」彼はあらためてリビーにいった。

「アトラスから？」

「そう、アトラスから」ひどく焦りを感じながら、エズラはいった。彼は遅刻しそうになっていたが、今度もまた、それは問題ではなかった。問題なのは、もしとどまればなにが待っているかということだ。「ぼくはきみに」エズラは率直にいった。「生きていてほしいんだ」

最後にはリビーも真実を理解するだろう。そしてそのときには、空間から可燃性のものをすべてとりのぞいておくのがいちばんだった。エズラの手足や衣服といったものを。

「なんのため」リビーは吐き捨てるようにいった。「アトラス・ブレイクリーは、なんのためにわたしを必要としてるの？」

さあ、きたぞ。怒りは落ち着きつつあった。

「その答えを知らずにすむように祈ったほうがいい」エズラはそういうと、自分がつくったもうひとつの「扉」を通って会議に出かけ、足が馴染みのある大理石を踏んだ瞬間、慎重に大股で歩く足音が床にこだました。

部屋に足を踏み入れたとき、エズラはすでに誰がいるのかを知っていた。

アトラスと同じように、エズラは自分の目立たない顔、抹消された名前という細心の注意を払った隠れみの下で得たコネを利用して、声をかける相手を注意深く選んでいた。彼らはみな見つけられることを望んでいたから――適正な価格を示すと簡単に食いついてきた――〈協会〉がこれまでにつくってきたあらゆる敵のおもだった指導者たちは、躊躇なくエズラの呼びかけに応えるはずだった。彼らはたったひとつの褒美を約束されて、ここに誘い出されていた。その褒美とは、〈協会〉そのもの、エズラ以外はかつて誰も辞退したことがないものだった。

仮に例の被与命体がうまく働けば、アトラスに疑われることはないだろうとエズラは思っていた。しかしたとえ疑われたとしても、エズラを目に見えない存在にしてしまったのはアトラスで、見つけるのは不可能だった。

「友人諸君」エズラは大股に部屋に入り、前置きなしに話しかけた。「ようこそ」

彼があまりに若いことに驚いていたとしても、彼らはうまくそれを隠していた。結局のところ彼らは、自分たちが召喚状を受け取った経緯を知ることはなかったはずだ。各自の召喚状には彼らの若い頃の秘密が、なかったことにはできないこととして記されていた（三次元に存在するものだけが、歴史を神聖視するのだ）。

「みな知ってのとおり、世界で最も危険な六人の人間が」エズラは部屋に集まったものたちに話しかけた。「目下アトラス・ブレイクリーの保護下にある。ひとりは無力化されているので多少は時間稼ぎになるはずだし、もうひとりは〈協会〉自体に排除されている。しかしあとの四人はわれわれに絶滅か、生存をもたらすだろう。彼らは専制的な〈協会〉に選ばれたものたちであり、それに対してわれわれはポーンにすぎない。彼らがふたたび

〈協会〉の庇護下から姿を現すまでに、われわれには一年の猶予がある」

部屋にいた面々が顔を見合わせた。その数は六人で、エズラはそのことをすばらしい皮肉だと感じていた。その共時性《シンクロニシティ》はあまりに明瞭で、もしアトラスが知っていれば彼でさえ評価したことだろう。

「彼らをどうしてほしいんだね？」最初に口を開いたノザイが尋ねた。

エズラは微笑んだ。アトラスなら肩をすくめていただろう。

「決まってるだろう。われわれの世界は死にかけているんだ」彼はそういうと席につき、仕事に取りかかる準備をした。「それを正せるかどうかはわれわれ次第だ」

終わり

　こうして、かつては六人いた場所に五人が立っていた。

「ぼくはやらないぞ」ニコ・デ・ヴァローナが沈黙を破った。「前へ進むなんらかの保証がないかぎりはな」

　最初に応じたのはパリサ・カマリだった。「なんの保証？」

「ぼくはローズを取り戻したい。そして彼女を捜すのに協力すると、きみたちに約束してもらいたい」ニコの表情は決然として厳しく、その声は揺るぎなく毅然としていた。「きみたちの支援があると確信できないかぎり、ぼくはこの〈協会〉に入るのを拒否する」

　ダルトンは、**拒否する権利はない、**というようなことはいわないことにした。それが重要だとは思えなかったからだ。

かわりに彼は静かに座って、成り行きを見守った。

「わたしもニコに同意」それはレイナ・モリだった。

「ぼくもだ」カルム・ノヴァの口調は自信に満ち、滑らかだった。おそらく、自分にとってはひとこと答えるだけで充分だとわかるだけの賢さを持っているのだろう。いまのところは。

「きみは？」ニコが自分の手元から目を上げないトリスタン・ケインに尋ねた。

「もちろん」彼の声は冷笑的でか細かった。「もちろんだ」

「あとはあなたね」レイナがパリサのほうを向きながらいって、じれたような非難がましい目つきでちらりと見た。

「わたしが本気で拒否するほどばかだっていうの？」

「よせ」誰かがいいかえす前に、ニコが割りこんだ。「これはけんかじゃない。脅しじゃなく、事実だ。きみがぼくに同意するか、それともしないかだ」

彼らがニコに同意するか、ニコが彼らに同意しないか、とダルトンは無言で通訳した。しかしこれこそが拘束生活の狙いだったのではないだろうか？ 彼らはこの一年、だてに耐えてきたわけではなかった。

「いいわ」パリサがいった。「もしローズが見つかるなら——」

「彼女は見つかる」ニコはぶっきらぼうにいった。「それが肝心なところだ」

「わかった」

パリサはさっと部屋を見渡し、誰も無視できない不在のそばにいる五人の候補者に目をやった。あえて彼らに反論させようとしたが、予想どおり反論はなく、彼女はいった。

「約束するわ、ヴァローナ」

こうして、かつて六人がばらばらに存在していた場所はいま、不可逆的にひとつになっていた。

ひとつの生態系がだめになると、自然は新しいものをつくる。単純な法則、単純な概念、〈協会〉自体がそれを証明していた。それはかつての己の灰から生まれ、捨てられ破壊されたものの骨の上に存在していた。それは迷宮のなかに埋められ、迷路のなかに隠された秘密だった。

〈協会〉は自らの上に、より高く、さらに高く築かれた。それはバベルの塔のように、天にも届かんばかりにそびえ立った。発明、進歩、あらゆるものを築く作業には、続ける以外の選択肢はなく、動きだしたものがそれ自体の意志で止まることはなかった。知識の困ったところ、その特殊な中毒性は、それがほかのタイプの悪徳と同じではないことにあった。全知の味を覚えたものは、それがないありのままの現実の中身にけっして満足することはできない。生と死はひとたび受け入れられると重みを失い、ふだんの過剰な誘惑にさえ満足することはないだろう。彼らが送ってきたかもしれない人生はサイズが合わず、みすぼらしくすり切れているようにしか感じられないはずだ。いつか、ひょっとするとかなり近いうちに、彼らは世界を丸ごと創造できるかもしれなかった。神々に近づくだけでなく、神々のようになるために。

ダルトン・エラリーは〈アレクサンドリアン協会〉の五人の新入会員の前に立ち、彼らが誓いを立て、変化と、それと不可分な修正の必然性に、己を結びつけるのを見守った。これからは状況はますます困難になる一方だろう。不可能性の障壁は倒れ、外の世界の制限はもはや存在せず、この五人を囲んでいる唯一残された壁は、彼らが自分たちのために築いたものになる。彼らがまだ気づいていないのは、檻の安全性、束縛の安心感だ、とダルトンは無言で考えた。やるべき仕事を与えられれば、実験用のネズミでさえ喜びを見つけることができる。規定の道徳性、幸福感から、天職の実現、大義の起源に気づくことから。目的を伴わない力は本物の罠、真の麻痺状態だった。果てしない選択の自由は、人間の精神には向かないのだ。

一瞬ダルトンの頭に、うろ覚えのなにかの苗木のように、そのようなことをいうべきかもしれない、という思いが浮かんだ。ひょっとしたら、もうじき彼らが手に入れるアクセス権はどんな弱さも許さないほど大きく、彼らが求める強さの約束を満たすには小さすぎるだろうと警告するべきかもしれない、と。ダルトンは思った。**きみたちはいま、己の破滅のサイクルに、きみたち自身の運命の輪に足を踏み入れようとしているところで、それが上昇したり下降したりするにつれてきみたちもそうなるだろう。きみたちは分解され、なにか別の形で復活する、そしてきみたち自身の灰は、滅びから生まれる瓦礫と化すだろう。**

ローマは滅びる、とダルトンはいいたかった。**あらゆるものは崩壊する。きみたちもまた。**

　きみたちもじきにそうなるだろう。

　しかし思い切って口を開く前に、閲覧室の鏡のようなガラスの面を見上げると、自分の背後にいるアトラス・ブレイクリーの顔が映っているのが見えた。ダルトンがどのような形であれまだ存在しているのは、彼がいればこそだった。中毒患者のように、ダルトンは制限を必要としており、アトラスがそれを与えてくれていた。彼には目的があった。アトラスは彼に、終わりがあること、飢えの終結、サイクルの完成を約束してくれていた。ダルトンをがんじがらめにしていた鎖を取りのぞき、彼が最も必要としていたものを与えてくれていた。ほかのものたちが自力では見つけられないかもしれないもの、つまり答えを。力がありすぎる、というようなことがあるのだろうか？

ガラスに映ったダルトンの目の奥に、かすかな狂気の光が閃いた。かつての彼の片鱗が。過去の人生、サイズの合わない人生。だがダルトン・エラリーが知っているこの答えを、新入会員たちもじきに知ることになるだろう。なぜなら、たとえそれが最悪の答えでも、最も慰めにならず、最もきりがない答えでも、それが唯一の答えだからだ。

そうなのだ。

しかし世界それ自体が教えてくれるように、動きだしたものが止まることはない。

謝辞

自分が物語を書きつづけ、あなたがそれを読みつづけてくださっていることが、わたしには信じられません。奇跡です。

特にこの本は、生まれてくるまでに長い時間がかかりました。この登場人物たちは、まるで関係のない筋書きのなかでまったく異なる世界に存在していて、わたしはそれを丸ごと分解し、その残りを焚きつけに使って、元のそれ自体の灰からあなたの前にある物語を組み立てなおしたのです。この本の異なるバージョンをすべて読んで、書きつづけるように説得してくれたオーロラとギャレットには、特に感謝の気持ちを抑えられません。毎回いっていることですが、わたしは毎回本気です。もしふたりがいなければ、あなたが手にしている本は存在しなかったでしょう。

いつものみなさん、ほんとうにありがとう。編集者のオーロラとシンディ、科学顧問のミスター・ブレイク、格闘コンサルタントのナチョ、最愛のイラストレーター、リトル・

フムーラ。あなたたちに充分感謝するなんてことができるかしら？　残念ながら答えはノーだけど、めげずに続けてみますね。わたしが原稿を書いているときには機嫌よく身を引いて、進み具合はどうだとうるさく訊いてこなかった両親へ。わたしの芸術家気質と、作品に対する深くて不穏な愛に耐えてくれてありがとう。わたしの姉妹たち、ＫＭＳへ。わたしの家族全員、ずっと支えつづけてくれる友人たち。アリー、アナ、ベラ、カラ、キャリー、ディヴィッド、エレナ、ケイラ、ローレン、マッケンジー、メーガン、ステイシー。ボクシング・ブッククラブのみんな。わたしには解きほぐせないプロットポイントをひねり出すため、支離滅裂な意識の流れを整理するのに丸一時間使わせてくれるセラピスト。きみはイカれてない、書きつづけるんだ、これは面白いといってくれるすべての人たちへ。感謝の気持ちをもっと簡単にまとめられたらいいのに。

　母さんへ。彼女がこれを読んでくれているのはわかってるから。あなたを愛してるし、ほんとうに感謝してる（まあ、だいたいはね）。

　ギャレットへ。わたしが描く魔法の構造は基本的な物理学の原理を理解している証拠だといってくれて、ありがとう。あなたが結局それは間違いだったと気づくことになるんじゃないかと心配よ。その日がきたら、お悔やみをいうわね。わたしのことをいい意味で頭がおかしいと思ってくれてありがとう。みんなに、とりわけわたしに教えてくれてありがとう。わたしはいつも、なんにでも飽きるけど、けっしてあなたには飽きないわ。
あなたへ。物語を書くことはわたしにとって大変な喜び、希望の宴、生きのびる手段です。ということは当然、あなたもまたそうなのです。いつものことですが、これらの言葉をあなたのために書き留められたのは名誉なことでした。あなたがこの物語を楽しんでくださったことを、心より願っています。

キスキス、オリヴィエ

二〇二〇年一月三十一日

二〇二一年十一月――わたしはより多くのみなさんに感謝するべく戻ってくるという、わけがわからない大変な幸運に恵まれています。ひどく困難な任務ですが、やってみましょう。わたしの最愛の編集者にして、わたしの!!!や???をいつもちょうどいいタイミングでなだめてくれる、モーリー・マギーに感謝を。あなたはこの本に、そしてわたしがこの世に存在していることに、自分ではわからないくらい大いに貢献してくれています。わたしの絶対的なオールスター・エージェント、アメリア・アペルに感謝を。あなたはわたしの人生を変えてくれました、終わり。ほかのみんながノーといったとき、あなたがイエスといってくれたこと以上にわくわくすることは、もうないでしょうね。わたしのお気に入りのイラストレーター、リトル・フムーラへ——ねえ、調子はどう？ これを全部あなたと一緒にやれて、わたしはほんとについてるわ。

わたしの文字どおりの夢を実現してくれた、Ｔｏｒの残りのチームメンバーへ。トロワ・ジャクソンはほんとうにすばらしい人です。計り知れない才能を持つカバーデザイナーのジェイミー・スタフォード＝ヒルと、装幀担当のヘザー・サンダース。宣伝係のデシラエ・フリーセンとサラ・レイディ。マーケティング・チームのアイリーン・ローレンスとナタジア・ホート（Ｔｏｒより前にこの本を見つけてくれた！）。プロダクション・エディターのメーガン・キドゥー、プロダクション・マネージャーのジム・カップ、マネージング・エディターのラファウ・ギベック、そして非凡なパブリッシング・オペレーターのミシェル・フォイテック。発行人のデヴィ・ピライとルシール・レッティノ。海外著作権エージェントのクリス・シャイナ。クリスティン・イエーガーと彼女のすばらしい販売チーム。ウーヴェ・シュテンダー博士をはじめ、トリアダのチームのみなさん、ありがとう。BookTok、BookTwt、それにBookstagramの善良な住民のみなさんも、ありがとう。あなたがたみんなが味方になってくれて、ほんとうにとても光栄です。

そしてそのチームにもうひとり。ヘンリーへ。わたしの心臓がどれだけ激しく爆発できるか、あんなに短い睡眠でどれだけのことを成し遂げられるかを、毎日わたしに教えてくれてありがとう。小さな坊や、大好きよ。母さんには、文字どおりいまここにいてくれるおかげでこれを書けることに特別な感謝を。そしてもちろんギャレットに、ふたたび、いつものように。この本のことやほかのなにもかもに、そしてヘンリーにあのたまらなく魅力的な笑顔と、あの可愛い目、あの幸せそうな笑い声を与えてくれることに。わたしにとっていちばんの幸運はあなたよ。

訳者あとがき

ユリウス・カエサルの時代に戦火によって焼失したともいわれる、アレクサンドリア図書館。この比類なき古代の大図書館が実は現存しており、ごく一部の限られたものにだけ利用が許されているとしたら。本書は、この希有な図書館を密かに運営してきた〈アレクサンドリアン協会〉への入会資格を争う研修生となった、六人の若き超エリート魔法使いと、その背後でうごめく謎と陰謀の物語です。

多様な専門技能を持つ個性豊かな六人の研修生に、〈協会〉側の人間や友人、恋人等も加わって、その関係性やパワーバランスが物語の進行とともに変化していく様は、かなりスリリング。それぞれに事情を抱えた研修生たちが、六人のうち五人だけが得られる入会枠を巡って、ただ学問に励むだけでなく様々なかけひきを繰り広げるうち、その影響が精神面にまで及んでいくあたりの描写も読み応え充分です。

また、通常の科学技術と魔法が併存する世界が舞台となっているため、現実世界の要素が数多く織りこまれているところも特徴的で、ファンタジイでありながら、どこか改変世界ＳＦのような独特の雰囲気もあり、よくある学園物ファンタジイの大人版とはひと味もふた味も違う、著者の強いこだわりを感じさせる作品となっています。

　図書館の貴重な蔵書を狙う外部勢力も絡んで、物理的にも精神的にも激しいバトルが繰り広げられるなか、徐々に明らかになっていく〈協会〉の実像と、彼らが選ばれた真の狙いとは。第二部ではさらに思わぬ展開が待っていそうです。応援のほど、よろしくお願いします。

　二〇二三年二月

著者について

『アトラス6』著者、オリヴィー・ブレイクについてご紹介します。オリヴィー・ブレイクはペンネームで、本名はアレクセン・ファロル・フォルマスです。

アレクセンは一九八八年、カリフォルニア州生まれ。ロースクール在学中に「ずっと待ち望んでいた『もっともよい人生』を実現すること」を断念し、執筆を開始します。二〇二〇年に本書 *The Atlas Six* をオリヴィー・ブレイクの名でセルフ・パブリッシングしたところ、TikTok での本紹介動画（Booktok といいます）が多数アップされ、大ブレイクを果たします（ちなみに、#theatlassix のタグは二〇二三年三月現在時点で六一〇〇万回以上再生されています！）。

これを受けて、『アトラス6』争奪戦が勃発。七社の競合のすえ、二〇二二年にトー・ブックスより刊行されることとなりました。トー・ブックス版はニューヨーク・タイムズ

・ベストセラー入りを果たしたほか、Goodreadsチョイスアワード2022のファンタジイ部門にノミネート、米のニュースサイトVultureが選ぶ二〇二二年のファンタジイ小説ベスト10にランクインするなど、大ヒット作品となりました。また、Amazonプライム・ビデオでのシリーズ映像化も予定されているとのこと。

本書は三部作であり、第二部 *The Atlas Paradox* が二〇二二年に刊行済み、第三部 *The Atlas Complex* が二〇二四年に刊行予定です。見逃せない危険なゲームの行く末が楽しみです。

オリヴィーの快進撃は止まらず、こちらもセルフ・パブリッシングしたラブ・ストーリー *Alone with You in the Ether* がトー・ブックスより二〇二二年に刊行。また、アーバン・ファンタジー *One for My Enemy* の刊行も二〇二三年に予定されています。ほかにもYA小説やウェブトゥーンの原作など、精力的に活動を続けています。

著者は、現在はロサンゼルスにて、夫と子供とともに暮らしているそうです。YouTube「Olivie Blake @OlivieBlakeisNotWriting」、インスタグラム「@OlivieBlake」でもその素顔がわかりますので、ぜひのぞいてみてください。（編集部）

ホームズ×クトゥルー!　衝撃のパスティーシュ

シャーロック・ホームズとシャドウェルの影

ジェイムズ・ラヴグローヴ
日暮雅通訳

突然Ｈ・Ｐ・ラヴクラフトが血縁だと知らされた作家ラヴグローヴは、ラヴクラフトが持っていたジョン・ワトスン博士による原稿を託された。——1880年ロンドン、ワトスンは怪事件を追う探偵のホームズと出会う。事件の背後にいるのは、クトゥルーの古き神々!?

Sherlock Holmes and the Shadwell Shadows

ハヤカワ文庫

訳者略歴　関西大学文学部卒，英米文学翻訳家　訳書『魔道士の掟』グッドカインド，『ヴァンパイア・アース』ナイト，『空の都の神々は』ジェミシン，『世界を変える日に』ロジャーズ，『竜に愛されし少女イオナ』グッドマン（以上早川書房刊）他多数

HM=Hayakawa Mystery
SF=Science Fiction
JA=Japanese Author
NV=Novel
NF=Nonfiction
FT=Fantasy

アトラス6
〔下〕

〈FT618〉

二〇二三年三月二十日　印刷
二〇二三年三月二十五日　発行
（定価はカバーに表示してあります）

著者　オリヴィー・ブレイク
訳者　佐《さ》田《だ》千《ち》織《おり》
発行者　早川　浩
発行所　株式会社　早川書房
郵便番号　一〇一-〇〇四六
東京都千代田区神田多町二ノ二
電話　〇三-三二五二-三一一一
振替　〇〇一六〇-三-四七七九九
https://www.hayakawa-online.co.jp

乱丁・落丁本は小社制作部宛お送り下さい。
送料小社負担にてお取りかえいたします。

印刷・株式会社亨有堂印刷所　製本・株式会社フォーネット社
Printed and bound in Japan
ISBN978-4-15-020618-5 C0197

本書は活字が大きく読みやすい〈トールサイズ〉です。